銀河英雄伝説9

回天篇

田中芳樹

前指導者の遺志を継いで共和政府を樹立した不正規隊《ザ・イレギユラーズ》の面々。彼を護りきれなかったという罪の意識に苛まれながらも，司令官職を引き受けたユリアンは，周囲の助力を得つつ責任を全うしようと励んでいた。一方，帝国では再び皇帝暗殺未遂事件が発生。地球教の差し金かと疑われたが，暗殺者の正体はヴェスターラントの生存者だった。大規模な殺戮が予想されながら，ラインハルトが政略のために見捨てた惨劇の地。過去の罪業に直面して，ラインハルトは苦悩する。そして新領土《ノイエ・ラント》総督ロイエンタール謀叛の噂が囁かれる中，敢えて彼の地を訪れるが……。

銀河英雄伝説 9

回天篇

田 中 芳 樹

創元ＳＦ文庫

LEGEND OF THE GALACTIC HEROES Ⅸ

by

Yoshiki Tanaka

1987

目次

登場人物

●銀河帝国

ラインハルト・フォン・ローエングラム……皇帝

パウル・フォン・オーベルシュタイン……軍務尚書。元帥

ウォルフガング・ミッターマイヤー……宇宙艦隊司令長官。元帥。〝疾風ウォルフ《ウオルフ・デア・シユトルム》〟

オスカー・フォン・ロイエンタール……新領土《ノイエ・ラント》総督。元帥。金銀妖瞳《ヘテロクロミア》の提督

フリッツ・ヨーゼフ・ビッテンフェルト……〝黒色槍騎兵《シユワルツ・ランツエンレイター》〟艦隊司令官。上級大将

エルネスト・メックリンガー……後方総司令官。上級大将。〝芸術家提督〟

ウルリッヒ・ケスラー……帝都防衛司令官兼憲兵総監。上級大将

アウグスト・ザムエル・ワーレン……艦隊司令官。上級大将

コルネリアス・ルッツ……フェザーン方面軍司令官。上級大将

ナイトハルト・ミュラー……艦隊司令官。上級大将。〝鉄壁ミュラー〟

アルツール・フォン・シュトライト……皇帝首席副官。中将

ヒルデガルド・フォン・マリーンドルフ……大本営幕僚総監。中将。ヒルダ
フランツ・フォン・マリーンドルフ……国務尚書。ヒルダの父
キスリング……皇帝親衛隊長。准将
ハイドリッヒ・ラング……内務省次官兼内国安全保障局長
アンネローゼ……ラインハルトの姉。大公妃
ヨブ・トリューニヒト……新領土総督府高等参事官。旧同盟元首
ルドルフ・フォン・ゴールデンバウム……銀河帝国ゴールデンバウム王朝の始祖

†墓誌

ジークフリード・キルヒアイス……アンネローゼの信頼に殉ず
アーダルベルト・フォン・ファーレンハイト……上級大将。回廊決戦にて戦死
シュタインメッツ……上級大将。回廊決戦にて戦死

●イゼルローン共和政府

ユリアン・ミンツ……革命軍司令官代行。中尉
フレデリカ・グリーンヒル・ヤン……イゼルローン共和政府主席
アレックス・キャゼルヌ……中将

ワルター・フォン・シェーンコップ……中将
ダスティ・アッテンボロー……ヤンの後輩。少将
オリビエ・ポプラン……要塞第一空戦隊長。中佐
ルイ・マシュンゴ……少尉
カーテローゼ・フォン・クロイツェル……伍長。カリン
ウィリバルト・ヨアヒム・フォン・メルカッツ……老練の宿将
ベルンハルト・フォン・シュナイダー……メルカッツの副官。中佐
ムライ……参謀長。少将

†墓誌
エドウィン・フィッシャー……艦隊運用の達人。回廊決戦にて戦死
パトリチェフ……ヤンを守らんとして楯となる
ヤン・ウェンリー……稀代の智将、不敗の伝説を残す

●旧フェザーン自治領《ラント》

アドリアン・ルビンスキー…………第五代自治領主《ランデスヘル》。〝フェザーンの黒狐〟

ドミニク・サン・ピエール…………ルビンスキーの情人

ボリス・コーネフ…………独立商人。ヤンの旧知。〝親不孝〟号船長

●地球教

ド・ヴィリエ…………地球教総書記代理。大主教

注／肩書き階級等は［乱離篇］終了時、もしくは［回天篇］登場時のものです

銀河英雄伝説9

回天篇

第一章　辺境にて

Ⅰ

森林公園の一隅にあるそのベンチが、ヤン・ウェンリーのお気にいりの場所であったことを、ユリアン・ミンツは知っていた。彼の師父《しふ》が急逝してから、ユリアンはいつか毎日、そのベンチに腰をおろして、いくばくかの時をすごすようになっていた。ヤンと同様、ユリアンも、死者と交霊できるなどと考えてはいなかったが、自分の心のよりどころを現実化するために、どうしても必要な、一種の儀式がそれだったのだ。

誰に語ることもなかったが、そのささやかな習慣は、人の知るところとなっていたにちがいない。その日、黒い巻毛の少年が、かなり長時間ためらったすえ、ユリアンの前に足をすすめて声をかけてきたのだった。

「あの、ユリアン・ミンツ中尉ですね？」

亜麻色の髪の若者がだまってうなずくと、少年は、黒い瞳をかがやかせた。頬が紅潮し、呼吸がはずんだ。憧憬《どうけい》の、それが全身的な表現だった。

「ぼく、以前から中尉どののことを知って、いえ、存じあげていました。お会いできて光栄です。ぼくよりすこし年上なだけなのに、ごりっぱだと思って、あの、尊敬しています」

「きみは幾歳《いくつ》?」

「一三歳です」

ユリアンの眼前で、砂時計の砂が上方へさかのぼっていった。回想のフィルムが逆転するにつれて、ユリアンの身長はちぢんでいき、黒い瞳を頭上にみあげることになった。少年の瞳ではない。おだやかな、やさしい、あたたかい、知性をひめた瞳。

「ヤン大佐、ご存じですか。きっとご存じないでしょうね」

「なにをだい、ユリアン」

「ぼく、ほんとうは大佐のことをとても尊敬してるんですよ！　やっぱり、ほら、ご存じなかった」

ああ、何年か前の自分がここにいる。ユリアンはそう思った。自分も、あのような瞳でヤン・ウェンリーを見つめていたにちがいない。いまは故人となった、宇宙随一の魔術師を。あこがれて、敬愛して、あのようになりたいと思った。せめて影の一端なりと、ふめるようになりたいと望んだ。その自分が、いま、ひとりの少年に憧憬の視線をむけられている。

「ぼくはきみが考えているような、えらい男ではないよ。ただヤン提督のおそばにいさせてもらって、それで、ずっと勝利者のがわに身をおくことができたんだ。運がよかっただけだよ」

「でも、まだ一八歳で、イゼルローン軍の司令官をなさっているじゃありませんか。運だけでつとまるお仕事じゃないですよ。ぼく、中尉を、いいえ、司令官どのを尊敬しています。ほんとうです」

「ありがとう、努力してみるよ」

ユリアンは手をさしだした。少年がそれを望んでいることを、自分自身の経験から理解したからだった。彼の英雄に握手してもらった少年が、感動に頬を紅潮させて去っていったあと、ユリアンはベンチにすわりなおし、目をとじた。

こうやって、想いというものはうけつがれていくのだろうか。ヤン・ウェンリーの想いを、自分がうけついだように。すべてではないにしても、いや、ほんのわずかだけにしても、彼の想いを分かちあたえられたように。年長者から年少者へ、先人から後続者へ、想いのたいまつはリレーされていくのだろうか。その火を貴重に思う者は、それをたやすことなく、つぎの走者に手わたす責任があるのにちがいなかった。

宇宙暦《SE》八〇〇年八月。イゼルローン共和政府の樹立から三日後のことだった。

ユリアン・ミンツは一八歳である。実年齢からいっても、経験からいっても、かせられた責任からいっても、もはや少年ではありえなかった。

〝孤児と未亡人による連合政権〟と、一部の歴史家は、イゼルローン共和政府を嘲笑《ちょうしょう》する。すくなくとも発足当時の事情は、その嘲笑を正当化するものであった。

不敗のまま逝《い》ったヤン・ウェンリーの妻フレデリカが共和政府主席となり、六年にわたって被保護者であったユリアンが軍司令官となった。それは衆議によってさだまったことであり、最善というよりほとんど唯一の選択であったが、当事者でない人々からの批判や非難を、完全にかわすことはできなかった。

当事者たちは、批判の余地を承知のうえであった。核《コア》がなければ空中分解するだけであり、唯一の核《コア》としてはヤン・ウェンリーの残像が存在するだけであった。アレックス・キャゼルヌの行政処理能力も、ワルター・フォン・シェーンコップの驍勇《ぎょうゆう》も、ダスティ・アッテンボローの組織力と行動力も、オリビエ・ポプランの空戦能力も、ウィリバルト・ヨアヒム・フォン・メルカッツの名声も――すべて核《コア》をかためる要素であっても、核《コア》じたいにはなりえなかったのである。そして、おそらく賞賛に値することであったろうが、彼ら自身がそのことを知っていた。

「ヤン・ウェンリー一党の奇跡は、少数をもって多数に勝ちつづけた点にあるのではなく、ヤン自身の死後、権力争いが生じなかった点にこそ、その真価をもとめうる」

そう主張する歴史家もいる。たしかに、大量の脱落者はでたものの、フレデリカやユリアンを遂《お》ってみずからがとってかわろうとする者はいなかった。もっとも、事実より解釈がすくないという例は、絶対にありえないので、おなじひとつの事実から、賞賛ではなく嘲弄《ちょうろう》の種を見いだす人もいる。

「誰が、すきこのんで不毛の辺境に王者たらんとこころざす者がいるのか。けっきょく、ヤン・ウェンリーの幕僚たちは、茨《いばら》の王冠を未亡人と孤児におしつけたにすぎない。彼らは辺境の流刑者でしかなかったのだから……」

そういう悪意にみちた評価にたいして、自分たちはたしかに辺境にいるのだ、と、ユリアンは思う。銀河帝国や自由惑星同盟の辺境ではなく、人類社会全体の辺境に。そこは、全宇宙で、皇帝《カイザー》ラインハルト・フォン・ローエングラムを忠誠の対象としない人々の、唯一の集合地。圧倒的多数に与《くみ》しない異端者たちの聖地。そのような場所は、辺境にしか存在しえないのであり、ゆえにユリアンにとってそれは誇らかな言葉だった。辺境とは、時代をひらく地平に、もっともちかいところなのだ、と思いたいのだった。

森林公園をでて執務室へと歩きだしたユリアンは、エレベーターをおりたところで知人と出会った。〝薄くいれた紅茶の色〟の髪をした、パイロット・スーツ姿の少女だった。

「やあ、クロイツェル伍長」

「こんにちは、ミンツ中尉」

ふたりのあいさつは、まだ、かたくるしいものだった。まだ? あるいは、永遠にそうかもしれない。カリンことカーテローゼ・フォン・クロイツェル伍長の、ユリアンにたいする態度は、安定した同盟や協商関係とはとてもいえず、薄い氷に〝中立〟と記入したていどのものだった。

だが、とりあえず、ごく少数の同志が、いがみあわずにいられるのは、よいことであるはずだった。とにかく、ユリアンもイゼルローンに残り、カリンも残ったのだ。なにかを貴重なものと思い、なにかを実現させたいと思う、心の一部がかさなりあっているのだった。さしあたりはそれで充分ではないのだろうか。

ふたことみこと会話をかわすうちに、カリンが故人のことを話題にのせた。

「ヤン提督って、ほんとうに、すこしもえらそうに見えない人だったわね。でも、あの人が宇宙の半分をささえていたんだわ。政治的にも、軍事的にも、そして思想的にもね」

ユリアンはだまっていた。彼にとっては、肯定を表現する動作さえ不要なことであった。

「信じられないことだわ。あんな人と、みじかいあいだでも、いっしょにいることができたなんて。自分が歴史の証人なんだ、と感じるのは不思議な気分だわね」

「きみは、ヤン提督と話をしたことがあるのかい」

「ほんの何度かね。たあいのないことばかりだけど、不思議ね、直後には忘れていたことを、いまははっきりと思いだすことができるわ」

カリンは唇にかるく指先をあてた。

「じつをいうとね、ヤン提督が生きてらしたころは、それほど偉大な人だとも思ってなかったのよ。でも、亡くなってから、すこしだけわかったような気がする。提督の息吹を、わたしたちは直接、感じているけど、その息吹はきっと時がたつほど大きくなって、歴史を吹きぬけていくんでしょうね……」

そう言いおいて、カリンは片手をかるくあげると、ユリアンの傍から離れた。しゃべりすぎたのを悔やんでいるような表情でもあったが、足どりは、生気と律動感にあふれた、みごとなものだった。それを見送って、ユリアンはなんとはなく黒ベレーの角度をなおし、自分自身の用がある方角へ歩きだした。

三世紀前、アーレ・ハイネセンが長征一万光年《ロンゲスト・マーチ》の途上で亡くなったとき、残された人々は、歎《なげ》き、悲しみつつも、未踏の地へとむかう旅をやめようとはしなかった。いま、イゼルローンに残留した人々も、ひとまず涙腺《るいせん》のバルブをしめて、現在と未来に立ちむかいつつある。

アーレ・ハイネセンが死んでも、ヤン・ウェンリーが去ったまま帰らなくても、歴史はうごき、人は生きつづけ、権力は支配者をかえ、理想はうけつがれていく。人類が滅亡しないかぎり、前人の行為は記録として残され、それが後世の人々に伝えられていくのだろう。

いつかヤンはユリアンに言ったことがあった。

「歴史とは、人類全体が共有する記憶のことだ、と思うんだよ、ユリアン。思いだすのもいやなことがあるだろうけど、無視したり忘れたりしてはいけないのじゃないかな」

ユリアンは、ため息をついた。ヤンの最期を思いだすのはつらい。だが、忘れるのは、もっとたえがたいのだ。

II

後世、「ヤン・ウェンリーの、自由惑星同盟軍《フリー・プラネッツ》における最後の地位は？」と問われた人々は、ほとんどが当然のように「同盟軍最高司令官」とか「同盟軍総司令官」とか答えたものである。精密に、「統合作戦本部長と宇宙艦隊司令長官を兼任し、最高司令官という称号をおびていた」と答える人もいる。むろんこれはいずれも誤りであって、ヤン・ウェンリーの地位は、七九六年末から七九九年の退役にいたるまで、〝イゼルローン要塞司令官・兼・要塞駐留艦隊司令官〟であった。

宇宙暦《SE》七九九年四月、バーミリオン星域会戦が開始されたとき、ヤン・ウェンリーの指揮する兵力は、事実上、同盟軍の全兵力といってよかった。すくなくとも、恒星間航行能力を有する艦艇と、その乗員とは、ほとんどがヤンのもとに結集し、彼の指揮下にはいった。すべては宇宙艦隊司令長官アレクサンドル・ビュコック元帥の承認のもとにおこなわれたことであった。すべてゆえに、法理論上、また軍の指揮系統上、ヤンが不当な行為をおこなった、と非難しうる者はいないのだが、すべての人間を満足させることは不可能である。

〝法令上の根拠がないかぎりなにもできない小心な人物だった〟として、ヤンを批判する者もいるのだ。

だが、ヤンにしてみれば、個人レベルの非難や中傷など、いちいち気にしてはいられなかった。彼自身の内省的傾向はべつとして、行動と創造が批判にさきだつべきであったからだ。

ヤンがそうであった以上、ユリアンも、まず行動しなくてはならなかった。ヤンは行動しつつも、〝自分は正しいのだろうか。ほかにやりようはないのだろうか〟と自身に問いかけつづけたわけだが、ユリアンも問いつづけた。師父の場合と、その問いかたは、ややことなったが。

「ヤン提督ならどうなさるだろうか、ヤン提督が生きておいでだったら、ぼくの考えに賛成してくださるだろうか……」

恒星がほろびたあとも生存をつづける惑星群。

ヤン・ウェンリー亡《な》きあとのイゼルローン共和政府は、まさにそれであった。多くの人々が、絶望し、祭典の終了を感じてイゼルローンを去っていったのは、むしろ当然であった。

「よく六〇万人以上も残ったものさ。ものずきの種はつきないものだ」

と、紙コップからたちのぼるコーヒーの湯気をあごにあてながら、アッテンボローが感心したように言ったことがある。彼は、ユリアンの指導力を確立するため奔走しており、その日も、「ヤン提督さえ生きていれば、残留してもいいのだが」と言う民間人の有力者を〝鄭重《ていちょう》に〟たきだしたのだった。

「あんな不覚悟なやつに、いてもらう必要はない。立体TV《ソリビジョン》の三文ドラマだったら、視聴者が泣きわめけば、死んだ主人公が生きかえるだろう。だが、おれたちが生きているのは、それほどつごうのいい世界じゃない。失われた生命は、けっして帰ってこない世界、それだけに、生命というものがかけがえのない存在である世界に、おれたちは生きているんだからな」

「名演説、名演説」

と、同席していたオリビエ・ポプランが拍手した。

「アッテンボロー中将は世が世なら、あのヨブ・トリューニヒトの後継者になれますな。軍服なんぞ着せておくのはおしい」

「ありがとうよ。おれが元首になったら、お前さんにトリューニヒト記念賞をくれてやるよ」

その姿を見てユリアンは笑った。安堵をこめて。

ヤン・ウェンリーの死後、オリビエ・ポプランと最初に会ったときのことを、ユリアンは思いだす。

一ダース以上の酒瓶とともに、ポプランは自室にたてこもっていた。ユリアンとアッテンボローが部屋にはいると、アルコール臭の雲がなだれかかってきた。

オリビエ・ポプランという人格を構成する三つの主要な元素——不敵さ、陽気さ、瀟洒《しょうしゃ》さがいずれも蒸発してしまい、精神の骨格がむきだしになったような印象だった。自他ともに認めるはずの伊達《だて》男が、顔も洗わず、ひげもそらず、むろん女性をベッドに招待することもなく、アルコールと絶望と怒りを、自室に蜘蛛《くも》の巣のようにはりめぐらして、その中心にわだかまっていたのだ。ふたりの入室者を見ても、人間のかたちをした不機嫌な蜘蛛は、テーブルから立ちあがろうともしなかった。

「ふん、アルコールの毒がとうとう脳にまでまわったらしいな。見たくもない幻覚が見えるぜ。不景気な面《つら》をしやがって……」

「ポプラン中佐、もうお酒はやめてください。お身体にさわります」

「………」

「中佐、おねがいですから」

「だまってろ！　青二才！」

ポプランの声は、大きく、するどかったが、はりもつやも欠いていた。

「なんだっておれがヤン・ウェンリー以外のやつの命令をきかなくちゃならない？　おれには自分に命令をあたえる相手を、自分でえらぶ権利があるはずだ。それが民主主義ってものじゃないか、ええ？」

タンブラーをつかもうとした手が揺れて、ガラス器とウイスキーをテーブルの表面に、あらあらしく接吻させてしまった。緑色の酒精分をたたえた両眼でそれを見やって、ポプランがあらたな、最後の一本を開封しようとしたとき、ユリアンは彼の手を両手でおさえた。言うべき言葉を探しあてることができぬまま、三秒半が経過したとき、アッテンボローがはじめて口を開いた。

「ポプラン中佐、正式に報告しておこう。ヤン・ウェンリー元帥亡きあとは、ユリアンがおれたちの指揮官になる」

その声を耳にした撃墜王は、緑色の雷光でユリアンとアッテンボローを串刺しにした。

「だから、はっきり言っておく。ポプラン中佐、以後、ユリアンにたいして、指揮権に疑義をいだき司令部の威信を傷つけるような言動は許さん。ユリアンが許しても、おれが許さん」

「…………」

「不服か？　それならイゼルローンをでていけ。ユリアンの役にたたないやつに、いてもらう必要はない」

「……いや、不服はない」

数瞬の沈黙を前ぶれとして、ポプランはそう答えた。テーブルの端に両手をつき、よろめく足を踏みしめて、どうにか立ちあがることに成功する。

「すまんな、ユリアン。おれなどより、お前さんのほうが、よっぽどつらい心境だろうにな」

と、口にだして語るようなオリビエ・ポプランではない。彼はシャワー室へ姿を消し、二〇分後にふたたびユリアンたちの前にあらわれた。顔色はよくなかったが、身だしなみは完全にととのえており、ユリアンを見るとうやうやしく敬礼をほどこしてあいさつした。

「よろしく、司令官。本日ただいまより心をいれかえます。今後ともお見すてなく……」

そして、それ以後、ポプランは人前で理性を失うこともなかったし、空戦隊長としての責務をおろそかにすることもなかったのである。

「器量をためされているのは、ユリアンだけではない。おれたち全員が、歴史に問われている。ヤン・ウェンリーを失ったおれたちが、なお希望と統一と計画性とを失わずにいられるかどうか、ということをな」

アッテンボローの述懐は、イゼルローンに残留した若い世代の意識を整理し、過不足なく表現したものであった。ヤン・ウェンリーという巨大な支柱を永久に失って、ユリアンをふくむ彼らは、あらためて自問せざるをえなかったのだ。自分たちはなんのために戦うのか、ということを。〝伊達と酔狂《すいきょう》〟というアッテンボローの豪語は本心であるにしても、すくなくともそれが招来する結果を無視するわけにはいかなかった。

ユリアンは、いつかアッテンボローに、ひとつの考えを語ったことがあった。

「なんだ？　帝国に憲法をつくらせるって？」

アッテンボローは意表をつかれてうめいたが、考えてみれば、それは選択肢のひとつとして有力なものに思われる。とにかくも、憲法というものは、どんな非民主的なものであっても、君主専制から人民主権へいたる里程標となりえるものであるはずだった。

「そうです。急進的である必要は、かならずしもありません。立憲制度によって、銀河帝国それじたいを、じわじわとのっとってしまえばいいんです」

言うだけなら簡単だな、と、ユリアンは内心で苦笑しないでもない。だが、イゼルローンにたてこもって圧倒的な銀河帝国の大軍と戦い、はなばなしく玉砕する——という思考法は、ユリアンにはなかった。それはヤン・ウェンリーの影響であり、ヤン艦隊全体の精神的風土でもあった。民主共和政治の健全な遺産を後世に伝える、そのことに成功してこそ、〝伊達と酔狂〟は完結するのである。

銀河帝国それじたいを、専制国家から立憲国家に変質させてしまう。もしそれが可能であれば、全人類社会が単一国家として存在するときが、もっとも効率よく実現されるかもしれない。ルドルフ・フォン・ゴールデンバウムが、単一の民主共和政体をのっとり、単一の専制国家に変容させた。その逆は成立しえないものだろうか。

そう思考をすすめたとき、ユリアンの脳裏になにか小さな棘《とげ》がひっかかった。それを確認しえぬまま数秒間がすぎたとき、アッテンボローが話題をかえた。

「で、ユリアン、じゃない、ミンツ司令官、皇帝《カイザー》が大軍をもってイゼルローン回廊へ侵攻してくる可能性は、いまのところ、やはりすくないか」

「そう思います、現在のところは。皇帝《カイザー》は、フェザーン回廊を中枢とする全宇宙の体系再編に、当分は意をもちいるでしょう」

「だが、皇帝《カイザー》の為人《ひととなり》は、戦いを好む。いずれ平和に倦《う》み、宇宙統一の完成を口実に、戦端を開くということはないかな」

「それもまず考えられませんね。ヤン提督がご健在であるなら、皇帝《カイザー》も戦意を刺激されるでしょう。でも……」

でもユリアン・ミンツでは、とても皇帝がその気になるはずはない。ユリアンはそう思う。これは自嘲ではなく、客観的な認識というものである。エル・ファシル脱出行以前のヤンとおなじく、ユリアンは無名の存在であって、その名にはなんらの権威も影響力もない。差異があるとすれば、ユリアンが故人となった師父の名を借りうるのにたいし、ヤンにはそれがなかったという点である。自分が永久にヤンにおよばないことを、ユリアンは自覚しており、その自覚が、彼の未来へむかう足どりに、つねに方向性と安定性をあたえるべく機能しているのかもしれなかった。

フレデリカ・G《グリーンヒル》・ヤンは、私室で休息していた。ヘイゼルの瞳が、ナイトテーブルの上におかれた夫の写真にむけられている。

額縁のなかで、ヤン・ウェンリーは、気はずかしそうな微笑をたたえて、フレデリカを見かえしていた。彼女が最初に会ったとき、ヤン・ウェンリーは、出世や武勲とは縁のなさそうな、かけだしの青年士官だった。彼女が最後に別れたとき、やはりヤン・ウェンリーは、かけだしの青年士官にみえた。出会いと別れの一二年間に、どれほどの事実が蓄積されたことだろう。そして、事実をはるかに凌駕《りょうが》するのは、記憶の量と想いの深さであった。

かせられた責任の重大さに閉口したような表情で、サンドイッチを口もとにはこんでいたエル・ファシル駐留艦隊の落ちこぼれ中尉。帝国軍の手からのがれて、無事に惑星ハイネセンに到着したとき、宇宙港で抱擁しあう両親を横目に見ながら、フレデリカは〝落ちこぼれ中尉さん〟の姿をさがした。群衆のなかでようやく彼を見つけたのに、一日で英雄にまつりあげられた彼は、こまったような表情でマスコミの包囲のなかに立ちつくしていた。ちかづくことさえできなかった。やがて娘のことを思いだした両親が彼女を呼んだ。一四歳のとき。それがフレデリカにとっては〝はじまりの終わり〟だった……。

今日の事態は、ヤン・ウェンリーにとっては、いささか不本意なものであろう。自分の妻が革命政権の首座につき、養子が革命軍司令官をつとめ、自分自身は民主共和政治の守護神として、死後も彼らを精神的に救い、その正当性を擁護するつとめがあるのだった。

「死んでからも働かせるのかい、と、あなたはおっしゃりたいでしょうね。でも、あなたがご健在なら、わたしたちがこんな責任をかせられることもなかったのよ」

そういう論法すら、ヤンから借りたものであることをフレデリカは思い知らされる。

「あなたのせいなのよ、ヤン・ウェンリー、全部あなたのせい。わたしが軍人になったのも。帝国軍が軍事拠点としてつくったイゼルローンが、いつのまにか民主主義の最後の砦《とりで》になってしまったのも。皆がいつまでもそこにいのこって、祭りの夢を追いつづけているのも。ご自分の責任を自覚なさったら、さっさと生きかえっていらっしゃい」

むろん、死者は生きかえらない。生きのこった人々も、昔のままではありえない。失われた時は、けっして回復されることはない。

だからこそ、時は、一兆の宝石より貴重であり、生命は無為に失われるべきではないのだ。生前、ヤンはいつもそう言っていた。一部の宗教が、魂の不滅とか輪廻転生《リーインカーネーション》を主張し、肉体の死を軽視することにたいして、彼らしい表現法で反発していた。そんなに死がすばらしいものなら、とめはしないから死んでみればいいじゃないか。なぜそういうやつにかぎって、いつまでも生にしがみついているのだろう、と。

フレデリカはまたつぶやいた。

「生きかえっていらっしゃい。自然の法則に反したって、一度だけなら、赦してあげる。そうなったら、今度は、わたしが死ぬまでは死なせてあげないから」

そう言われてもこまるなあ、と、愛用の黒ベレーにむかってぼやくヤンの姿が、フレデリカの視界には、はっきりと映しだされていた。

「自分がこれまで死なせてきた人間の数を考えると、ほんとうに怖いよ。一回死んだぐらいでは、償《つぐな》えないだろうね。世の中って、けっこう不均衡にできているんだと思う」

これもまた、ヤン・ウェンリーの言葉だった。人間は、いくらでもエゴイストになりうるのだ。フレデリカは、ヤンに罪を償ってなどほしくなかった。死者の生命を吸いとってでも、生きつづけてほしかった。年金どろぼうとして長生きしてほしかったのだ。

「わたしは、たしかにあなたを失いました。でも、最初からあなたがいなかったことにくらべたら、わたしはずっと幸福です。あなたは何百万人もの人を殺したかもしれないけど、すくなくともわたしだけは幸福にしてくださったのよ」

ヤンの最期の言葉を、フレデリカは聴きえなかった。その点にかんするかぎり、彼女は悔《く》やんではいない。彼女にはわかっていたのだ。〝ごめん〟か〝ありがとう〟か、どちらかだということが。そしておそらく前者であるだろうことが。誰に信じてもらう必要もなかった。彼女にだけはわかっていたのだ。

Ⅲ

不満分子や脱落者を、ムライ中将がまとめてつれだしてくれたため、イゼルローン要塞に残留した人々はなんとか一枚岩となりえたはずであった。だが、完璧というわけにはいかず、とくにアルコールが体内にはいれば、仮眠していた不安が無音のうちに鎌首《かまくび》をもたげる。一日、なかば酔った士官のひとりが、中央指令室のドアのちかくでユリアンをつかまえ、からみはじめたのだ。それをカリンが目撃した。そして、聞きずてならない一言を耳にしたのだ。

「つけあがるんじゃない。ヤン提督のお生命《いのち》ひとつまもれなくて、なにが司令官だ」

カリンは、ユリアンに反発していたときも、それだけは言わなかった。それだけは絶対に口にしてはならない台詞《せりふ》なのだ、ということを、カリンは知っていた。誰よりもユリアン自身がそのことで傷つき、自分自身を責めているのに、他人がかさにかかって非難すべきではなかった。ヤンの生命をまもれなかったという点では、カリンもイゼルローン要塞の一員として、責任の一端をおうことになるであろう。〝ヤン提督の生命をまもれなかったくせに〟という心ない非難は、言われる者よりも言う者の心の貧しさを証明してしまうにちがいなかった。

「それに、だいいち、ヤン提督が、ユリアン・ミンツを非難するとも思えないわ。ユリアンが駆けつけるまで待てなくてごめん、と、かえってあやまることでしょうね」

考えてみれば不思議な人だった、と、カリンは思う。先日ユリアンに言った言葉は彼女の本心だった。生きているあいだは、ほんとうに、それほど偉大な人とも感じられなかったのだ。だが、一時間ごとに、一日ごとに、カリンにはわかってきたのだった。自分たち全員が、ユリアンも、ポプラン中佐も、母のごく一時的な愛人だったあの男も、皆、ヤン・ウェンリーの掌《てのひら》のうえでこそ、絶妙のリズムとステップで踊ることができたのだ、ということが。

ヤン提督は、〝イゼルローン的な精神〟の母港であり、それ以上に母校であったのだ、と、カリンは彼女なりに思った。自分たち全員がいずれは卒業せねばならないにしても、もうすこし長く楽しみがつづけばよかったのに。

だが、とりあえず彼女は、思索の淵《ふち》に沈むより、水面上で行動するほうをえらんだ。ひとつには、苦笑をたたえておとなしく男の罵声《ばせい》をうけているユリアンの姿が、歯がゆく感じられたのだ。彼女は、薄くいれた紅茶の色の髪をひとつ揺らすと、律動的な足どりで、ふたりの前に歩みよった。二対の視線をうけても、むろん彼女はたじろぎもためらいもしなかった。

「ミンツ中尉、どうして黙ってるの？」

カリンはむしろユリアンに詰めよったのだった。

「あんたは、不当に非難されているのよ。あたしだったら、平手打ち《スパンク》の二ダースぐらい、こいつにくれてやるわ。あんたは、あんたを信頼し支持してくれている人たちのために、自分自身の正当な権利をまもるべきではないの？」

ユリアンも、彼にからんだ男も、それぞれの表情で少女パイロットを見やって沈黙している。

「……それは、よけいなことだとは思うわよ。わかっているわよ。でもね……」

カリンの声は、それに倍する音量によってかき消されてしまった。酔漢が、中断された作業を再開したのだ。

「それにしても、ヤン提督もヤン提督だ。地球教徒に暗殺されるなんて、こんなぶざまな死にかたがあるか。皇帝《カイザー》ラインハルトと正面から戦って、壮烈な戦死をとげていたなら、英雄として生涯をまっとうできたものを。とんだ恥さらしじゃないか」

その瞬間に、ユリアンの表情が一変した。ヤンを非難されたと思ったとき、ユリアンの感情のチャンネルが切りかわったのだ。

「もう一度言ってみろ。暗殺された人間は、戦死した人間より格が下だとでもいうのか」

それは声というより、怒気が結晶化したものだった。男の顔色もかわった。これはユリアンによって恐怖感を刺激されたからであった。

「おいおい、ユリアン、いや、司令官どの、できの悪い部下をなぐってはいけませんな」

ユリアンの肩に、手がおかれた。何気ない動作だったが、掌からつたわる一種の波動めいたものが、ユリアンの怒気を抑制した。手のさきに腕があり、そのさきに肩があり、ユリアンの視線は最終的に、陽光の踊るような緑色の瞳にいきついた。

「ポプラン中佐……」

なにか声をだそうとする男に、撃墜王が笑いかけた。好意的な笑いではない。

「さて、この際、あんたのほうはわずかな想像力をはたらかせればいいのさ。あんたより年齢がずっと若くて、ずっと重い責任をおわされた相手を、口ぎたなくののしるような人間が、周囲の目に美しく見えるかどうか」

「…………」

「ま、ひきさがるんだな。ユリアンが本気で怒ったら、お前さんはミンチボールにされてしまう。お前さんの健康のために、おれはでしゃばっているんだぜ」

男が口のなかでなにかつぶやきながら歩きさると、ポプランは、その場に立ちつくしているユリアンとカリンを、緑色の瞳で見やって、闊達《かったつ》そうに笑った。

「さて、お若いご両人、おひまなようだから、そのあたりで小生にコーヒーでもつきあっていただこうか」

このささやかな一件を耳にしたとき、ワルター・フォン・シェーンコップは、アレックス・キャゼルヌに語りかけた。

「ユリアンが、未熟を自覚しながら司令官職についたのは、ヤン提督をまもれなかった責任を、あいつなりにはたそうとしているのさ。ヤン提督の理念をうけついで実現させることでな。そのていどのことを理解できないようなやつが、イゼルローンに残留する必要も意義もない。でていってもらうべきだろうな」

アレックス・キャゼルヌのほうは、相手の正論にべつの正論で応じた。

「おれもそうしてもらいたいと思うが、異分子をすべて排除するというのも、民主政治の原理に反するだろうな」

「民主政治とは、権力者の自己規制を法文化した体制である、か」

シェーンコップが口のはたに苦笑をひらめかせた。

「権力者ねえ、あのユリアンがね。ヤン・ウェンリーはとても英雄には見えない人間だったが、愛弟子もそれに倣《なら》うか」

シェーンコップは、言葉を切り、キャゼルヌも沈黙した。エア・コンディショニングの風が、両者のあいだを、ゆるやかに回遊していった。

彼らは、ヤンを永久に失った衝撃から、精神上の再建をはたしてはいた。だが、春がきても冬の記憶は残る。彼らの、不敵で、本質的に剛直な精神風土にも、氷河の浸蝕《しんしょく》はかたちとなって残されていた。

宇宙暦《SE》七九六年のすえにヤン・ウェンリーがイゼルローン要塞に司令官として赴任して以来、彼の死にいたるまでの約三年半。それは一時的な放棄によって中断されたことはあるにしても、活力と一体感にみちた、いまとなっては信じがたいほどの光と熱の時代だった。それが永久につづくものと若い世代は信じていたであろう。年長者、といってもキャゼルヌもシェーンコップもまだ四〇歳に達してはいなかったが、彼らでさえ、あの〝祭りの季節〟がこうも早く終わるとは思っていなかったのだ。

沈黙を忌《い》むように、キャゼルヌが口を開く。

「ユリアンには、先人にたいする嫉妬心がない。こいつは後継者としては、えがたい資質だ。このまま伸びていってほしいものだが」

キャゼルヌの声にうなずきながら、シェーンコップは黒ベレーをかぶりなおした。

「ヤン・ウェンリーの語調を借りれば、こういうことになるかな。歴史はどう語るか。ユリアン・ミンツはヤン・ウェンリーの弟子だった。ヤン・ウェンリーはユリアン・ミンツの師だった。さて、どちらになるものやら」

「はっきりわかっているのは、これだけだ。おれたちは、全員そろって、あきらめが悪い人間だということさ。シェーンコップ中将のご意見は？」

「反論できないのが残念だな」

シェーンコップは笑い、片手をあげてあいさつすると、キャゼルヌの執務室をでていった。少数の兵は精鋭でなくては意味がなく、残留者たちをそうきたえあげる責任が彼にはあったのだ。キャゼルヌも自分の仕事を再開した。彼の責任は、少数者を食べさせることにあった。

Ⅳ

早期に帝国軍が侵攻してくることはありえないとしても、軍事力による対応の準備をおこたることはできなかった。ユリアンはもとより、メルカッツも、アッテンボローも、ポプランも、編制、補給、人事、施設管理などの作業に追われて多忙をきわめた。

とくに若い世代が、いちじるしく勤勉になったのは、使命感もさることながら、多忙さによってヤンの死の記憶から遠ざかろうとした事実を否定できないであろう。

「ヤン提督の生前はお祭りの準備にいそがしかった。死後は、残っていた宿題をかたづけるのに骨をおった」

とは、ダスティ・アッテンボローの回想だが、その彼がある日、司令室から、港湾施設点検中のユリアンを呼んだ。その表情が、彼らしくもなく硬い。

「どうしたんです、アッテンボロー中将でもおどろくことがおありなんですね」

アッテンボローは黙然としたままスクリーンにむけてあごをしゃくった。ユリアンの視線がスクリーンへ直進し、そのまま吸着し、そして離れない。理性は、視覚からの情報を拒否したがった。これはほんとうに、帝国の人事を映した光景なのか。

スクリーンには、見なれた笑顔が映っていた。何億人もの同盟市民を、有権者を、支持者を、魅了してきた笑顔である。

「ヨブ・トリューニヒト……」

ユリアンは、自由惑星同盟《フリー・プラネッツ》の旧元首の名を口にした。その声は、ささやきにしかならなかった。肺の機能が急速に低下したようで、呼吸すら困難になったようだ。新領土《ノイエ・ラント》総督府高等参事官ヨブ・トリューニヒトという言葉は、めざめたまま見る悪夢の具現化だった。

「皇帝《カイザー》の人事にもあきれるが、それよりこの男こそ驚異だな。内心はどうか知らぬが、表面だけにせよ、よくまあ笑っていられる。トリューニヒトという野郎、おれたちが考えていたより、はるかに化物じみた男らしいな」

アッテンボローの述懐《じゅっかい》は、ユリアンの記憶巣を刺激した。生前のヤン・ウェンリーは、トリユーニヒトの衆愚政治家としての一面をきらうと同時に、他の面を恐怖すらしていたのではなかっただろうか。

沈黙したまま画面を凝視するフレデリカに、ユリアンはたずねてみた。

「こんなニュースを知って、ヤン夫人は平静でいられますか？」

「ええ、とても平静ではいられないわ。でも、考えなくてはならないでしょう。この人事にどういう意味があるか、ということをね」

フレデリカの言うとおりだった。誰も望まない人事など、ありえない。任命した者か、任命された者か、どちらかが望んだのだ。新領土総督府高等参事官《ノイエ・ラント》ヨブ・トリューニヒトという、おぞましい人事を。いったい何者が、どのような目的をもって、それを成立させたのだろうか。たんにトリューニヒトの厚顔な権力志向として割りきれるものなら、ユリアンは気楽だった。だが、咲いた花がそうとしか見えなくとも、問題とすべきは根であり、土壌であった。その正体を洞察するだけの眼力は、まだユリアンにそなわってはいない。だいいち、情報がとぼしすぎた。貧弱な情報から、自分のつごうのよい結論をみちびきだす愚劣さは、ヤンのかたくいましめるところだった。せめてその姿勢だけでも、ユリアンはヤンの後継者でありたかった。

ヤンの死は、ユリアンの将来への志望を、微妙に修正させていた。誰にも明かしていないことだが、すべてが終わったら政戦両部門から身をひき、歴史家として同時代の証人になれればよい、と思うようになっていた。

だが、その前に、ユリアンはふたつのことをなしとげねばならなかった。ひとつは、歴史上最大の征服者である皇帝《カイザー》ラインハルトと拮抗《きっこう》し、民主共和政治の種子を歴史の土壌に埋めこむことである。これはユリアンの理想であるとともに、ヤン・ウェンリーの遺志でもあった。

　そしてもうひとつは復讐であった。

　ヤン・ウェンリーを救いえなかった自分を糾弾するいっぽう、ユリアンはヤンの謀殺を計画し実行をおこなった者たちを、けっしてそのままにはしておけなかった。

　もしヤン・ウェンリーが、戦闘であるにせよ、陰謀であるにせよ、皇帝《カイザー》ラインハルトの手で斃《たお》されていたとすれば、ユリアンに残された道は、ラインハルトを憎悪し、打倒することだけである。彼我《ひが》の軍事力の較差からいって、戦闘による勝利が不可能であるとすれば、忌《い》むべきテロリズムにたよるしかないであろう。そのような選択が、生前のヤンの意思にそむくことであったとしても、ユリアンはその道を進まざるをえなかったにちがいない。

　ヤンが地球教徒によって謀殺されたという事実は、ユリアンを、皇帝《カイザー》ラインハルトにたいする不毛な憎悪から自由にした。そしてそれは、後日の歴史の展開に、すくなからぬ影響をおよぼすことになったのである。

V

　皇帝《カイザー》ラインハルトから〝新領土総督府高等参事官〟の辞令をうけたヨブ・トリューニヒト

が、惑星ハイネセンへ赴任したのは、新帝国暦二年八月一〇日のことである。

関係者周知のとおり、トリューニヒトは昨年まで〝新領土《ノイエ・ラント》〟の主権代表者であった。自由《フリー・》惑星同盟《プラネッツ》という名の国家は、すでに現実の地平線上には存在しない。武力によってその瓦解《がかい》をふせぎつづけたふたりの名将、アレクサンドル・ビュコック元帥とヤン・ウェンリー元帥も永遠に還らぬ身となった。ただ、トリューニヒトのみが傷つくこともなく生き残って、総督オスカー・フォン・ロイエンタール元帥の前にあらわれたのである。

「どの面《つら》さげてここへ来たか、祖国を枯死《こし》させたやどりぎめが」

そう思っても、ロイエンタールは口にはださない。金銀妖瞳《ヘテロクロミア》にひややかな光をたたえて、その刃でトリューニヒトの顔を横に切っただけである。

ロイエンタールとトリューニヒトとは、初対面ではない。昨年、帝国軍が惑星ハイネセンを急襲し、同盟政府に〝城下の盟《めい》〟をしいたとき、トリューニヒトの降伏をうけいれた帝国軍の最高幹部は三名、ウォルフガング・ミッターマイヤー、ヒルデガルド・フォン・マリーンドルフ、そしてロイエンタールであった。それぞれ性格も思考もことなる三人であったが、トリューニヒトの行動に美でなく醜を感じた点においては一致している。賞賛どころか、容認することすら困難であった。今回、トリューニヒトがぬけぬけと、帝国の高官として旧祖国に帰ったことは、彼にたいするロイエンタールの嫌悪感の画布《キャンバス》に、太い絵筆のひとはけをくわえることになった。

ロイエンタールの精神作用に、とくに感応したようすもみせず、トリューニヒトは長々とあいさつし、最後をこうしめくくった。

「ロイエンタール元帥は銀河帝国で随一の重臣、そして最高の名将でいらっしゃる。私ごときが貧しい知恵をお貸しする必要など、ございませんでしょうが、閣下のお役にたてるのは光栄のいたりです」

先入観と偏見が、ロイエンタールの鋭利な頭脳をくもらせてしまうところだった。あやういところで、金銀妖瞳の総督は、トリューニヒトの巧言令色の底にたゆたう、危険なものの影を察知したのである。すくなくとも、ロイエンタール自身はそう思った。

嫌悪感は、殺意へと生化学反応を生じて変化したが、ロイエンタールはまだそれを抑制することができた。というより、強烈な感情であっただけに、かえって、理性の枠《わく》にふれて、制御反応を招来《しょうらい》したのかもしれない。

かつて、金銀妖瞳の名将は、内務省内国安全保障局長ハイドリッヒ・ラングに一喝をあびせ、彼の憎悪をかったことがあった。それはラングの存在を、脅威とはみなさなかったからであったし、なによりも、親友であるミッターマイヤー元帥が侮辱されたと感じたため、純粋な怒気を発動することができたのである。ロイエンタールは親友のために、より大きな危険をしばしば冒《おか》してきたし、それはミッターマイヤーのほうも同様であった。

今回は、そうはいかなかった。ロイエンタールは自己武装の必要を感じた。なおも話しつづけるトリューニヒトにたいして、完全な形式的儀礼による対応をかえし、短時間で退出させた。直後には、軍事面の補佐役である査閲監《さえつかん》ベルゲングリューン大将を呼んで指示をあたえた。

「トリューニヒトを監視しておけ。おれが思うに、やつはなにか、よからぬことをたくらんでいる」

ベルゲングリューンは、わずかに眉をひそめた。上官の指示に、さからうことなど考えもしなかったが、トリューニヒトなどに拘泥《こうでい》する必要はないように思われたのだ。

「それはおれも承知している。だが、視点を変えて考えてみろ。ヤン・ウェンリーは非命《ひめい》にたおれたが、あのトリューニヒトは、裕福に、健康に生きているではないか」

上官の辛辣な見解を、ベルゲングリューンはうけいれたが、きまじめそうな顔には、危惧の表情がたたえられていた。

「元帥、総督閣下、あるいは無用の言かとは存じますが、ご注意を喚起《かんき》しておきたいことがあります」

「言ってみろ。卿《けい》がおれの補佐役となって以来、無用のことを聞かされた憶えはないが」

上官の信頼に、一礼して応えると、査閲監は熱心に進言した。

「トリューニヒトごときと、閣下の御身とを、どうかおひきかえになりませんよう。閣下はローエングラム王朝の重臣として帝国をささえる御身、ご自重くださるよう、せつに望むところであります」

ロイエンタールは、黒と青の笑いを両眼にたたえた。なかば以上は人工的なものであった。

「自重したからこそ、トリューニヒトを監視させるのだ。だが、忠告はありがたくうけておこう」

「そもそも、明敏であらせられる皇帝《カイザー》が、トリューニヒトなどを信任されたもう、そのことこそが小官には不思議でなりません。私ごとき凡人には考えもつかないご深慮《しんりょ》がおありなのかもしれませんが……」

そうではあるまい、と、ロイエンタールは思う。皇帝《カイザー》ラインハルトにとっては、トリューニヒトの存在を認識するだけで、精神の沃野《よくや》を汚水にけがされる思いであるにちがいない。できれば現世から除名してやりたいが、まさか嫌いだからという理由だけで殺すわけにもいかないところであろう。それはロイエンタールにとっても同様である。

ロイエンタールの脳裏に描きだされるのは、皇帝《カイザー》よりも、軍務尚書パウル・フォン・オーベルシュタイン元帥の、青白い、犀利《さいり》な顔であった。帝国と皇帝のために、あらゆる障害物を除去しようとはかるあの男は、トリューニヒトをロイエンタールに害させ、それを口実としてロイエンタールを処断しようと考えているのではないか。

「いずれにせよ、トリューニヒトめは皇帝《カイザー》より勅任《ちょくにん》をこうむった男、罪ありとしても、おれが一存で処断するわけにはいかぬ。さしあたり監視をおこたるな。そう長い期間が必要とも思えぬが、とりあえずのことだ」

それだけを口にだして、ロイエンタールは腹心の査閲監をさがらせた。執務室でひとりになると、美丈夫として知られる青年元帥は、ダークブラウンの髪をかきあげつつ、沈黙のうちになにやら考えこんだ。

オスカー・フォン・ロイエンタールの、このときの状態を指して、〝宇宙で第二の実力者〟と称する後世の歴史家は多い。帝国中央の兵権が、オーベルシュタイン、ミッターマイヤーの両元帥に二分されていることを考慮すると、〝新領土《ノイエ・ラント》〟内に限定されるものではあっても、ロイエンタールの軍事独裁権力は、帝国の重臣たちのなかにあって、最強かつ最大のものであった。彼にくらべれば、オーベルシュタインは実戦部隊を掌握してはおらず、ミッターマイヤーは皇帝の命令を至近からうける立場にある。この強大な権限と実力とが、いずれの方角を志向するか、この段階においては、ロイエンタール自身にすら明瞭《めいりょう》ではなかったのだ。

第二章　夏の終わりのバラ

I

〝歴史上最大の征服者〟ラインハルト・フォン・ローエングラムは、彼自身が新王朝の首都として選定した惑星フェザーンにおいて、いまだにホテル住まいの身であった。

新帝国暦二年八月、ラインハルトは二四歳である。ローエングラム伯爵家の家名をついでより四年七カ月、至尊《しそん》の冠を頭上にいただいてより一年余が経過している。その間、ラインハルトの歳月は、征戦と経略の日々に埋めつくされ、彼はいまだに〝定住せぬ権力者〟であった。

ラインハルトの居住するホテルは、彼がいまだ帝冠をいただかぬ時期に、〝神々の黄昏《ラグナロック》〟作戦の総司令部として使用した建物である。公的に〝帝国大本営〟所在地となって以降、内部改装は幾度かおこなわれたが、本格的なものではなく、どこまでも外見は一流半のホテルにしかみえなかった。

ラインハルトがいかに過剰な警備をきらい、身辺の簡素さを好んだとしても、彼の臣下たちは、皇帝《カイザー》の蒼氷色《アイス・ブルー》の視線がとどかぬ場所に兵を配置して、金髪の覇王の安全を期すことに心がけざるをえなかった。一年前には、キュンメル男爵家の若い当主が、登極《とうきょく》したばかりの皇帝を暗殺しようとはかったのであり、それを思いだすつど、親衛隊長ギュンター・キスリング准将は、気温にかかわりなく、汗腺《かんせん》が冷たい湿気にみたされるのを自覚するのである。

さらに、この年の六月には、銀河帝国にとって最強の、畏敬《いけい》すべき敵手であったヤン・ウェンリーが、皇帝との会見を目前にひかえて、テロリズムの犠牲となっている。その衝撃は帝国の枢要部をすら動揺させた。全帝国の公敵であるヤンの急死を知って、おどりあがって喜ぶ者もむろんいたが、皇帝《カイザー》ラインハルトをはじめ、ミッターマイヤー元帥、ミュラー上級大将らの軍高官は、敵手の死を悼み、キスリングは同時に、皇帝の身辺の安全にいちだんと留意する必要を痛感せざるをえなかった。

皇帝執務室は三階の西翼部にあり、居室は一四階のスイートルームをしめる。皇帝は、双方を往復するのに、エレベーターを使うのだが、ときには気まぐれに階段を使うこともあるので、階段と踊場には親衛隊員が配置されていた。

将来における皇帝の居城、仮称〝獅子の泉《ルーヴェンブルン》〟の建設は、最高責任者であった工部尚書シルヴァーベルヒの暗殺によって、設計と候補地選定の段階で中断されたままであった。もともと、ラインハルト自身がそれほど強く望んだわけでもない。ゴールデンバウム王朝の開祖ルドルフ大帝とことなり、ラインハルトは、皇帝の権威と権力を巨大な建造物によって象徴させることに、まったく関心がなかった。

もっとも、これについては、新任の工部尚書グルックが、皇帝《カイザー》に発想の転換をもとめたことがある。

「皇帝陛下があまりにご質素な生活をなさっては、臣下の者たちが、余裕ある生活を送れませぬ。願わくばご考慮いただけますよう」

「なるほど、そういうものか。わかった、すこし考えるとしよう」

政治と戦争以外のことには、奇妙に疎《うと》いところのあるラインハルトは、このとき従順に臣下の忠告をうけいれて〝考慮〟をはらい、その結果、九月一日を期して、ラインハルトは大本営を、かつてのフェザーン自治政府の迎賓館にうつすことになった。国務尚書マリーンドルフ伯爵、軍務尚書オーベルシュタイン元帥、宇宙艦隊司令長官ミッターマイヤー元帥らの重臣たちも、それぞれフェザーンに居館をかまえることにさだまり、いくつかの邸宅が買いとられたり借りあげられたりした。マリーンドルフ伯爵の場合は、娘のヒルダことヒルデガルドとともに、さきのフェザーン代理総督ボルテックの旧宅に入居した。ミッターマイヤーが、最初に提供された官舎は、もともとフェザーン有数の豪商が引退後に使用していた大邸宅で、三〇室を有していたが、華美さと豪壮さがミッターマイヤーの性《しょう》にあわず、あたらしい大本営から徒歩一〇分の、ごく平凡な二階建の家を借りあげた。

八月二二日、銀河帝国軍最高の勇将ウォルフガング・ミッターマイヤー元帥は、フェザーン第二宇宙港で、副官も従卒もともなわず、遠来の待人《まちびと》を出迎えていた。蜂蜜《はちみつ》色の頭髪をむきだしにした若々しい青年士官は、クリーム色の頭髪とすみれ色の瞳をした若い女性を見つけると、手をあげながらちかづいた。

「エヴァ!」

「ウォルフ、あなた、お元気でした?」

ミッターマイヤー夫妻にとっては、ほぼ一年ぶりの再会であった。銀河帝国軍に現存する三名の元帥のひとりは、妻をだいてひさびさの接吻をした。

「あまり元気ではないよ。エヴァの料理を長いこと食べられなかったからな。味覚の水準が低下してしまった」

「そのかわり、おせじの水準は上昇なさったみたいね」

ふたりは肩をならべて宇宙港のゲートからでたが、せいぜいそれは、若い佐官か尉官級の夫婦であるような外見だった。

道行く者の幾人かが、肩ごしにふりむいたり立ちどまったりして、驚愕の視線を投げかける。ウォルフガング・ミッターマイヤーは、宇宙の大部分を——人体にたとえるなら頭髪の数本をのぞく全身を——支配する巨大な帝国の重臣であり、エヴァンゼリンはその令夫人であるのだが、外見からはとてもそうとは想像しえない。ゴールデンバウム王朝の元帥であれば、従卒だけで一個分隊をなし、民衆をクラクションや警棒で追いちらして、高級車を乗りまわしたことであろう。だが、ミッターマイヤー夫妻は、ごくありふれた型の無人タクシーに乗りこんだ。夫人が、皇帝《カイザー》のもとへあいさつに行くことになっていた。

皇帝《カイザー》ラインハルトは二四歳であり、ミッターマイヤーが結婚したときの年齢にひとしい。だが、結婚どころか、浮いた話ひとつ身辺にはただよっていなかった。重臣や側近にしてみれば、かるい困惑を感じざるをえない。

ラインハルトが、オスカー・フォン・ロイエンタール元帥のような漁色家であれば、それはそれでまた重臣たちの気をもませることであろうが、できれば皇帝《カイザー》には中庸《ちゅうよう》あるいは平凡の道を進んでいただき、家庭と世嗣《よつぎ》とをえていただきたい、と、ミッターマイヤーは思うのだ。ラインハルトが私人であれば、一生独身だろうと不犯《ふぼん》だろうと自由だが、専制国家の専制君主には、ふたつの責務がある。統治と、血統の保存とである。前者にかけては、ラインハルトには批判の余地がないが、後者にかんしては完全無欠の落第生であった。真偽のほどはさだかでないが、宮内省が気をきかせたつもりでつぎつぎに寝室に参上させた美姫たちを、すべて鄭重に扉の外でひきかえさせたともいう。

大本営の応接室で、ラインハルトはミッターマイヤー夫妻を迎えた。前夜またも発熱があったのだが、朝の光とともに平熱にもどり、朝から政務に精励《せいれい》していた。

「ミッターマイヤー夫人《フラウ・ミッターマイヤー》、よく来てくださった。あなたのご主人は、予にとって、信頼に値する戦友だ。ご主人を麾下《きか》にもちえたことは、予の幸福だと思っている」

「おそれいります、陛下、主人にとっては陛下のもとにあることが人生で最大の幸福だと存じます」

皇帝の近侍であるエミール・ゼッレ少年が、クリームコーヒーを三人前はこんできた。香気がたちのぼり、最初はややぎごちなくはじまった談話も、急速に親和力をました。ラインハルトは、本来が座談の名手ではないにしても、ミッターマイヤー夫妻との時間の共有を好ましいものに思い、ふたりのなれそめや結婚の事情について聞いた話のかずかずを楽しんだ。

「そのときミッターマイヤー元帥は、どんな花をもっていったのだ?」

「いや、それがお恥ずかしいしだいでございまして……」

ミッターマイヤーは苦笑した。現在の彼は、黄色い薔薇《ばら》の花言葉を知っている。求婚に際して使用するような花ではなかったのだ、ということを。

長くもない談笑ののちに、ミッターマイヤー夫妻が大本営を辞すると、皇帝《カイザー》は玄関までふたりを見送った。元帥夫妻は門をでて、新居まで肩をならべて歩いた。なにかと異例ずくめの訪問を終えたミッターマイヤーがつぶやいた。

「その気におなりなら、陛下の周囲は花園も同様なのになあ、もったいないことだ」

「マリーンドルフ伯爵のご令嬢のこと?」

「彼女だけともかぎらないがね。おれにその権限があったら、やはり彼女を皇妃になさるよう、皇帝《カイザー》に申しあげるだろうな」

ヒルダことヒルデガルド・フォン・マリーンドルフ伯爵令嬢のように、識見と知的活力にとんだ女性が側近にあることは、皇帝にとって望ましいことであるはずだった。しかも彼女は美しい。ラインハルトとならんで、おさおさ見劣りしないほどに。これほど皇妃としての条件をそろえた女性がほかにいるだろうか。

ただ、ミッターマイヤーが観察するところ、皇帝《カイザー》は、伯爵令嬢の知力には正当な評価をあたえ、敬意をはらっているが、彼女の美貌にたいしては、さほど感銘をうけたようでもなかった。そもそもラインハルトは、彼自身の美貌でさえ、当然の属性とみなして、無関心であったようにすらみえる。彼にとって矜持《きょうじ》や自負の源泉となったのは、知勇や志操《しそう》であって、外見ではなかった。彼が自分の美貌に陶酔するような型の若者であったら、ミッターマイヤーにせよ親友のロイエンタールにせよ、また他の勇将たちや兵士たちにせよ、自己の運命と人類の未来とをゆだねる気にはなれなかったであろう。だが、平凡な意味での情緒に欠ける点があるのも、考えものである……。

ミッターマイヤーは頭をふった。彼は、たんなる軍人でありたかった。政治どころか皇帝の私生活まで気に病んでいては、際限がない。

彼は視線をうごかし、若々しい頰をほころばせて、一軒の家を妻にさししめした。彼らのあたらしい家が、午後の光のなかに、ひっそりとたたずんでいた。

季節は晩夏であった。ヤン・ウェンリーの衝撃的な死にはじまったこの年の夏は、権力の有無にかかわらず、人々の胸に、なにか目に見えぬものが通過してひとつの時代が終焉《しゅうえん》をむかえたような思いをのこしつつ、一抹の寂寥《せきりょう》感のうちにすぎさろうとしているかにみえた。

II

「……革命的専制者、あるいは専制的革命家ともいうべきラインハルト・フォン・ローエングラムは、ゴールデンバウム王朝の悪《あ》しき慣例や伝統をほとんど破壊したが、ただひとつ、変えることができなかった伝統がある。それは、刺客の標的としての皇帝という伝統である」

後世の歴史家がそう記述する事件は、その年八月二九日に生じた。

この日、午後おそくの雨がやむと、雲が地平へとはしりさって、空は急速に晴れわたり、洗われた大気は粒子のひとつひとつに夕陽を反射させて、人々の視界を澄明な緋色に染めあげた。

新設された戦没者墓地の完工式に出席することが、その日、ラインハルトにとっては最後の公式行事となっていた。式が終わり、幾人かの戦没者遺族の礼をうけると、ラインハルトは、三万人の兵士たちがつくる列のあいだを、優雅に歩きだした。

「皇帝《ジーク・カイザー》ばんざい！　帝国《ジーク・ライヒ》ばんざい！」

熱気と律動性をともなった声の波が、彼の左右に音の壁をつくった。ゴールデンバウム王朝時代、〝皇帝《ジーク・カイザー》ばんざい〟の叫びは、貴族の主導する慣例にすぎなかった。いまやそれは兵士たちの熱狂と忠誠を具体化させたものだった。

「お元気になられたようで、よかった」

ギュンター・キスリング准将は安堵の小さな松明《たいまつ》を黄玉《トパーズ》色の瞳の隅にともした。忠実で勇敢な、この親衛隊長は、ラインハルトの健康という重大な問題にたいして、自分が無力であることを残念に思っていたのだ。無能であるはずもない侍医団が、最近頻発《ひんぱつ》する皇帝の発熱に困惑するありさまは、腹だたしいかぎりだった。医学をきわめ、高給を食《は》みながら、役たたずなことではないか。

だが、ひとたび病床を離れれば、ラインハルトはあいかわらず、青春の香気と生気が結晶したように美しく、活力と律動性は、分子レベルでさえ、そこなわれたようにはみえなかった。病みおとろえた、という外的印象はまったくなかったのだ。

このとき皇帝《カイザー》に随従していた人々は、国務尚書マリーンドルフ伯爵、軍務尚書オーベルシュタイン元帥、帝都防衛司令官・兼・憲兵総監ケスラー上級大将、フェザーン方面軍司令官ルッツ上級大将、大本営幕僚総監ヒルデガルド・フォン・マリーンドルフ中将、皇帝首席副官シュトライト中将、同・次席副官リュッケ少佐、それにエミール・フォン・ゼッレらの近侍《きんじ》を合して、二四名であった。注意ぶかく観察する者がいれば、二名の侍医が同行していることに気づいたであろう。軍服をまとってはいても、どこか違和感があった。

ミッターマイヤー元帥、ミュラー上級大将、ビッテンフェルト上級大将、ワーレン上級大将、アイゼナッハ上級大将の軍最高幹部五名は、フェザーン回廊の両端に、新帝都を防衛する軍事拠点を建設する計画を具体化させるため、フェザーンを離れて二週間の予定で視察行におもむいていた。したがって、このとき、ラインハルトに随従していたのは、フェザーンにおける帝国軍中枢部そのものであった。それだけに、警備の責任は重大である。べつに今回にかぎったことではなく、親衛隊の幹部士官は、しばしば精神的重圧からくる胃痛との親交関係をしいられた。副隊長ユルゲンス大佐が、小食にもかかわらず〝鉄の胃袋〟とあだ名されるのは、なぜか一度も胃を痛めたことがなかったからである。

異変を察知したのは、この〝鉄の胃袋〟であった。その原因を、彼は後日こう語った――ほかの者は皇帝陛下を見ていた、自分は皇帝を見つめる者を見ていたのだ、と。大佐にささやかれて、キスリングも黄玉色《トパーズ》の瞳をひとりの男にとめた。兵士をよそおって軍服を着用した、三〇代なかばの男。だが、行動に、集団の一員としての秩序がない。キスリングはみじかく、的確に指示をくだした。

暗殺者は、行動哲学において〝鉄の胃袋〟の対極にいた。憎悪と殺意の視線をラインハルトにそそぎつづけ、他者を見ていなかったのだ。

皇帝の三メートルほど手前で、暗殺未遂犯は逮捕された。セラミック製の青酸ガス・スプレーや、ニコチン毒を塗った竹のナイフが発見された。逮捕劇はあっけなく、完璧なかたちで終わった。だが、この弑逆《しいぎゃく》未遂ドラマの本番は、犯人が逮捕されて以後だった。二重に電磁石の手錠をかけられ、両脇を兵士にかかえこまれ、電圧銃で抵抗力を奪われた犯人は、ひややかに見まもるラインハルトにむかって、苛烈《かれつ》な叫びを放ったのだ。

「金髪の孺子《こぞう》！」

玉座につくまでは、ラインハルトが耳なれていたほどの、それは罵声だった。むろん、その一語はローエングラム王朝においては、不敬の大罪を構成することになる。弑逆未遂という広大な池に、雨滴の一粒がくわわっただけのことであるが。

なおも叫びを放とうとする口もとに、キスリングが平手打ちの一閃《いっせん》をたたきつけた。頸椎《けいつい》を捻挫《ねんざ》するのではないか、と思われるほど容赦のない一撃が、さすがに男をたじろがせた。

「不逞《ふてい》なやつめ。きさまも秩序の破壊をたくらむ地球教とやらの狂信者か」

「地球教徒などではない」

切れた唇から、血と憎悪をしたたらせながら、男はうめいた。若い美貌の皇帝を焼き殺すかのように、眼光を集中させる。

「ヴェスターラントを忘れたか。たった三年前の惨劇を、もう忘れたのか！」

男が口にした固有名詞は、弩《いしゆみ》から放たれた無形の矢となって、ラインハルトの耳から心臓へ貫通した。

「ヴェスターラント……？」

ラインハルトのつぶやきは、一瞬のうちに、皇帝の美貌から生気のかがやきを強奪していた。

逆に、暗殺者は活気を回復し、糾弾《きゅうだん》を開始した。

「なにが皇帝《カイザー》だ。名君だ。きさまの権力は流血と欺瞞《ぎまん》のうえになりたっているのではないか。おれの妻子は、ヴェスターラントで、ブラウンシュヴァイク公ときさまとのために、生きたまま焼き殺されたのだぞ！」

ふりかざされたキスリングの手が、こんどは空中で急停止した。決断なり命令なりをもとめるように皇帝を見やったが、金髪の覇王は、激烈な弾劾《だんがい》の前に、なかば茫然と立ちつくすだけである。

「さあ、おれを殺せ。ヴェスターラントでブラウンシュヴァイク公と共謀して無辜《むこ》の民二〇〇万人を殺したように、おれを殺せ。きさまになんら害をくわえたわけでもない子供や赤ん坊を、熱核兵器の劫火《ごうか》で生きながら焼きつくしたように、おれを焼け！」

男の、生命がけの怒号にたいして、ラインハルトは答えようとしない。発熱がひいたばかりの頬は、瞳の蒼氷色《アイス・ブルー》が拡散したように青ざめ、エミールは皇帝の長身をささえるように寄りそった。

「生きている奴らは、きさまの華麗さに目がくらんで、ヴェスターラントのことなど忘れてしまっているだろう。だが、死者は忘れんぞ。自分たちがなぜ焼き殺されたか、永遠に憶えているぞ」

エミールの手に、皇帝の身体の、ごく微量な慄《ふる》えが伝わってきた。そのとき、べつの声が少年の耳に聴こえた。怒号をすら凍《い》てつかせる冷静な声。

声の主は、軍務尚書パウル・フォン・オーベルシュタイン元帥であった。彼は弾劾の暴風から皇帝をまもるように、暗殺者の前に立ちはだかって言明したのである。

「皇帝《カイザー》をお怨《うら》みするにはあたらぬ。ヴェスターラントにたいする熱核攻撃を黙認するよう、皇帝に進言したのは私だ。卿《けい》は皇帝ではなく、私をねらうべきであったな。妨害する者もすくなく、ことは成就したであろうに」

剛毅《ごうき》と呼びうる、それは最低温度の声であった。

「きさまが！」

そうあえいだきり、男は絶句した。見えざる氷壁の前で、怒りと憎悪は、進むべき方向を失って乱気流と化したようにみえた。

「ヴェスターラント虐殺の件で、ブラウンシュヴァイク公の人望は完全に失墜した。人心は彼から離れ、門閥貴族連合は内部から瓦解し、ゆえに内乱の終結は、すくなくとも三カ月早まった」

凍結した空気に、さらに冷気をくわえるような、軍務尚書の語りようであった。名高い義眼は、むしろ淡々とした眼光で周囲を照らしている。

「もし内乱が三カ月長びけば、あらたにくわわった死者の数は、一〇〇〇万をくだることはなかっただろう。あの時点で、ブラウンシュヴァイク公に代表される貴族連合軍の本性をあばきえたからこそ、一〇〇〇万の死者は仮定の数字としてすんだのだ」

「きさまら権力者は、いつもそうだ！　多数を救うためにやむなく少数を犠牲にする、と、そう自分たちを正当化するんだ。だが、きさまら自身がきさまらの親兄弟が、少数のなかにはいっていたことが一度だってあるか！」

男は足を踏みならし、靴のかかとで地を踏みにじった。

「人殺しのラインハルト！　金髪の孺子《こぞう》！　きさまの玉座は、血の海に浮かんでいるのだ。一秒ごとに、そのことを思いだせよ。ブラウンシュヴァイク公は、敗北と死によって罪をあがなった。きさまは生きているが、いつかは罪をあがなわねばならんのだ。おれより手の長い者は宇宙に幾人もいるぞ。おれに殺されていたほうが幸福だった、と、遠からぬ将来に思い知るぞ」

「憲兵司令部につれていけ。私自身が後刻、尋問する。早くつれていくのだ」

ケスラー上級大将がそう指示して、無限につづくかと思われる糾弾の奔流《ほんりゅう》をたちきった。三個分隊を構成するにたる人数の憲兵が、弑逆未遂犯をとりかこみ、ひきずるようにつれさった。あとには、濃くなりまさる夕闇と、皇帝一行が残された。エミールは、皇帝の白い手が、自分の頭の上におかれるのを感じた。それは残念ながら、無意識の動作であるようだった。皇帝の瞳は、少年を見ていなかった。

「ケスラー、あの男の行為は、法によってはどう裁かれることになるのだ?」

「皇帝弑逆は、未遂であっても死刑ということになっております」

「それはゴールデンバウム王朝の法であろう?」

「御意《ぎょい》。ですが、ローエングラム王朝の法が、これにかんしてはいまださだめられておりませねば、旧法にしたがうよりございませぬが……」

ケスラーは、若い英明な主君の表情に、見なれぬ微粒子の存在を見いだして沈黙した。軍務尚書の沈着すぎる声が、それにかわった。

「陛下が、彼の名誉を救ってやりたいとお考えであれば、むしろ彼を処刑なさるべきでしょう。ただちに銃殺をお命じください」

「だめだ、処刑は許可せぬ」

「助命など、彼自身のほうで拒否するでしょう。そうなれば、帝室の権威は、二重にそこなわれますぞ」

冷然と決めつけられたラインハルトは、彼らしくもない困惑の色をあらわに、ケスラーを見やった。憲兵総監も、だが、ラインハルトの望まない返答を発した。

「陛下、この一件にかんしましては、私も軍務尚書と意見をひとしくいたします。処刑とは申しません。名誉ある自殺の権利をおあたえになるがよろしいかと存じますが」

「いや、ならぬ」

豪奢《ごうしゃ》な黄金の髪が、頭部のうごきにつれて揺れたが、それはこのとき、いつもの華麗さではなく憂愁の花粉をまきちらすようだった。

「もうヴェスターラントでひとりも殺してはならぬ。いいか、彼を殺してはならんぞ。処置はおってさだめるゆえ……」

語尾の不明瞭さは、若い征服者が決断しえないでいる、その内心を雄弁に証明した。彼は背をむけて専用車へと歩きだしたが、その後ろ姿を見送って、ケスラーは息をのむ思いにとらわれた。あろうことか、あの華麗なる皇帝《カイザー》が、肩をおとしているではないか……。

Ⅲ

真紅の半球が、惑星ヴェスターラントの地平線上に浮かびあがった。それは急激に膨張してマッシュルーム型の異様な雲に変化をとげ、そこから発した熱風が秒速七〇メートルの火の嵐となって地表を灼きつくす。二〇〇万人の老若男女が生きながら火葬にふされた。旧帝国暦四八八年、つまり三年前。虐殺を命じたのはブラウンシュヴァイク公であり、政略に利用するためそれを傍観したのはラインハルト自身であった。それが、無二の友人ジークフリード・キルヒアイスと共有しつづけてきた精神の地平に、深い亀裂を生じさせることになったのだ。事実を知ったとき、キルヒアイスは金髪の友人のために悲しんだ。

「大貴族たちは、やってはならぬことをやりましたが、ラインハルトさまは、なさるべきことをなさらなかったのです。なぜ、ご自分をおとしめるようなことをなさるのですか？」

……〝大本営〟一四階のスイートルームである。ラインハルトの白い手が、四一〇年もの赤ワインの瓶をつかむと、クリスタル・グラスの上にかたむけた。意思ではなく感情が手のうごきを支配しているらしく、ワインはグラスからあふれて、白絹のテーブルクロスを不吉な色に濡らした。酒精になかば以上支配された蒼氷色《アイス・ブルー》の瞳が、それをながめやった。放心したような表情でさえ、この若者は美しかったが、大軍を叱咤して星々の大海を征《ゆ》く姿にくらべれば、本来の彼の魅力は、そこなわれていること、はなはだしかった。

ワインの色は流血を連想させる。凡庸な連想だったが、ラインハルトの場合、その連想は、いまひとつの傷心につながるのだった。赤い血にひたされた赤い頭髪。ヴェスターラントの件で意見を異《こと》にし、ラインハルトからうとんじられながら、なお自分自身の生命にかえて親友の生命をまもった赤毛の若者。死に瀕《ひん》したとき、彼は一言の不平も抗議も口にしなかった。言ったのは、ただひとこと。

「ラインハルトさま、宇宙を手においれください」

高貴な血で書き記された、それは誓約。ラインハルトはそれをまもった。ゴールデンバウム王朝を滅ぼし、フェザーン自治領《ラント》を滅ぼし、自由惑星同盟《フリー・プラネッツ》を滅ぼして、歴史上最大の覇王になりおおせたのだ。誓約ははたされた。そして——そしていまラインハルトは過去の罪障《ざいしょう》に直面させられていた。栄光のはてに、権力のきわみに、えたものは、時によって磨滅することのない罪人の鎖だった。生きたまま焼き殺された幼児の悲鳴だった。忘れたと思っていたが、あの暗殺者が宣告したように、死者はけっして自分にくわえられた暴虐を忘れはしないのだ。

　人の気配が、酒精分の霧をゆらせた。ラインハルトの暗い瞳が、室内を浮遊して一点にとどまった。くすんだ金髪がそこにあった。その所有者である伯爵令嬢は、扉の外で半泣きになっているエミール・ゼッレに頼んで、入室してきたのだ。ラインハルトは低く笑った。

「フロイライン・マリーンドルフか……」

　華麗さを喪失した声が、氷結した空気の表面をすべっていった。

「あの男の言ったとおりだ。予は人殺しで、しかも卑怯者だ」

「陛下……」

「とめようと思えばとめられたのに、予はそうしなかったのだ。愚劣なブラウンシュヴァイク公はみずからすすんで悪をおかした。そして予は、彼の悪に乗じて、自分が利益を独占した。わかっているのだ。予は卑劣漢だということは。予は、皇帝の地位はともかく、兵士たちの歓呼には値しない人間なのだ」

　ヒルダは返答しなかった。無力さにたいするにがい自覚は、ラインハルトのそれに劣らなかった。彼女はハンカチをとりだして、血の色に濡れたテーブルクロスと、皇帝の手と袖とをぬぐった。ラインハルトも、自己糾弾の流出をとめ、端麗な唇をとざしたが、ヒルダには皇帝の精神の傷口がきしる音が聴こえた。

自分で望んで入室したとはいうものの、皇帝《カイザー》の傷心をなぐさめるのは、容易ではなかった。〝たかが二〇〇万人〟という論法は、絶対に使えない。それこそ、まさしく、ルドルフ・フォン・ゴールデンバウム的な力学の論理であるからだ。そのような発想を否定するところから、ラインハルトは人生を出発させたのである。ひとたび自分の罪を正当化すれば、自己神格化へむけて急坂《きゅうはん》を転落し、第二のルドルフになりさがるだけであろう。

ラインハルトがそうであるように、また故人となったヤン・ウェンリーがそうであったように、ヒルダは全能でも万能でもなかったから、このようなとき、皇帝《カイザー》の精神の傷口にどのような薬をぬるべきか、自信などなかった。だが、濡れた手と袖とテーブルクロスを拭いてしまったので、つぎの行動にうつらなくてはならなかった。ためらいつつ、彼女は口を開いた。

「陛下は、罪をおかされたとしても、そのむくいをすでにうけておいでだ、と、わたしは思います。そして、それを基調に、政治と社会を大きく改革なさいました。罪があり報いがあって、最後に成果が残ったのだ、と思います。どうかご自分を卑下なさいませんよう。改革によって救われた民衆はたしかに存在するのですから」

ヒルダが言った報いとは、ジークフリード・キルヒアイスの死を意味した。そしてそれはラインハルトが正確に理解するところとなった。彼の瞳は、なお暗かったが、酒精分の瘴気《しょうき》は急速に減少していった。その瞳に、ハンカチをたたんで一礼し、退出しようとする伯爵令嬢の姿が映った。若い金髪の皇帝はなかば椅子から立ちあがりつつ、自分でもけっして予期することのなかった声をかけた。

「フロイライン」

「はい、陛下」

「帰らないでほしい。ここにいてくれ」

ヒルダは即答しなかった。自分の聴覚をうたがう思いが、潮のように胸にみち、それが心臓の位置をこえたとき、彼女は、若い皇帝と彼女自身が一定の方角へ踏みこんだことを知った。

「今夜は、ひとりでいることにたえられそうにないのだ。たのむ、予をひとりにしないでくれ」

「……はい、陛下、おおせにしたがいます」

自分の返答が正しいかどうか、ヒルダには判断がつかなかった。わかっていたのは、彼女にとってその返答が、選択ではなく必然であったということであった。ラインハルトにとっては、また事情がことなる。ヒルダは自分が波間にただよう一本の藁《わら》でしかないことを知っており、今夜はこの人のために、できるだけよい藁になろうと心を決めたのだった。

Ⅳ

八月三〇日。

マリーンドルフ伯爵家の家令《かれい》ハンス・シュテルツァーは、前夜から不安と不審と困惑の思いを隠すことができなかった。彼にとってご自慢の〝ヒルダお嬢さま〟が、昨夜帰宅しなかったのだ。早朝六時、門前に停車した地上車《ランド・カー》から、みじかい、くすんだ金髪の娘がおりてくると、ハンスはあたふたと駆けよった。

「ヒルダお嬢さま、いったい夕べはどうなさいましたので?」

「ただいま、ハンス、早いのね」

忠実な家令は、伯爵令嬢の反応に、あらたな不審と不安を禁じえなかった。ヒルダが赤ん坊のころから、ハンスは彼女に接してきて、その明晰さと活発さを誇りに思い、崇拝してきたのだ。マリーンドルフ家のお嬢さまは、他家の〝深窓の姫君〟などとはちがう。やたらと絹の服を買《う》いかえたり、ピアノを弾《ち》くついでにピアノ教師と恋愛遊戯をやったり、宮廷内外の醜聞を収集して脳裏にピンでとめたりなどしないのだ。

唯一、ハンスにとって残念だったことは、ヒルダが男ではないことだった。お嬢さまが男だったら、国務尚書にも元帥にもなれるのに。いまの大貴族の子弟たちで、お嬢さまほど聡明で気性のしっかりした者などいはしないのに。そう思っていたのだが、〝ヒルダお嬢さま〟は平凡な男につとまるはずもない大本営幕僚総監という要職につき、ついでのように〝伯爵さま〟も国務尚書になってしまった。マリーンドルフ家はなにしろ貴族界、社交界では本流のはるか遠くに存在していたので、ゴールデンバウム王朝のころは地味な、地味なだけの存在だった。それがいまや宇宙を支配する権力体制の中枢にある。これもすべてヒルダお嬢さまのお手柄だ。なのに、そのお嬢さまが、朝帰りのうえ、なにやらハンスの記憶にないほどぼんやりなさっているとは。

ハンスの観察は正しくなかった。ヒルダはぼんやりしたふりをよそおっていたのである。なぜか気はずかしくて、忠実な家令の顔を、正視できなかったのだ。彼女は、足音をころして二階の寝室にはいり、シャワーをあび、着替えをすませて、七時三〇分に食堂へおりていった。すでに、フランツ・フォン・マリーンドルフ伯爵は朝の食卓についていた。朝食の座をはずせば、父をなお心配させるだろうし、いざ席につけば父を正視しないわけにはいかない。演技力を総動員して、ヒルダは父にあいさつし、食欲と絶縁したような胃に、朝食を送りこみはじめた。

ふいに、ヒルダにむかって父親が声をかけた。

「夕べは、陛下といっしょだったのだね、ヒルダ」

静かでおだやかな声が、ヒルダの脳裏で反響をかさねた。ヒルダは、自分の右手からスプーンが落下して、スープの飛沫をあごの高さにまではねあげる光景を見つめた。

「マリーンドルフ伯は、誠実以外になんの長所もない。今日の地位は、令嬢の七光だ」

と冷笑する人々が、いかに誤っているか、ヒルダはずっと以前から知っていた。マリーンドルフ伯の誠実さは、はでではないが深い知性と洞察力に裏づけられたもので、貴族社会の桎梏《しっこく》がきびしかった時代に、ヒルダの才能に制限をくわえなかった一事だけでも、他人は彼の真価を知るべきなのである。

「お父《ファーター》さま、わたし……」

娘にむけた父親の顔は、やや寂寥をおびた、だがやさしい理解の色をうかべていた。

「うん、わかっている。たぶん、わかっていると思う。だから言わなくていい。ただ、確認しておきたかっただけだから」

「ごめんなさい、お父さま」

ヒルダは悪事をはたらいたわけではない。だが、彼女の敬愛する父親にたいして、〝ごめんなさい〟以外の言葉を発することができなかった。彼女の表現力は、急激な渇水期にはいってしまったようであった。

食堂の外で足音がして、父娘間の沈黙をうちくだいた。ハンスが巨体をゆるがしてとびこんできた。

「伯爵さま！　旦那さま！　いま、玄関に客がありまして……」

ハンスはあえぎ、胸郭を波うたせつつ、ようやく客人の正体を報告することができた。

「扉をあけてみたら、こ、皇帝陛下が、皇帝陛下が立っておいででした。ぜひ伯爵さまとお嬢さまにお目にかかりたいと……」

伯爵は娘に視線をうつした。その智謀は一個艦隊の武力にまさる、と称される美貌の幕僚総監は、テーブルクロスの端をにぎりしめ、スープの皿をじっと見つめたまま身じろぎもしない。

「ヒルダ」

「……お父さま、わたし立てない」

「陛下はお前にお話があるのだと思うがね」

「ごめんなさい、おねがい、お父さま」

知力とも気力とも無縁な言葉をヒルダは口にした。

口のなかでなにかつぶやきながら、伯爵はテーブルから立ちあがり、ホールへ歩みでた。

人類の歴史上、最大の征服者が、大きすぎる花束をかかえて、ホールにたたずんでいた。赤と白と淡紅色の、大輪のバラの群。この夏、最後のバラであろう。伯爵家の当主の姿を認めると、白い秀麗な顔に淡紅色のバラが反射したようだった。

「陛下……」

「あ、ああ、マリーンドルフ伯か」

「わざわざのおはこび、恐縮でございますが、どのようなご用でございましょうか」

「いや、こちらこそ、朝からおさわがせして申しわけない」

そのような表現が許されるなら、豪奢な黄金の髪をした歴史上最大の覇王は、緊張し、上気しているようにみえた。もやのかかった蒼氷色《アイス・ブルー》の瞳で、伯爵を見て、花束をつきつける。

「これをフロイライン・マリーンドルフにさしあげたいと思って……」

「これはお心づかい恐縮でございます」

バラの強烈なまでの香気が、うけとった伯爵の上半身をつつみこんで、一瞬、伯爵は呼吸がつまった。

「ミッターマイヤー元帥に聞いたことがある。彼は、夫人に求婚するときに、みごとな花束をもっていったと……」

「はあ、さようで」

あいまいな返答のうちに、マリーンドルフ伯は、若い皇帝の来訪の目的を完全に察知していた。それにしても、と、伯爵は思う。なにもミッターマイヤー元帥に、求婚者としての師表《しひょう》をもとめることもなかろうに。

「それで予も、そうしたいと思って、いや、そうせねばならないと思って、とりあえず、花をえらばせてもってきたのだ。フロイラインは花が好きだろうか」

「きらいではあるまいと存じます」

ラインハルトはうなずき、自分ひとり決断のゴールへいたる迷路を歩きまわっているようにみえたが、ついに決定的な発言をした。

「マリーンドルフ伯、お宅のご令嬢を、予の妃として迎えたいのだ。結婚の許可をいただけるだろうか」

皇帝の、というより、世なれぬ金髪の若者の真摯さを、マリーンドルフ伯は認めた。それは軽蔑の対象になるものではなかったが、〝なにかあった〟一夜があけると同時に結婚を申しこみにくるとは、いささか短絡にすぎるような気もするのである。

これまでひそかに考えていたことに、マリーンドルフ伯は傍証をえたような思いがした。ラインハルト・フォン・ローエングラムは、〝天才少年〟なのだ。軍事と政治の両分野において、比類ない業績をごく短時日のうちにあげながら、とくに男女間のことにかんしては、世なれぬことはなはだしい。

才能のいちじるしくかたよった〝天才少年〟が、上気したまま言った。

「もし、フロイライン・マリーンドルフに、その、あのようなことをして、責任をとらなかったとしたら、予は、ゴールデンバウム王朝の淫蕩《いんとう》な皇帝どもと同類になってしまう。予は、予は、やつらと同類になる気はないのだ」

臣下にあるまじきふるまいであったかもしれないが、伯爵はため息と苦笑を同時にはきだした。責任の感じかたにも、種々あるものだ。ラインハルトのそれは、まさしく、潔癖で観念が先行した少年のものであるにちがいなかった。

「陛下、責任をお感じになる必要はございません。私の娘は、自分の意思によって陛下のお相手をつとめたはずでございます。一夜のことを武器として陛下のご一生をしばるようなことは、あの娘《こ》はいたしません」

「だが……」

「どうぞ、今日のところは、お引きとり願わしゅう存じます。あれもまだ気持ちが整理されておりませんようで、あるいは陛下にたいしたてまつり、礼を失する言動があるやもしれませぬ。いずれおちつきましたら、過分な地位をすでにいただいていることでもございますし、かならず大本営にうかがわせます」

「……」

「恐縮ではございますが、どうぞ、この場は私めにおまかせいただいて、お帰りくださいますよう」

天才である皇帝と、凡才である臣下との会話ではなかった。未熟な若者と円熟した成人とのやりとりであった。

「わかった、卿《けい》に——伯爵におまかせする。朝からお騒がせしたうえに、即答できかねるような申しこみをしてすまなかった。でなおすことにしよう。非礼のかずかず、ご容赦ねがいたい」

きびすを返そうとして、ラインハルトは動作を停止し、ためらいがちな一言を伯爵家の当主に投げかけた。

「フロイライン・マリーンドルフによろしく……」

まったく気のきかない一言ではあったが、ほかに言いようもなかったのだろう、と、マリーンドルフ伯は年若い主君の心情を忖度《そんたく》した。伯爵の視界のなかで、ラインハルトは背をむけて遠ざかり、親衛隊長キスリング准将が扉をあけて主君を外にだし、みずからもそのあとにしたがった。

巨大な花束をハンスにゆだねて、マリーンドルフ伯は、バラの香気をまとわりつかせたまま、食堂にもどった。ヒルダの、なかば問いかけるような、なかばたよりきったような視線をうけて、父親は率直に答えた。

「たぶん、お前の想像どおりだよ、ヒルダ。陛下はお前を妃に迎えたいとおっしゃった」

娘が息をのむ、わずかな音を父親は聴いた。

「わたしは……そんなこと、大それたことだわ。陛下と結婚するなんて、ありえないことよ」

「といってもね、ヒルダ、けっきょくのところ、誰かが皇妃の座につくことにはなるのだよ」

そうは言ったが、マリーンドルフ伯は、娘の女性としての野心を煽動《せんどう》するつもりはなく、むしろその逆であった。彼はラインハルトを主君として崇敬していたが、娘の夫としてはまたことなる評価があった。

「西暦《AD》の一七世紀に、北方の流星王と呼ばれる小国の王がいたそうだよ。一五歳で即位し、しばしば隣国の大軍を破り、軍事的天才として知られた。三〇代で死ぬまで、異性であれ同性であれ、ついに肉欲と縁がなかったそうだ」

「…………」

「異常な才能というものは、いっぽうで、どこかそれに応じた欠落を要求するものらしい。ラインハルト陛下をみていると、そう思う。まあ君主としては、逆の方向へ異常でないだけよいのだがね」

ヒルダは端整な唇をひらいて、やや唐突に断定した。

「皇帝《カイザー》は、わたしを愛してはいらっしゃらないわ。そのていどのことは、わたしにもわかります。皇帝が求婚なさったのは、あくまでも義務感と責任感のためなのよ、お父さま」

「そうかもしれないな。だが、お前のほうはどうなのかね、ヒルダ」

「わたし……？」

娘の明敏さに一時的な刃こぼれが生じていることを、伯爵は確認することになった。

「そういった、子供っぽい義務感や責任感もふくめて、お前は、皇帝《カイザー》を愛していないのかね」

とうとう訊かれた、と、娘は思った。ついに訊いてしまった、と、父親は思った。これは、訊かずにすませうるならそうしたい種類の質問であったし、そうすればしたで、いつまでも後悔の種子となって残るにちがいない質問であった。けっきょくのところ、不条理に妻子を殺された男の怒りと悲しみが、大帝国の中枢に位置する三人の男女に、決定的な選択をせまる結果となったのである。

ヒルダは、くすんだ黄金色の頭をふって、迷妄の霧から脱出しようとこころみた。だが成功はしなかった。

「わからないわ、わたし。尊敬はしています。でも男として、女として、愛しているかどうか、わたし、自信がありません」

マリーンドルフ伯は深い息をはきだした。

「やれやれ、なにもラインハルト陛下にかぎったことではないようだね。私の自慢の娘も、ときには考えることより感じることのほうを、おもんじてくれればよいと思うのだがな。いつも、ではなく、ときには、だがね」

昨夜来の混乱をひきずっている娘に、時間をかけて考えるよう言いおいて、マリーンドルフ伯は食堂をでた。図書室の一隅におかれた安楽椅子に身体をしずめ、火の気のない暖炉に視線を投げこんだ。

「しかし、あのふたり、うまくやれたのだろうか……」

口にだしてつぶやいてから、マリーンドルフ伯爵は苦笑した。これほど真剣さと滑稽さと、双方の命題を両立させうる疑問は、彼の半生においてほかに記憶をとどめない。

政治と軍事にかんするかぎり、全宇宙でこれほどたぐいを絶した才幹をほこる男女の一組はないであろう。だが、彼らにはるかにおとる凡庸な男女でも、私生活の一面においてはるかに成熟しているにちがいなかった。

マリーンドルフ伯は、令嬢にたいしてはラインハルトの欠落のみを指摘したが、肉欲というものと無縁であった点は、ヒルダも同様なのである。恋愛より、政治や軍事を研究し分析するほうに興味がかたよった娘だった。社会には、肉欲過剰の人間もいれば、それと正反対の極に立つ人間もいる。同一の極にたたずむラインハルトとヒルダとが、よくもまあ、無事に結ばれることができたものだ。たぶんに他動的な原因がはたらいたとはいえ。

この三年間、マリーンドルフ伯爵家の命運は激動の渦中にあった。それをのりきりえたのは、ヒルダの才知によるものだった。それは事実であり、伯爵の認識でもあった。

お前は私にすぎた娘だよ、ヒルダ。ただ、言っても詮《せん》ないことだが、もっと平凡で、ちかくを見つめる、野心のすくない男性と恋をしてくれたら、私も分に相応したささやかな一生を送れたかもしれないな……。

マリーンドルフ伯自身にも、国務尚書として出仕《しゅつし》する時刻がちかづいていた。寝室にもどり、従者に手伝わせて服装をととのえながら、伯爵は思った。おそらく自分が国務尚書の座にあるのも、それほど長いことではあるまい、と。

V

マリーンドルフ伯爵邸から大本営へもどったラインハルトは、執務室にはいったものの、すぐに政務に従事する気にはなれなかった。

ラインハルトは恥じていた。全人類の皇帝であり、歴史上最大の征服者である自分が、なんと柔弱《にゅうじゃく》な一面をさらけだしてしまったことか。ヒルダはたぐいのないほど聡明な頭脳と強靭な精神をもっているが、ラインハルトより年少者であり、しかも女性である。ラインハルトは女性をさげすんでいたわけではないが、この世でただひとりの存在をのぞいて、自分が女性に依存することがあろうとは、考えたこともなかった。

マリーンドルフ伯フランツが洞察し、ウォルフガング・ミッターマイヤー元帥が危惧したように、ラインハルトには、たしかに、欠落したものがあったのである。

「皇帝《カイザー》ラインハルトは、その美貌と権力にもかかわらず、自己を律するところきわめて厳格で、禁欲的であった」

という後世の評価は、誤解ないしは過大評価の側面を否定しえないであろう。ラインハルトはとくに禁欲的な人間であったというわけではなく、生理上の欲望それじたいが、皆無ではないにしろきわめてとぼしかった。彼はその比類ない美貌と権力にもかかわらず、肉欲と無縁に今日までをすごしてきたのである。常人、あるいは凡人には、絶対に理解しえないことであったかもしれない。

好色な人間や、〝英雄、色を好む〟という俗言を信じこんでいる人間にとって、ラインハルトはたんなる異常者でしかないであろう。人間は、自分より欲望の強い人間を理解することはできても、自分より欲望の弱い人間を理解することは至難であるから。

ただ、彼自身の欲望の欠乏はともかく、いっぽうで彼が自己の権力を、こと私生活の面で濫用しないよう自戒していたことも事実である。

ローエングラム伯爵家を継承する前後から、彼の身辺には、多くの女性が接近した。帝国軍最高司令官となり、さらに帝国宰相として事実上の独裁者となると、生き残った貴族たちは、あらそってラインハルトのもとへ妹や娘をさしだした。娘がいないので、他家から美しい少女を養女として迎え、それをさしだす者もいた。それらの名花の群を、ラインハルトはいっこうに摘もうとしなかった。自分の妻をさしだす者さえいたが、その陋劣《ろうれつ》な心情はラインハルトの怒りと軽蔑をかっただけであった。

当時から現在にいたるまで、ラインハルトは親友ジークフリード・キルヒアイスを失った衝撃と後悔から、完全に解放されることがなかった。それもまた、ラインハルトの心理に翳《かげ》をおとし、自分が肉欲にはしることにたいして、罪悪感の封印をほどこしてきたのであったかもしれない。

キルヒアイスは結婚もすることなく世を去った。ラインハルトの生命を救うために、みずからの生命をなげうって。まだ、たった二一歳でしかなかったのだ。

……それなのに、おれはキルヒアイスを犠牲にして、自分ひとり生き残り、今度は結婚までしようとしている。赦されることだろうか。生者が赦しても死者が赦すであろうか。

自分が、表現しがたいほどの罪悪をおかそうとしているかのような思いが、ラインハルトをとらえた。だが、フロイライン・マリーンドルフにたいして、一夜の責任をとることをしなければ、ラインハルトは、これまで憎悪し軽蔑し、克服の対象としてきたゴールデンバウム王朝の淫蕩な皇帝たちと同類の人間になってしまうのだ。そういう彼の考えを聴いたとき、マリーンドルフ伯が、思わずラインハルトを見なおしたことに、若い美貌の皇帝《カイザー》は気づいていなかった。これはもはや、迂遠《うえん》としか呼びえない精神作用であったろう。なにしろ彼は、公人としての誠意のとりようだけを、このとき意識していたのである。

ラインハルトは豪奢な黄金の前髪をかきあげ、晩夏の微風に額をさらした。憂愁にしずむ瞳は、水晶の杯に液体化した月光をたたえたようであった。異論の余地なく美しいが、不安定な繊弱《せんじゃく》さをふくんでいる。

今日まで、ラインハルトは、このようなかたちで自分の未熟さを確認したことがなかった。政治や軍事にかけては、賢明であり、度量が広く、主観と客観との落差を完全なまでに修正しうるのに、男女間のことについては、まったくその反対だった。

ラインハルトの心は、強大な敵にむかってこそ昂揚する。その事実を、当のラインハルト以上に、幾人かの少数者だけが知っていたであろう。敵が存在し、その敵が強大であればあるほど、ラインハルトは感情の灼熱と理性の冷徹とを、ともに限界まできわめることができた。そして、それがラインハルトの美貌に、内面から華麗なかがやきをそえてきたのである。だが、いまや彼には強大な敵など存在しなかった……。

憲兵総監であるケスラー上級大将が、厳然と憮然と粛然の三者を混合した表情で、皇帝のもとへ報告にあらわれたのは、一〇時すぎのことである。昨夜、皇帝の弑逆をはかったヴェスターラント出身の男が、牢内で自殺をとげたのであった。

「しいたのではあるまいな?」

ラインハルトの声は、再来した衝撃に震えた。ケスラーは明快に否定した。事実そうであって、ケスラーは弑逆未遂犯の自殺に、指一本も貸してはいない。だが、自殺を阻止する努力もしなかった。皇帝がかりに犯人を釈放したところで、犯人には自殺以外の選択肢があたえられていないことを、ケスラーは知っていた。いっぽう、ラインハルトも無言のうちに、その事情を察したが、ケスラーをとがめることはできなかった。罪は、決断を欠いたラインハルト自身にあったからである。ひそかに、だが鄭重に葬るよう命じて、ラインハルトはケスラーを退出させた。ラインハルトは、彼を殺そうとした男に、憎悪をいだくことができなかった。ラインハルトの権力の前に、その男は弱者であったからである。

このようなとき、フロイライン・マリーンドルフがいれば、なにかと相談に応じてくれるだろう、と、ラインハルトは思うのだが、父親のマリーンドルフ伯が言明したように、当分、ヒルダの出仕は望みえなかった。ラインハルトにしても、ヒルダと会ったとき、どのような表情をすればよいものやら、判断がつかなかった。マリーンドルフ伯から令嬢との対面を謝絶されたとき、無意識の一隅に、安堵に似た心理のひとかけらがうごめいていた。

「皇帝《カイザー》ラインハルトは、ヒルデガルド・フォン・マリーンドルフ伯爵令嬢にたいして、性愛面における充足よりも、公私両面にわたる賢明な相談役、助言者としての充実をもとめていた。皇帝は、彼女が女性であるという理由で、その才能を軽視するという、おろかしい偏見から自由であったのだ……」

そう伝える後世の歴史家は、ラインハルトの公人としての業績と才能を称揚するあまり、彼の私人としての未成熟さをあえて無視しているようである。

「偉人だの英雄だのの伝記を、子供たちに教えるなんて、愚劣なことだ。善良な人間に、異常者をみならえというもおなじだからね」

と、ラインハルトの敵手であったヤン・ウェンリーが、生前、ユリアン・ミンツに語ったことを、むろんラインハルトは知らない。知れば、彼に似あわぬほろにがい表情で、首肯《しゅこう》したかもしれなかった。誰の迷惑になるわけでもないにせよ、自分が多くの他人とちがうことに、まったく気づいていないわけではなかったのである。

いずれにしても、ラインハルトは、私生活の面において、この年、大きな変動を経験することになる。そして、君主の私生活が国家と歴史に正《プラス》なり負《マイナス》なりの影響をおよぼすのが、専制政治というものであった。だが、それにさきだって、ラインハルトと彼の帝国とは、深刻で巨大な危険に直面することになる。〝多事多難な新帝国暦の二年め〟は、なお三分の一の時間を、今後に用意していた。

第三章　鳴　動

I

その年九月一日、惑星ハイネセンにおいて発生したひとつの事件を、〝九月一日事件〟あるいは〝グエン・キム・ホア広場事件〟と称する。

皇帝《カイザー》ラインハルトが、私生活の一面において未成熟ぶりをさらけだしたとしても、その施政は公正さと清新さをいささかも失ってはおらず、彼は変わることなく、偉大な征服者から偉大な統治者への道を歩んでいるようにみえた。公人としてのラインハルトは、政治的建設における才華を充分に発揮していた。

新帝国の新首都たるフェザーンから五〇〇〇光年をへだてた惑星ハイネセンにおいては、皇《カイ》帝《ザー》ラインハルトの全権代理人たるオスカー・フォン・ロイエンタール総督の施政が開始されている。

〝新領土《ノイエ・ラント》総督府〟は恒久的な機構ではありえない。いずれは旧帝国領とおなじく、内務省のもとに地方制度が確定され、政治と軍事の両権が分離されるであろう。そうなってはじめて、人類社会の統一と統合は完全な成立をみるはずであった。

「新領土総督府の権力と権限は、帝国の行政システムのなかにあって、均衡を失するほど巨大なものであった。この地位にオスカー・フォン・ロイエンタールをつけたことは、潜在的な野心を顕在化《けんざい》させ、平和であるべき土壌に争乱の種子をまくことであって、皇帝の重大な失敗であったと言わざるをえない」

そう断定する後世の歴史家もいるが、オスカー・フォン・ロイエンタールが有能で強力な行政官であることは、当時、誰もうたがう者はいなかった。まず彼は五二二万六四〇〇名に達する〝新領土治安軍〟の指揮権をにぎっていた。それを背景としていくらでも武断的な行政を断行しえたにもかかわらず、柔軟で弾性にとんだ施政をおこなってきた。

ロイエンタールの政治感覚が非凡なものであった一例は、それまで自由惑星同盟《フリー・プラネッツ》の統治下にあって放置されてきたいくつかの不公正を、ドラスチックなかたちで是正したことである。旧《ふる》い権力体制下における聖域の腐敗を弾劾することは、新体制にとっては自己の正義を宣伝する絶好の材料であった。反政府勢力やジャーナリズムに指弾されながら、法の摘発をうけずにきた利権政治家、軍需産業経営者など六〇〇人が、総督府の手で一網打尽に逮捕されることになった。

極端な表現をするなら、それらの処置は、見せしめでしかなかった。だが、ロイエンタールは、この際に必要なものが巧遅《こうち》でなく拙速《せっそく》であることを知っていた。ゆえに、容疑者たちが、民主共和政体における司法捜査を前提として、物証を湮滅《いんめつ》したり、法律上の武装をほどこしたり、証人を買収したりしたことは、すべて無益に終わった。総督府は強権をもって不正をとりしまり、民主的な手つづきなど意に介しなかった。総督が署名した一片の令状だけをもとに、強引な捜査と拘引《こういん》をおこない、しかも結果としてすべて成功した。民主共和政治を嘲弄する犯罪者たちの悪業が、専制政治の手法によってことごとく裁かれる、という皮肉な結果がもたらされたわけである。

ロイエンタールは、民主共和政治の不可避な欠点である〝決定の遅さ〟を、ことさらに市民の目にさらしてみせ、帝国の支配を、実効において認めさせるようしくんだのだ。そしてそれはいまのところ完全に成功しているかにみえた。

そして九月一日である。自由惑星同盟《フリー・プラネッツ》の政府および軍隊はとうに解体されていたが、関係者や復員兵が集まって、自主的な合同慰霊祭が、この日おこなわれた。ロイエンタールは、集会に許可をあたえただけで、自分は出席もせず祝辞を送ることもしなかった。わざとらしさを嫌ったからである。トリューニヒトも、さすがに出席せず、二〇万人にのぼる参加者は、ほとんど無名の人々で、あいさつも一下級兵士によるものだった。

平和な式典として終わるはずであった。会場を指定した総督府民事長官エルスハイマーの計画どおりに事態が進行すれば。だが、それを望まぬ者たちがいたのだ。

二〇万の群衆は、その数じたいが、秩序と整理にたいする敵対勢力となりうる。ロイエンタールはこれまで一〇〇万単位の将兵を完璧に指揮統率してきたが、群衆を統制することは、まただべつの問題である。査閲監ベルゲングリューン大将は、総督の意をうけて、警備のために二万の武装した兵士を会場の周囲に配置した。総督も査閲監も、じつのところ自分たちの処置に大仰さを感じていたが、その場に出動した兵士たちは、かならずしもそう思わなかった。

「一秒ごとに、群衆の敵意が高まっていくのがわかりました。吾々《われわれ》は、最初は散開していましたが、だんだん一カ所に集まりはじめました」

のちにそう証言する兵士が、ひとりならずいる。彼らの漠然とした不安のうちに、式はすすんでいたが、やがて、各処から叫びがあがった。

「ヤン提督ばんざい！　民主主義ばんざい！　自由よ、永遠なれ！」

それはあまりに情緒過多な叫びであって、生前のヤンが聴けば、閉口して、ユリアン・ミンツにむかって肩をすくめてみせたことであろう。だが、ヤンのように、熱狂する群衆のなかで理性を堅持しえる者は、絶対的少数派である。二〇万の熱狂が融合し、さらに巨大な感情の波《は》濤《とう》となるにつれ、各処で歌声がわきおこった。自由惑星同盟の国歌であった。

「……友よ、いつの日か、圧政者を打倒し、解放された惑星の上に自由の旗を樹《た》てよう……」

もともと、自由惑星同盟の国歌は、ゴールデンバウム王朝の専制政治にたいする抵抗歌《プロテスト・ソング》として作詞作曲されたものである。精神の昂揚を、熱狂の域まで高めるのに、これほどふさわしい歌はない。

「専制政治の闇の彼方から
　自由の暁を吾らの手で呼びこもう……」

　群衆の熱狂と陶酔が高まる、その外側で、帝国軍の兵士たちは、とまどったような視線をかわしあった。彼らには彼らの熱狂と陶酔をさそう歓声がある。〝皇帝《ジーク・カイザー》ばんざい！〟がそれである。自分たち自身が熱狂し、涙を流しているときには気づかないが、集団のエネルギーが一定の方向へ、理性をともなわず流出し、奔騰《ほんとう》していくありさまは、集団の外にいる人間にとっては不気味であり、圧迫をおぼえずにいられない光景であった。

「ヤン提督ばんざい！　民主主義ばんざい！　圧政者を倒せ！」

　小さな叫びは、幾何級数的に増殖していき、大気のドームの下で反響をかさねた。帝国軍の兵士たちは、静粛を呼びかけつつも、たじろぎ、顔を見あわせつつあとずさった。

　最初の投石は一四時〇六分に記録された。〇七分には、流星群さながらに、投石が帝国軍将兵の頭上にふりそそいできた。

「でていけ！　帝国軍の犬！」

「侵略者ども、きさまらの家へ帰れ！」

　帝国軍の直接支配がはじまって以来、これほど公然と敵意が表明されたことはなかった。市民たちはあきらめ、強者の支配をうけいれていたはずだった。だが、薄氷の下には、熱湯が流れていたのだ。それはいまや氷を溶かしさり、氷上に立っていた帝国軍を溺れさせようとしていた。

「制圧せよ！」

士官が命令し、兵がしたがったとき、もはや混乱は収束しがたい状態にあった。武装し、訓練した兵士も、一度に五、六人の市民——帝国軍は暴徒と呼んだ——にのしかかられては、抗するすべがなかった。銃把《じゅうは》でひとりを殴りたおしても、べつのひとりが後ろから両眼に指をつきこむ。

一四時二〇分、無力化ガスと警棒の使用が許可された。だが、それは事実の追認であるにすぎなかった。

銃の使用を、総督府は、かろうじて自制してきたが、その禁も一四時二四分には破られた。一閃の銃火が、ふたりの市民を殺し、一〇〇の憎悪を爆発させた。

「暴徒が兵士の銃を奪ったため、兵士の身命に危険が生じ、発砲を許可せざるをえなかった。正当な防衛措置である」

帝国軍の公式記録は、そう伝える。それは事件をめぐる全局面の一部にあっては事実であったが、他方においてはべつの事実が存在した。群衆の熱気に直撃され、ヒステリックな危機感に襲われた帝国軍兵士が、武器をもたない市民に発砲したのである。

悲鳴があがった。それは、圧倒的な怒号のなかを逆風となって走りぬけ、反射的な恐怖と、それに刺激された怒りをよんだ。

暴動は拡大した。

一五時一九分。市民四八四〇人の死体を残して、かたちだけは事件は収束した。重軽傷者は五万人をこえ、その大部分が逮捕拘禁された。帝国軍も一一八人の死者をだすという惨事であった。

「おれはいい部下をもったものだ。武器をもたぬ民衆に発砲するなど、勇気と義侠心《ぎきょうしん》のない人間には、とうていできぬことだからな」

ロイエンタールの毒舌《どくぜつ》は、部下にたいして厳格すぎるものであったかもしれない。だが、これまでの統治の努力が水泡に帰《き》してしまったのだ。彼としては、怒りの一語を禁じえなかった。

「それにしても、誰が民衆を煽動して、このような結果をまねいたのか」

グエン・キム・ホア広場の暴動を企図した者は、帝国にたいする反逆をたくらんだのではなく、ロイエンタール総督の権威が失墜することを望んだのではないか。ロイエンタールの犀利な頭脳は、その可能性に思いあたった。不愉快きわまる認識ではあったが、目をそらせるわけにいかなかった。自分が敵をつくらぬ性格だ、などと、ロイエンタール自身、とうてい思えない。

ただ、いかに煽動された結果とはいえ、不満や怒りが皆無であるところに、暴動や騒乱は生じない。いかにラインハルトが偉大であり、ロイエンタールが有能であっても、旧同盟市民から見れば侵略者であることは、歴然たる事実であった。グエン・キム・ホア広場で、市民たちが帝国に投げつけた罵声は、非礼ではあっても、虚偽ではなかった。

「侵略者の善政など、しょせん偽善にすぎぬ、か。そのとおりだな。それにしても、どう事態をおさめるか……」

事後処理の繁雑さに、ロイエンタールはうんざりしたが、そこへ一報がもたらされた。逮捕者のなかに、シドニー・シトレ元帥がいたというのである。

「シドニー・シトレ元帥だと？」

ロイエンタールは、わずかに眉をひそめた。彼の記憶の壁に彫りこまれたその名は、三、四年ほど前まで自由惑星同盟軍《フリー・プラネッツ》の首脳部につらなっていた初老の黒人のものであった。宇宙艦隊司令長官と統合作戦本部長を歴任し、四年前、アムリッツァにおける敗戦の責任をとるかたちで退役した。シトレ自身は、同盟軍の無謀な遠征に反対であったというが、軍部制服組の首座にある身として、責任を回避することはできなかったのである。

ロイエンタールの指示で、シトレ元帥は、総督執務室に連行されてきた。

二メートルになんなんとする長身の黒人提督は、身は汚れ、服は破れ、顔には乾いた血がこびりついていたが、その体軀同様、態度も堂々として、正面から金銀妖瞳《ヘテロクロミア》の光をうけとめた。

「シトレ元帥、この集会は卿《けい》の主導によって、こうも悲劇的な結果を招来することになったのですかな」

偉丈夫の黒人は、総督の声にも動じなかった。

「私はたんなる一参加者にすぎない。だが、参加したことじたいが罪と言われれば、甘んじてうけよう」

「お覚悟はけっこう。そこであらためてうかがいたいのだが、このようにぶざまな場面を演出した責任者を、卿《けい》はご存じか」

「知らない。知っていても、申しあげるわけにはいかない」

独創性に欠ける返答だ、と、ロイエンタールは思ったが、べつに失望はしなかった。それと反対の返答をされたときこそ、ロイエンタールはにがにがしい失望を禁じえなかったであろう。

「では、吾々としても、卿を釈放するわけにはいかぬが……」

「釈放されれば、私は今度こそ自分の主導によって、あなたがたの不法な支配にたいする抗議の運動をおこすことになるだろう。唯一、私の後悔は、自分が大勢に流されてしまったことだ」

「卿の勇気には敬意を表する。だが、私は皇帝《カイザー》の代理者として、皇帝のさだめたもうた法にしたがい、秩序をまもらねばならぬ。あらためて卿を拘引する」

「そうなさるべきですな。それが、あなたにとっての正義であり道徳であるのだから。あなた個人にはなんら怨恨は感じない」

昂然と、という印象ではなかった。淡々として、しかし冒しがたく、かつての同盟軍総司令官は、広い背中をみせて連行されていった。見送るロイエンタールの視線を、ドアがさえぎると、総督は腹心の部下に問いかけた。

「ベルゲングリューン、ただひとりの死が数億人を覚醒させることがあると思うか?」

ただひとり、という総督の語が、黒い髪の魔術師ヤン・ウェンリーをさしていることは、確認の必要もなかった。

「あるかもしれません。ですが、それに直面するのは回避したいものですな」

査閲監の返答に、ロイエンタールは、ドアに視線を固定させたまま、うなずいた。

「卿の言うとおりだ。彼らが本格的に蜂起《ほうき》でもすれば、武力をもって鎮圧せねばならん。それにしても、偉大な敵将と戦うのは武人の栄誉だが、民衆を弾圧するのは犬の仕事にすぎぬ。なさけないことだな」

思わず、ベルゲングリューンは上官の横顔を凝視した。その角度からは、高名な金銀妖瞳《ヘテロクロミア》も、深沈《しんちん》とした黒い右目が見えるだけであった。

主君である皇帝《カイザー》ラインハルトとは微妙にことなったかたちで、ロイエンタールの精神には、平和と栄華に安住することを拒《こば》む要素がひそんでいたのであろうか。九月一日事件より前、彼の巧妙な統治が成功していた時期でさえ、ロイエンタールはかならずしも満足そうではなかった。

「ヤン・ウェンリー元帥、卿《けい》は中道に倒れて、あるいは幸福だったのではないか。平和な世の武人など、鎖につながれた番犬にすぎぬ。怠惰と無為のなかで、ゆっくりと腐敗していくだけではないか」

そういう思いすら、彼の胸をよぎることがある。

いっぽう、彼らの敵手であったヤン・ウェンリーのメモリアルに、つぎのような一節がある。

「平和の無為にたえうる者だけが、最終的な勝者たりうる」

その断定の正否はともかくとして、ロイエンタールが平和の無為にたえられそうもないことは、本人も自覚している。そして、それは、彼の対立者とも称すべき軍務尚書パウル・フォン・オーベルシュタイン元帥の、おそらくは辛辣に洞察するところであった。

「ロイエンタール元帥は猛禽《もうきん》だ。籠《かご》のなかに安住して平和の歌をさえずりつつ一生をすごせる男ではない」

という軍務尚書の評語が伝わる。ただし、〝猛禽だ〟以下の言葉については、異説も存在するのだが。

自分にかんするその評語を、ロイエンタールはいかなる経路によってか、耳にしたようである。だが、それにたいしてどのような反応をしめしたか、については、この時点でいまだあきらかではなかった。

II

オスカー・フォン・ロイエンタール元帥は、帝国軍の諸将のうちで、もっとも豪華な生活をいとなむ男であり、それが似あう点においてもまた随一であった。芸術的な洗練度においては、エルネスト・メックリンガーに一歩を譲るかもしれないが、富貴がしぜんと身についていることにかけて、比肩しうる者はいないであろう。兵営生活の青年士官、という印象で一生を終わりそうなフリッツ・ヨーゼフ・ビッテンフェルトなどと、同僚とも思えない。むろん、ビッテンフェルトがなりあがり貴族の生活をいとなもうとしないことは、べつにまたひとつの美点でありうるのだが。

「貴族趣味のロイエンタール元帥」

という一部の評価は、やや公正を欠く。この男は趣味としてそのような生活を送っているのではなく、それがしぜんなのである。

ラインハルト・フォン・ローエングラムの生涯を研究する者は、彼の容姿と野心と才能と業績との華麗さにくらべ、その私生活がきわめて質素で地味なものであることに、驚きを禁じえない。そして彼らは言う――むしろオスカー・フォン・ロイエンタールの生活にこそ、王侯の格調があった、と。

その生活の基盤は、亡父から相続した資産にあったのだが、ロイエンタールという男は資産家の凡庸な相続人たるにとどまらなかった。彼は亡父の資産と無関係に士官学校にはいり、軍人となって以後、どれほど酷烈な環境のもとでも、天蓋《てんがい》つきベッドで寝るように、悠然と眠ることができたし、粗食や激務にも平然とたえた。ために、日常で豪華な生活を送っても、兵士たちの反感をかうことはなかったという。

伝説がある。彼が士官学校に在学中、古代の地球における一帝国の興亡の歴史を学んだことがあった。ひとりの重臣が皇帝に叛旗《はんき》をひるがえしたとき、皇帝は彼にむかってただした。汝《なんじ》はなにが不満で予に背《そむ》くのか、と。彼は皇帝に答えた。不満などなにもない、自分はただ皇帝になりたいだけだ、と。それを読んだ金銀妖瞳《ヘテロクロミア》の若者は、

「これほど正当な叛逆の理由はない」

と独語した、という。伝説である。新帝国暦二年以前に、この話が流布したことはない。事実としても、そのときその言葉を誰が耳にしたのか不分明であって、それほど信用のおけるものでもないようだ。

ラインハルトは、自分自身に肉欲がいちじるしく欠乏しているからといって、臣下に禁欲を強制したりはしなかった。戦場における婦女暴行は厳禁し、それを破った者にたいしては容赦なく重罰をかしたが、これは軍規をおもんじ、軍隊にたいする信頼をそこなわせないためであ

る。ラインハルトは臣下の私生活にはまったく干渉せず、そのことが、ラインハルトの主君としての襟度《きんど》の広さを証明するであろう。

ロイエンタールは、私生活のレベルではいくらでも攻撃される余地のある男なので、内務省次官ハイドリッヒ・ラングのような悪意の人物でなくても、彼を非難する者にはこと欠かなかった。新王朝の重臣には品行方正であってほしい、あるいはそうあるべきだ、と考える人々がいたからだ。

一日、皇帝の執務室を訪ねたミッターマイヤーがふいに問われたことがある。

「ミッターマイヤー元帥に問うが、いま、ロイエンタール元帥の愛人は何色の髪をしているか」

若い主君から、突然、奇妙な質問をうけて、帝国軍最高の勇将はとまどった。記憶のページを逆にめくりつつ、あいまいに答える。

「たしか黒い髪であったかと思いますが、わが皇帝《マイン・カイザー》」

「はずれた。明るい赤だ。あいかわらず帝国じゅうの花束を独占しているらしいな」

いたずらっぽい笑い声をたてて、ラインハルトは宇宙艦隊司令長官の表情の変化を楽しんだ。先刻、ロイエンタールからフェザーン回廊戦区の戦力再配置について報告をうけたのだが、退出する統帥本部総長の肩から一本の頭髪が舞いおちるのを、近侍のエミール・ゼッレ少年が見つけたのだった。

ミッターマイヤーは、当の友人以上に恐縮したが、ラインハルトは一時的な笑い話の種にしただけで、統帥本部総長の私行をとがめようとしたわけではなかった。他人の色事に、まったく無関心なラインハルトでもあったし、彼は人のうえに立つ身として、臣下の個性を彼なりに尊重していたのである。

「陰気で消極的なビッテンフェルト、女気なしのロイエンタール、饒舌《じょうぜつ》なアイゼナッハ、浮気者のミッターマイヤー、無教養で粗野なメックリンガー、いたけだかなミュラー、皆、彼らしくない。人それぞれ個性というものがある。ロイエンタールが法をおかしたとか、相手をだましたとかいうならともかく、色恋ざたでいっぽうだけを被告席に着かせるわけにもいくまい」

そう語ったときのラインハルトには、群臣を統御する名君としての度量が、たしかに存在していた。臣下の個性を無視する減点主義の君主のもとでは、ビッテンフェルトなどは栄達しえなかったであろう。ローエングラム伯爵家を相続した当時のラインハルトには、失望感と怒気と叱責とを直結させる傾向があって、部下の失敗に厳罰をもってむくいることもあったが、親友であったジークフリード・キルヒアイスの死後、自分の狭量さにたいする悔悟《かいご》の念が、自戒へと進歩したようであった。また、現実において、失敗のことごとくに厳罰をもってむくいれば、名将集団と目《もく》される銀河帝国軍の陣容は、空《から》になってしまう。ラインハルト自身をふくめ、ほとんどの将帥が、生前のヤン・ウェンリーに敗北を喫しているのだから。

だが、〝魔術師〟ことヤン・ウェンリーにたいする戦術レベルでの敗北のかずかずは、ラインハルトにとって、けっして一方的な負《マイナス》とはならなかった。ラインハルトにとっては、君主としての度量と、用兵家としての洗練度と、双方を向上させる試練の場をあたえられたのである。さらには、ヤンがどれほど奇蹟に似た戦術的勝利をかさねても、ラインハルトが当初、同盟軍にたいして獲得した圧倒的な戦略的勝利をくつがえすことは、ついになしえなかったのであった。一個艦隊以下の指揮官にとどまるならともかく、全軍の大元帥たる身にとっては、戦術より戦略がはるかに重要であること、戦闘の勝利より戦争の勝利がはるかに貴重であることを、ラインハルトはその天才によってすでに知っていたが、それを理論と経験が証明したのである。

もし自由惑星同盟軍《フリー・プラネッツ》にヤン・ウェンリーが存在しなかったとしたら、ラインハルトの勝利ははるかに容易なものとなり、そこからなにかを学びとるということもなかったであろう。その認識が、漠然とながらラインハルトにはあり、ヤンの死によってもたらされた喪失感は、小さいものではなかった。

「キルヒアイスがいなくなったとき、もうこれで失うものはなにもないと思ったのに……」

という若い覇王のつぶやきは、当人自身もなかばは気づかなかったが、彼の生命力の精粋《せいすい》にかかわる深刻なものであったのだ。

ヤン・ウェンリーにたいしてほどではないにしても、ラインハルトはロイエンタールの将器と将才を高く評価していた。

「智と勇との均衡がとれているという一点において評するなら、あの当時、オスカー・フォン・ロイエンタールが、敵と味方をあわせても随一の存在であったと思われる」

エルネスト・メックリンガーは、彼の同僚について、そう評する。ロイエンタールの均衡と比較すれば、ヤン・ウェンリーは智に傾斜し、ウォルフガング・ミッターマイヤーですら本質的には勇を好む、というのである。皇帝《カイザー》ラインハルトも、戦略家としては人間の限界をきわめていたが、戦術家としての志向は、攻撃にかたむいた。バーミリオン星域会戦における戦術的敗退は、彼が防御に徹しえなかったところに、その一因があるであろう。ロイエンタールは、いまのところその弊害から自由だった。

Ⅲ

九月一日事件以降、〝新領土《ノイエ・ラント》〟各処に小規模な暴動や人為的な事故がたてつづけに発生していた。軍事査閲監ベルゲングリューン大将がある日、上官に報告した。

「意図的かつ組織的な暴動は半数。他の半数は偶発的ないし追随的なものでしょう」

「民事長官は治安の混乱についてどう言っている？」

「交通および通信体系を確保さえしておけば、局地的な暴動はおそれる必要はない、そのままりだけを願う、とのことです」

「エルスハイマーは文官だが胆力のすわった男だ。軍としても、彼のささやかな要請をかなえてやるべきだろう。細部は卿《けい》にまかせる、手配してくれ」

「かしこまりました。ところで、総督閣下」

「うむ?」

「このような投書が総督府あてにまいっておりました。ご一読を願います」

ベルゲングリューンに手わたされた手紙を、総督は一読した。

「ほう、これはこれは……」

金銀妖瞳《ヘテロクロミア》に、皮肉な光彩が踊った。


一時間後、総督執務室に呼ばれたヨブ・トリューニヒトは、非好意的な総督の視線に迎えられたが、恐縮したようすはなかった。もともと、彼にたいしてロイエンタールが好意的であったことなど一度もない。

無言のまま、ロイエンタールは一通の封書を大理石のテーブルに投げだした。それを読みはじめたトリューニヒトの表情を、ひややかに観察する。めずらしく沈黙したままの旧同盟元首に、はじめて声をかけた。

「なかなか興味深い投書だとは思わんか、高等参事官」

「興味深いことと、事実とは、残念ながら同一ではないように思われますが、総督閣下」

「一〇〇の興味が集まれば、事実のひとつぐらいにはなるだろうな。とくに、力のある者がそれを望めば、証拠など必要ない。卿《けい》らの憎む、いや、憎んだ専制政治では、とくにな」

痛烈な皮肉だった。

投書の内容は、トリューニヒトにたいする告発だった。九月一日事件以降の、〝新領土《ノイエ・ラント》〟におけるかずかずの不穏な犯罪は、トリューニヒトが自己の権勢を回復するためにしくんだことだ、いずれ総督をも害するつもりだろう、用心されたし、というのである。

「ひるがえって、卿らの信奉してきた民主共和政においては、民衆の望むところが実現されるという建前だが」

「民衆というものは、気流にのる凧《たこ》です。実力もなく高く舞いあがるだけの存在です」

「そう軽蔑したものでもあるまい。卿をかつて同盟の元首に推し、支持したのは彼らではないか。あまりに彼らを悪く言えば、忘恩とのそしりをうけることになるぞ」

じつのところ、ロイエンタールは、トリューニヒトと、彼を権力の座につけた民衆と、双方を心から蔑んでいる。自由惑星同盟《フリー・プラネッツ》の国父アーレ・ハイネセンや、彼と長征一万光年《ロンゲスト・マーチ》の苦難をともにした共和主義者たちは、いくら賞賛されてもよい、と思う。しかし、彼らの子孫たちは、その偉業の余光を、二五〇年にわたって喰いつぶしてきただけではないか。あげくに専制政治の軍門にくだって、一部の者だけが旗をかえ、安楽をたもとうとしている。

その〝一部の者〟であるトリューニヒトが、羞じらいもなく民衆を批判できる道理はないはずであった。だが、そう思いつつ、ロイエンタールは、あらためて異様な不快感がうごめくのをおぼえる。トリューニヒトが口にした民衆蔑視の言に、奇妙な現実感をおぼえたのだ。もしかしてこの男は、彼を支持してきた民衆を、一貫して軽蔑してきたのではないか……。


〝玉座の革命家〟と称されるラインハルトにくらべれば、政治的構想力において、ロイエンタールは数歩をゆずる。彼は政治家としては、あたえられた課題を遺漏《いろう》なく実行する型の人物であって、創造力より処理能力において卓越していた。

ロイエンタールは上官であり主君となったラインハルトを公人としては完全に尊敬していたが、私人としては、その欠点や脆弱さを見逃してはいなかった。

だが、ラインハルトが、私人として欠点が多く、未成熟であるとしても、公人としての業績、才幹、器量が否定されるものではなかった。そういうかたちで皇帝《カイザー》を非難するほど、ロイエンタールは狭量でもなければ不公平でもない。

「最終的には、ついに他人の風下に立つことのない男という気がした」

とは、ロイエンタールと初対面のあとに、エルネスト・メックリンガーが語った評であるが、ただひとり、ロイエンタールの風上に立った者こそがラインハルトであり、ロイエンタールも、むしろ彼にたいする従属的な立場をすすんで受容した。

乱世において、野心的な主君と有能な臣下との関係は、多くの場合、白刃《はくじん》の上を一輪車でわたるような危うさをもつ。ラインハルトとロイエンタールの関係も、けっきょくのところはその多数例に属するのであろうが、むろん特殊な事情もはたらいていた。

後世、しばしば、言われることである。もしジークフリード・キルヒアイスが旧帝国暦四八八年以降も生存し、歴然たる〝帝国の第二人者〟でありつづけたら、ラインハルトとロイエンタールとの緊張関係は、潜在的なもので終わったのではないか、と。すくなくとも、軍務尚書オーベルシュタインとの対立が、それほど尖鋭化することはなかったかもしれない。しょせん、仮定の論法ではあるが、キルヒアイスはあまりに若くして没し、生前、公人としても私人としても他者に非難されることがなかったため、彼自身と帝国の未来にゆたかな可能性が存在しえたことを、誰もが否定しえないのである。

トリューニヒトをひとまず帰したあと、ロイエンタールは査閲監ベルゲングリューンをもう一度呼んで、いくつかの指示をあたえた。それはイゼルローン要塞に拠《よ》る〝ヤン・ウェンリー軍〟の残党にかんすることが多かった。軍の一部が功をあせって妄動することのないよう、あらためて注意したのは、命令もなしにイゼルローン回廊に侵入しようとした艦艇があったからである。

いっぽうで、ロイエンタールは、イゼルローン回廊方面にたいして人間や物資や情報の流入を自由化するほど、お人よしではありえなかった。〝ヤン・ウェンリーの残党どもを封鎖し、孤立させる〟ことは、帝国軍にとって当然の基幹戦略であって、イゼルローン回廊は、攻撃の対象としては困難を具体化した存在であっても、封鎖の対象としてはそれほどではない。情報と流通を遮断し、まず共和主義者を心理的に追いつめるべきである。

したがって、イゼルローン要塞に封じこめられたかたちの、ユリアン・ミンツら〝イゼルローン共和政府〟指導者たちにとって、質量をかねそなえた情報を収集することは、生存のためにどうしても必要なことであった。

Ⅳ

過重な責任をおわされたユリアン・ミンツも、多忙のうちに日々を消化していた。

ユリアンは、毎日すこしずつ資料を整理している。いつか「ヤン・ウェンリー伝」を記述する日にそなえて。ヤンは、まとまった著作を遺《のこ》すことなく世を去った。多事多端《たじたたん》のうちに三〇代前半で亡くなるという非命を背おわなければ、業績の巨大さに比例する長い余生を楽しむことができれば、膨大な知的活動の成果を文字として一般化することもできたであろう。ゆたかな可能性は、強制された死によって永久に遮断されてしまった。

それでも、断片的ではあるが多量のメモリアルが遺された。戦略について、戦術について、歴史について、同時代人について、政治や社会について、そして紅茶や酒について。それらの、無秩序な思惟《しい》や言行の破片を、整理し、再構成し、自分なりの註釈をほどこす。ヤン・ウェンリーという個性の存在を後世に伝えるために、ユリアンは私室のデスクにむかって作業をつづける。激務の間隙《かんげき》をぬっておこなわれるそれは、ユリアンにとって孤独な作業ではなかった。それをおこなっているとき、ユリアンは死者と語りあうことができるのだから。

言葉の断片は、ユリアン自身の過去六年間を構成する、記憶と時間のかけらだった。ひとつの言葉が、ゆたかな背景をともなってユリアンの脳裏にひろがる。すべての風景にヤン・ウェンリーがいた。その身長が、伸びたり縮んだりしてみえるのは、その風景がユリアンの視界をとおしたものであって、ユリアンの身長が六年のあいだに三五センチも伸び、しかも風景のほうは時代順にならんでいないからである。

「言葉では伝わらないものが、たしかにある。だけど、それは言葉を使いつくした人だけが言えることだ」

「だから、言葉というやつは、心という海に浮かんだ氷山みたいなものじゃないかな。海面からでている部分はわずかだけど、それによって、海面下に存在する大きなものを知覚したり感じとったりすることができる」

「言葉をだいじに使いなさい、ユリアン。そうすれば、ただ沈黙しているより、多くのことをより正確に伝えられるのだからね」

そして、

「正しい判断は、正しい情報と正しい分析のうえに、はじめて成立する」

とも、ヤン・ウェンリーは言っていた。

三年前、いわゆる〝救国軍事会議〟のクーデターによって同盟軍が分裂したとき、ヤンは強力な第一一艦隊との戦闘をしいられた。戦力は同等であったから、また、ヤンの敗退は反クーデター派の崩壊を意味したから、ヤンは必死になって敵部隊の所在をさぐった。第一一艦隊の戦力の分散と、それぞれの所在とを確認したとき、ヤンは報告書を空中に放りあげ、へたな歌声にあわせて、ユリアンを相手にへたなダンスを踊ったものだ。正確な情報とは、それほど貴重なものなのである。

したがってユリアンは、自分の思案と、補佐役たちの助言のおよぶ範囲で、より多くの情報をえるため、さまざまな策《て》をうっていた。いつかイゼルローン回廊の両端で政治的・軍事的な変動がおとずれるだろう。いま皇帝《カイザー》ラインハルトは、イゼルローン回廊を無視したあたらしい宇宙の秩序を構築しつつある。変動は、彼の権威の華麗な甲冑に亀裂が生じたときにこそ、おとずれるにちがいない。

そのような戦略上の予測をたてたからには、ユリアンは、対処法も考案しなくてはならない。

彼は後世の歴史家ではなく、現代の行動者であるのだから。

ただ、将来の情勢の変化は、現時点における最良の対処法を、そのまま未来にも維持させうるとはかぎらない。

たかだか五年前に、現在の宇宙の情勢を想像することが、誰に可能だったであろう。宇宙暦《SE》七九五年の段階では、ゴールデンバウム王朝銀河帝国と自由惑星同盟《フリー・プラネッツ》とが永劫の闘争をつづけ、フェザーンの蠢動《しゅんどう》がその間隙をうめて、未来へ緩慢に、重苦しく、単調に流れていくようにしか思えなかった。

悠々たる大河もときとして滝をつくる。いま、自分たちは歴史の滝にさしかかっているのではないだろうか。とすれば、変動は意外に早くおとずれるかもしれない。ヤン提督が生きていたら、自分は安心して彼の船に乗っていられたのに。彼をおしみ、いっぽうで彼を害した人間を憎悪するのは、自分の心が狭いからだろうか。

すると、ヤン・ウェンリーが、ユリアンの記憶巣の一隅からささやきかけた。

「いや、ユリアン、そうではないと思う。なにかを憎悪することのできない人間に、なにかを愛することができるはずがない。私はそう思うよ」

そのとおりなのだ。ユリアンは、ヤン・ウェンリーと彼をめぐる人々と彼らのつくる小宇宙とを、どれほど愛し、貴重なものと感じていたことだろう。ゆえに、それを汚し、砕いた者たちを、ユリアンは憎まずにいられない。また、ユリアンは、たぶんにヤンの影響で、民主共和政治の理念をたいせつなものに思っている。ゆえに、それに拮抗する専制政治を憎むことができる。まったく、すべてを愛することなど、できようはずはないのだ。

ただ、ヤンの言葉を拡大解釈してはならない。ヤンは憎悪を奨励しているのではなく、〝愛がすべてを解決する〟という思考の根本的な矛盾を指摘しているのだ。それを見あやまってはならなかった。

……このようなユリアンの自省心もまた、あきらかに師父たるヤン・ウェンリーの影響からもたらされたものであるが、これが負《マイナス》方向にはたらけば、進取のダイナミズムをそこねて、旧守《きゅうしゅ》から退嬰《たいえい》へと逆進する危険もあるのだった。

ユリアンの〝後見人〟たちのなかで、アレックス・キャゼルヌなどは、その点をいささか心配しているようだ。

「才能のほうは心配しなくていいのかねえ」

ポプランが笑うと、アッテンボローが応じて、

「悪い女にひっかかって身をほろぼすという可能性もあるな」

と、ふたりして年長者のとりこし苦労をからかっている。

年少組の全員が、このふたりのように精神上の再建をはたしえた者ばかりではなかった。代表者はスーン・スール少佐で、ヤン・ウェンリー暗殺の際に上官をまもるべく勇戦した彼は、イゼルローンの病院のベッドでユリアンに再会したとき、暗然とした声をしぼりだした。

「生き残ってしまったよ、ひとりだけ……」

スーン・スールの表情も声も、以前のように明るく直線的ではありえなくなっていた。ビュコックと、ヤンと、ふたりの司令官に死におくれたという思いが彼をそうさせた。

「生き残っていただかないと、こまるところでした。少佐が健在でいらっしゃるから、ぼくたちは、どうにか自分たちをなぐさめることができるんです」

自分だけが落ちこんでいるわけには、ユリアンはいかなかった。不本意であれ、内実より形式がはるかに先行したものであれ、イゼルローン共和政府軍の代表者となった以上、それにともなう責務をはたさなくてはならなかった。人々を悲観的な方向へみちびくわけにはいかなかった。自分のような弱輩が、と思いつつも、スール少佐の傷心をなんとかいたわってやりたかった。

それに、スールに言ったことは嘘ではない。彼ひとりでも、とにかく生きたまま救出しえたという事実が、ユリアン、シェーンコップ、リンツ、マシュンゴら、ヤンを救おうとして救いえなかった人々の悔いを、かろうじて救った一面は否定しえなかった。

スール少佐も、年少のユリアンになぐさめられつつ悔恨にひたっているわけにはいかなかった。彼は病床を離れるとすぐアッテンボローの配下に属する身となったのだ。

イゼルローン共和政府の幹部たちは、このところヨブ・トリューニヒトの話題でもちきっている。

そもそも、ヨブ・トリューニヒトが皇帝《カイザー》ラインハルトの頤使《いし》に甘んじる、という事実それじたいが、キャゼルヌやシェーンコップの不審と不信をそそるのである。アッテンボローにいたっては、ラインハルトに、〝やつを信用するな〟という忠告の書簡を送ろうか、と、なかば本気で考えたほどであった。

「どうせトリューニヒトの野郎、よからぬことをたくらんでいるに決まってるんだ。おれとしては、もう、せめて皇帝《カイザー》にだけは、小物に害されたりしてほしくないんだよ」

ユリアンにむかってそう言い、にわかに苦笑するアッテンボローだった。

「もっとも、おれたちだって小物だがな。まあトリューニヒトの狐野郎がなにをしかけても、噂に聞くオーベルシュタイン元帥の相手は荷が重いだろうて」

V

〝黄金時代〟

という言葉の意味を、ユリアンは最近ようやく理解できるようになった、と、自分では思う。それを口にしないのは、笑われるのをおそれるからではなく、それこそいまさら言語で確認する必要もないように思われるからだ。それにしても、すぎさってはじめて、その時代の貴重さがわかるとは、造物主は、人間の悟性と感性とに残酷な罠をしかけたものではないか。

とはいえ、黄金時代はけっして再来しないものではない。せめてそれにちかいものをつくりあげるよう努めるのは、ユリアンらの義務だった。

カリンと会う回数は、月ごと週ごとに増大している。もっとも、いまのところ、食堂やオフィスで会話をかわすだけである。共通の師であるポプランが聞いたら笑いとばすだろう。

「今日も仕事が終わったら、ヤン提督の言行録を整理するの?」

「そうだけど……」

「暗いわね!」

と、カリンは決めつける。正確には、決めつけるような口調で、彼女流に気を使っている。そのことが、ユリアンにはわかる。これも、正確には、わかると感じているだけのことなのだが。カリンは情感がゆたかで、それを制御し表現するのが不器用なのだ。

つい先日、カリンは血統上の父親であるシェーンコップと司令部前の通路であって、声をかけられた。

「ご機嫌はどうかな、クロイツェル伍長」

「たったいま、とても悪くなりました」

じつはこれでも進歩しているというべきだろう。いちおう返答はしているのだから。以前には、姿を見た瞬間に、まわれ右をして遠ざかったことがあるのだ。

「やれやれ、それは残念。機嫌が悪くてそれだけ綺麗なんだから、機嫌がよければもっと魅力的だろうに」

などと人なみなことはシェーンコップは言わない。

「むりしなさんな、おれに会えてうれしいくせに」

平然と言って立ちさった。二の句がつげず、カリンはその後ろ姿を見送っている。

カリンには悪いけど、役者の格がちがうな、と、ユリアンは思わざるをえない。その事実は、カリン自身も認識しているようで、最近、シェーンコップを手きびしくあげつらうことはしなくなった。むしろ、彼にこだわって、平静でも寛大でもいられない自分自身を、腹だたしく思っているようにも見える。

「フレデリカさんのおっしゃったことは事実なんだろうけど……」

と、つぶやく声をユリアンは耳にした。

シェーンコップと、要塞防御にかんするうちあわせをしたとき、ユリアンは、カリンのことを話にだした。シェーンコップをとがめるつもりなどない。ただ、彼の考えを知っておきたかったのだ。

「クロイツェル伍長がおれのことをどう思うか、それは彼女の問題であって、おれの問題ではないね」

というのが、父親の台詞である。

「おれが彼女をどう思っているか、ということなら、それこそおれの問題だがね」

「どう思ってらっしゃるんです?」

「美人をきらったことは、おれは一度もないよ。まして、生気《いき》のいい美人をね」

「それで、カリンは母親似ですか」

「おや、お若いの、柄にもなくなにかたくらんでおいでですな」

シェーンコップの笑いは人が悪い。

「……とにかく、娘のほうが母親よりずっと印象的だな、こいつはまちがいない」

笑いをおさめると、意外なまじめさでシェーンコップは言い、ユリアンの肩をかるくたたいた。


フレデリカ・G《グリーンヒル》・ヤンも、連日、激務のなかにある。彼女の父親が亡くなったときもそうだったが、義務と責任を最大限にはたすことで、哀しみをとりあえず心の抽斗《ひきだし》にしまいこもうとする精神作用が、おそらく、はたらいていたであろう。「お酒が飲めたらいいのかしらね」というフレデリカの言葉に、ユリアンは返答できない。

「いまにして思うのだけど、ジェシカ・エドワーズ女史が生きてらしたら、いいお友だちになれたかもしれないわね」

そういえば、あの女性《ひと》も、恋人の死後、政界に身を投じたのだった。似ている、と、ユリアンは思い、ふいに慄然とした。ジェシカ・エドワーズのような最期がフレデリカに訪れるかもしれない、という想像は、ユリアンにはたえられなかった。彼は身慄いして、ろくでもない想像をおいはらった。口にだして言ったのは、カリンになにか忠告したのか、ということだった。

「シェーンコップ中将は、卑怯の二文字とは縁がない人よ、と、そう言っただけよ。事実ですものね」

「充分に影響するでしょうね。クロイツェル伍長は、ヤン夫人を敬愛しているんです。ヤン夫人のようになりたい、と言ったことがありますよ」

「あらあら、わたしみたいに料理が拙劣《へた》になったら、こまるわね。マダム・キャゼルヌを見習ったほうが、彼女の将来のためよ」

フレデリカの笑顔を見ると、ユリアンは心に早春の風が吹きこむのを感じる。あたたかく、やさしいなかに、消えようのない冬の微粒子を感じるのだ。そして、ユリアンはそれにたいして無力だった。

その日、彼はキャゼルヌ夫人からの電話をうけた。

「フレデリカさんと、シェーンコップ中将の娘さんとをお食事に招待したのよ。ユリアンもいらっしゃい。にぎやかなほうがいいわ」

「ありがとうございます。でも、かまわないのですか。中将ご本人のほうは招待なさらないで……」

「父親には父親の夜の生活があるものよ。だいいち、家庭団欒《だんらん》の似あう人じゃないわね」

カリンを招待しておいて、ことさらシェーンコップ中将との対面を演出したりするのも逆効果だろう、と、夫人は言うのだった。

イゼルローン要塞で最大の実力者はこの夫人《ひと》かもしれない、などと、ユリアンは考える。とにかく、ありがたく招待をうけた。ヤンの死後、フレデリカもユリアンもすすんで食事をつくらなくなっている。自分ひとりの食事のために手間をかける気になれないのだった。

イゼルローン最大の実力者の夫は、というと、一家四人に三人の招待客をくわえたにぎやかな食事のあいだ、いまひとつ浮かない表情だった。

「おい、ユリアン、かしましい女どもにはゲームでもさせておいて、男どうし、しみじみと酒を飲もうや」

居間に残った女性軍を横目に、図書室兼談話室に逃げこむ。ほどなく、キャゼルヌ夫人が、ハム、チーズ、氷、オイルサーディンなどを盆《トレイ》にのせて、逃亡者たちにさしいれにやってきた。

「どうぞ男どうしでごゆっくり。ホストが敵前逃亡していいものかしらと思うけどね」

「いや、今日はイゼルローンの名花が一堂に会して、目もくらむばかりの華やかさ。まぶしくて、こんな穴倉に逃げこんだわけさ」

などと、お世辞を言ってみせたが、夫人にかるくあしらわれてしまう。

「そういう台詞はシェーンコップ中将かポプラン中佐がおっしゃると、似あいますけどね。あなたが言っても、さまになりませんよ」

「たまに言うから新鮮なのさ、なあ、ユリアン」

同意をもとめられた亜麻色の髪の若者は、微笑しただけで介入をさけた。

フレデリカとカリン、それにキャゼルヌ家の小さなレディふたりは、〝ホースマニア〟というゲームに興じている。シェーカーのなかに、馬をかたどった小さな駒を二個いれてふり、それをマットに伏せ、馬がどのような姿勢で着地したかによって点数をきそうゲームなのだ。二頭の馬がそろってあおむけになっていたら二〇点、一頭が四本脚で立って一頭が横むきに寝ていれば五点――という具合である。彼女たちの笑い声がはじけ、泡だって図書室へ流れこんでくる。

「よくまあ、あんなしようもないゲームに熱中できるもんだ」

キャゼルヌ家の当主は、眉をしかめつつ、ユリアンのグラスにあらたな一杯をそそいだ。

「……しかし、まあ、笑い声のほうが、泣き声よりずっとましではあるがね」

ユリアンはまったく同感だった。ともかくも笑えるようになったのだ。逆行の危惧をつねにかかえているとはいえ、人々は冬の記憶からたちなおって、春から夏へと歩みをつづけてはいるのだった。

VI

「陰謀という毒の花の、巨大な地下茎」

と、のちに呼ばれるようになるものは、当時、実在したのであろうか。

実在はしていた。だが、その存在と業績とを、公然と誇ることはできない立場だった。最強にして最大の、あるいはそれにちかい勢力となり、優位を確保するまで、地上に姿をみせるわけにはいかない。

地球教団の大主教ド・ヴィリエは、ある惑星の地下にひそんで、正しくもなければ明るくもない計画のかずかずを立案し指揮している。その合間には、下級の主教や司祭たちに、彼の考えを語ることもあった。

「なんのために皇帝《カイザー》ラインハルトではなく、ヤン・ウェンリーを殺したか、わからぬか?」

ド・ヴィリエ大主教の声にも、傲然たる光がみちている。ヤン・ウェンリーの暗殺に成功したのち、彼の権威と権勢は、大主教たちの首位をしめるようになっていた。

「吾らは、皇帝《カイザー》ラインハルトをより絶対的な支配者となし、ついには暴君となし、人民の憎悪と怨嗟を集中させねばならぬのだ。そのとき、暴君の専制に対抗する理念は、地球教の信仰でなくてはならぬ。おぞましい民主共和政治の精神であってはならぬのだ」

　宗教専制の立場からすれば、たしかに民主共和政治の精神はおぞましい。それは複数の価値観が並立し共存することを前提とした体制であり、精神だからである。

　また、ひとつの権力体制を簒奪《さんだつ》するとき、権力が分散しているより集中している体制をのっとるほうが、容易であるはずだった。人民にも権利意識がすくなく、支配されることに慣れている。銀河連邦《USG》を倒したルドルフ・フォン・ゴールデンバウムの剛腕は、この際、地球教団にはもとめようもないのだから。

「臣下の叛逆が専制君主の猜疑《さいぎ》をまねき、粛清をうみ、それが臣下の不安をよび、叛逆を招来する。王朝の歴史は、その反復につきる。吾らはその鉄則を、ローエングラム王朝に援用してやろうというのだ」

　ド・ヴィリエは、彼なりに歴史の研究家であるらしかった。そこから習得したものが、哲学ではなく陰謀実践学であるとしても、知識を集積させ、それを分析して統計的に結果をみちびきだす頭脳は、犀利といってよいであろう。

「太古、われらが地球のうえに君臨したローマなる大帝国も、衰弱の時代に、ある一神教を国教とし、それによって後世の歴史と文明を支配したのだ。留意すべき故事であるし、指標ともなすべきだろうな」

　傲然たるド・ヴィリエの言動に、年長の主教たちのなかには反感をもつ者もいたであろうが、それを口の端にのぼせる者はすでにいなかった。むしろ媚びる者のほうが多い。

「それでロイエンタール元帥に叛逆させるというわけでございますな」

「ロイエンタールは、新王朝において、一、二をあらそう重臣であり、若いとはいえ宿将である。それが背いたとなれば、皇帝《カイザー》ラインハルトも、心が平静ではありえぬ。つぎに誰が背くか、忠実な臣下どもにたいしても疑惑を禁じえぬであろう。あとはそれを増幅させていくだけのことよ」

自信にみちたド・ヴィリエの前に、なお、悲観的な材料がいくつか提示された。

「オスカー・フォン・ロイエンタールは、たしかに名将であるにはちがいない。だが、彼の部下が、皇帝《カイザー》に叛旗をひるがえすことを、はたして承服するであろうか」

「それが懸念《けねん》のゆえんじゃて。たとえ五〇〇万の将兵ことごとく、ロイエンタールに忠誠を誓ったとしても、帝国全軍の二割にもみたぬ。そのていどの兵力で、金髪の孺子《こぞう》めが打倒できるであろうか」

心配は無用である、策《て》はうってある、と、ド・ヴィリエは低く笑った。

「ヤン・ウェンリーも死んだ。ロイエンタールも死ぬ。皇帝《カイザー》と僭称《せんしょう》しおる金髪の孺子も死ぬ。ことごとく死にたえて、われらの正義が実現するための肥料となるであろう」

その後は、宗政一致の巨大な帝国が人類社会を統一する。かつて人類が地球という一惑星の表面にのみ棲息していた当時は、それにちかい状態が、長きにわたってつづいていたのだ。それが今度は宇宙規模で復活する。自分が復活させるのだ。長い雌伏《しふく》と隠忍《いんにん》の日々もやがて終わり、栄光の時がおとずれるであろう。

ド・ヴィリエはもう一度笑った。黒い笑いであり、歴史を陰謀によって逆流させようとする者の笑いであった。

第四章　発　芽

Ⅰ

銀河帝国国務尚書の令嬢にして、自身は大本営幕僚総監たるヒルダことヒルデガルド・フォン・マリーンドルフが、ふたたび大本営に出仕したのは、九月七日のことであった。

「一身上のことで、たいへんご迷惑をおかけいたしました。今後このようなことのないようにいたしますので、ご容赦くださいまし」

彼女はそう上司に挨拶した。彼女の上司といえば、宇宙にただひとり、銀河帝国皇帝があるのみである。ラインハルトは、ややぎごちなくうなずいて伯爵令嬢のあいさつをうけた。なにか言いたげであったが、けっきょく、なにも言わず、なにも言えず、彼は彼女を退出させてしまった。

ラインハルトは、私人としての包容力の未成熟さを、このときさらけだしてしまったのだが、じつのところヒルダにとってもそのほうがありがたかった。

ラインハルトに言葉を投げかけられても、なんと答えてよいか、ヒルダ自身も困惑から自由ではありえなかったのだから。もし謝罪でもされたら、どう応じればよいのか。

「あれは夢だったのですわ、陛下、どうぞお忘れください、わたしも気にしておりませんから」

それともこう答えればよいのだろうか。

「わたくしは陛下の臣民でございます。どんなご命令にもしたがいます」

どちらも、ヒルダには最上の回答とは思えなかった。そもそも、謝罪されるような問題でもないのである。

任務にもどったのは、これ以上公務を放置しておくことができなかったからで、ヒルダが皇帝の求婚に明確な決意をもって応じようとしたわけではなかった。

幕僚総監を辞任すべきだろうか。だが、欠勤後の辞任は、人々のあいだに憶測を呼ぶだけであろう。考えてみれば、若い独身の皇帝と、やはり若い独身の女性幕僚であり、これまで噂のたたないほうが不思議であったかもしれない。ラインハルトに無性的な印象があり、ヒルダが公人対公人の関係に徹して権力者の寵に狎《な》れるふうを見せなかったからであろう。だが、事実が生じてしまった。今後どうなるか、どうすべきか、ヒルダほど聡明な娘も、この一週間でいまだ解答を見いだしえなかった。

いっぽう、若い美貌の皇帝《カイザー》はといえば、公人としては経験したことが絶無であり、私人としてもごくまれにしか記憶のない心境にあった。途方にくれていたのである。

マリーンドルフ伯爵令嬢に、求婚はした。即答をもってむくわれれば、それが拒絶の方向であっても、心情が整理されると思うのだが、返答がないので、ラインハルト自身の意識も、心の水面を浮遊している。即答など望みうるはずもない問題だと承知してはいるのだが。

だが、私人としてのラインハルトの未熟さを嘲笑する者がいたとしても、公人としての彼が、皇帝としての義務と責任をおこたらず、政務において正確な判断と裁量をしめしつづけたことを、否定することはできない。政務に熱中したのは、私生活の悩みから逃避するためだ、という皮肉な観察も、むろん成立しうるが、その悩みが政務に反映しなかった、という事実は、充分に賞賛に値するものであろう。ラインハルトが公人としての責務を放擲《ほうてき》したのは、これまでの人生にただ一度、ジークフリード・キルヒアイスを失った直後だけであった。

膨大な政務も、とぎれることがある。そうなると、若い皇帝《カイザー》はなにをしてよいかわからなくなり、なかば放心したようにコーヒーをすすったり、厚いだけで興味をそそらない書物をひもといたり、近侍のエミール少年や次席副官のリュッケ少佐を相手に三次元チェスをやったり、彼らを馬場にともなって乗馬をしたりしていた。さまざまな意味で風流と無縁な人生を送ってきたので、戦争や政務が日課から欠けると、暇をもてあますのである。情事にいそがしい、などということもむろんない。

「暇をもてあますのはともかくとして、それよりも、皇帝のたびたびのご発熱、なにやらご大病の前兆でなければよいのだが……」

重臣たちは不安にかられずにいられない。

重病とか難病とか呼ばれるようなものではなく、小さな雲の塊が太陽をさえぎったていどのことではある。だが、これまでラインハルトの生命力の光輝は、どれほど小さな雲のかげりも許さなかった。それだけに、また太陽が唯一無二の存在であるだけに、気をまわさざるをえないのである。

「ヴェスターラントの件が、よほど、御身に衝撃的であったのだろうか……」

その噂を、親衛隊長のキスリング准将は無表情に聞きながしている。彼は、国務尚書マリーンドルフ伯爵の令嬢が皇帝《カイザー》の私室で一夜をすごしたこと、皇帝が花束をかかえてマリーンドルフ邸へ早朝の訪問をおこなったこと、双方の事情を知っていたが、むろん口にはださなかった。〝沈黙提督〟エルンスト・フォン・アイゼナッハ上級大将におよびようもないとはいえ、口の固さはキスリングの身上のひとつであった。

ラインハルトが夜ごとべつの女性のもとを訪れたとしても、キスリングは口を緘《かん》して、他者に明かすことは絶対になかったであろう。その点においては、これまでのキスリングの口の固さは、むしろ宝のもちぐされであって、ようやく真価を発揮したとすらいえる。キスリングにしてみれば、皇帝たる者、愛妾や情人の幾人かはいてもよいと思うほどなのだが。

ラインハルトには、度しがたいほど融通のきかない不器用な一面が、たしかにあったようである。承諾されるにせよ、拒否されるにせよ、彼がマリーンドルフ伯爵令嬢に求婚したことは、揺るぎない事実であったから、彼女の返事を待つあいだに、ほかの女性と交際したりするのは不誠実な行為だ、と思いこんだのであった。もともと、それをわずらわしく思う彼であったから、正当化の根拠ができた、といえなくもない。

「……皇帝《カイザー》が美貌であったがゆえに、多情であったにちがいない、多情であるべきだ、と決めつける者は、好色な醜男の存在を、どう説明するのであろうか」

と、エルネスト・メックリンガーは皮肉っているが、ラインハルトの容姿と権勢を表面だけながめれば、その性生活の貧しさを想像するのは、たしかに容易ではないであろう。

いずれにしても、ラインハルトは、ほかの花をみつくろおうとはしなかった。

マリーンドルフ伯が同情まじりの苦笑を禁じえなかったことに、やがて、政務が終わるとラインハルトはしばしば外出するようになった。それまでさして関心をしめすこともなかった演劇、音楽、絵画などを鑑賞するようになったのである。ひとりでいると気が重くなるからにちがいなかった。

内心で辟易《へきえき》したのは、随行をおおせつかった側近や高官たちであったにちがいない。ラインハルトが古典バレエを見物するのにフリッツ・ヨーゼフ・ビッテンフェルト上級大将をともなった例などは、人選の誤りの最たるものであったが、それを笑い話の種にしたコルネリアス・ルッツ上級大将などは、詩の朗読会に出席するよう皇帝《カイザー》の命令をこうむって、頭をかかえたものであった。アウグスト・ザムエル・ワーレン上級大将は、自分に〝当番〟がまわってこないうちに、旧帝国本土に駐在する〝芸術家提督〟エルネスト・メックリンガー上級大将と職場を交替できないものか、真剣に考えこんだ。

「そもそも皇帝《カイザー》はご自身が卓《すぐ》れた芸術品でいらっしゃるのだから、わざとらしい芸術に興味をいだかれる必要はないのだ。統治者は芸術にたいしては金銭だけだしていればよい。目も口もだす必要はない。統治者の好みに媚びることで大家面《たいかづら》する、えせ芸術家どもを生みだすだけではないか」

そう評したのは、ウォルフガング・ミッターマイヤー元帥であるが、彼自身は宇宙艦隊の軍務を理由に、皇帝《カイザー》の招待をうけずにすんだからこそ、第三者的な論評が可能であったのかもしれない。

「それだけの識見が元帥にはおありなのだから、私などのかわりに皇帝《カイザー》に同行なさってください。今夜、私は、聴いてもわかるはずのない前衛音楽とやらを、皇帝のおともで拝聴せねばならないのですよ」

ナイトハルト・ミュラー上級大将がなげいた。

「いっそ戦争なり内乱なりのほうが、はるかにましです」

これはむろん、明確な予言などではなかった。だが、後日、ミュラーはこの発言を、憮然としてかえりみることになるのである。

ラインハルトが政務に精励しつつも、私生活における航路図の不備を思いわずらい、彼の幕僚たちが思いもかけぬ〝芸術の秋〟に困惑しているあいだに、陰謀の土壌の奥では発芽が開始されていた。

II

地下茎の一端は、宇宙を縦断して、惑星フェザーンの地底にも伸びていたのである。ただ、直線的な伸びようでなかったことは、むしろ当然であろう。もともと、根がひとつではなく、それが単一の太陽をもとめて、からみあいつつ生育していったものであるから。しかも、この怪奇な植物は、きわめて貪欲に栄養をもとめていた。

銀河帝国内務省次官・兼・内国安全保障局長ハイドリッヒ・ラング。フェザーン前自治領主《ランデスヘル》アドリアン・ルビンスキー。オスカー・フォン・ロイエンタールがみたらその場で射殺の欲望にかられるにちがいない二名が、むろん非公式の会談をおこなっていた。場所はルビンスキーが所有するいくつかの隠れ家のひとつであり、すでに幾人かの死が決定された一室であった。クリスタル・ガラスを透過する照明が、緑を基調色とした室内に、森の一隅めいた光をあてていた。この人工の森にひそんだ二名の陰謀家は、容姿も年齢もことなるが、ひとつ共通点を有していた。共犯者にたいする軽蔑感がそれであった。それを認識する点においては、ルビンスキーのほうが、はるかに深かったが。

ラングはハンカチで汗をぬぐう動作をしていた。相手の視線から表情を隠す、いつものやりくちであった。ルビンスキーは冷笑を皮膚の下にとどめつつ、説明をつづけている。

「皇帝《カイザー》に、新領土《ノイエ・ラント》へ御幸していただかねば、ロイエンタール元帥に叛逆をおこさせることは、なかなかむずかしい。その点については、次官閣下もご存じのはず。彼の知性が曇《くも》るほどの巨大な餌、つまり好機をあたえねばなりません」

「それはそうかもしれぬ。だが、そこまでロイエンタールめに有利な条件をととのえてやってよいのか。万が一、万が一にも、やつめが弑逆に成功してしまったらどうするのだ」

ラングとしては、危惧せざるをえない。彼の不吉な空想が、現実化するような未来は、存在するべからざるものだった。もしロイエンタールがラインハルトを弑《しい》して全宇宙の大権を掌握したりしたときには、ラングは誰よりも早く、粛清の対象となるにちがいない。自己客観視と縁の薄いラングにも、そのていどのことはわかる。悲惨でしかも滑稽だということが。

「ご心配なく。皇帝《カイザー》の暗殺をはかるのは、あくまでも演技、みせかけのことです。最初から失敗するよう、そして一命をとりとめた皇帝がロイエンタール討伐を決意するよう、すべて緻密に計算してあります」

「たしかだろうな」

「誓約書でも書きましょうか」

「…………」

ラングは、ロイエンタール個人にたいする憎悪をナイフとし、権勢にたいする欲望をフォークとして、銀河帝国という絢爛たる料理をむさぼろうとしている。武力優越の時代に、武力なくしてその目的を達成するためには、皇帝《カイザー》ラインハルトの権威と権力を借りるしかない。ラインハルトが忠実な将帥たちに疑心をいだき、彼らを粛清して恐怖政治をおこなうようになれば、ラングは、彼らにたいする皇帝《カイザー》の特別検察官として、また処刑人として、絶大な権勢をふるいえるはずであった。その契機として、ロイエンタールの叛逆が、ラングにとっては、必要でもあり貴重でもあるのだ。

ロイエンタールが叛乱をおこせば、それを鎮圧したあと、ラインハルトはミッターマイヤーなどにたいしても信頼を失わずにいられるであろうか。ミッターマイヤーはロイエンタールの親友であるし、ロイエンタールが消えさったあとは、生者のうちで最高最大の用兵家である。そこでミッターマイヤーを陥穽《かんせい》におとしこみ、相打ちのかたちで、ラングの恩人であるオーベルシュタインを葬りされば、ラングにとって権勢への障壁は存在しなくなる。ヒルデガルド・フォン・マリーンドルフはしょせん、無力な小娘であり、その父親は誠実なだけの無能者、ミュラー以下の軍高官は戦場を離れれば軍服を着た人形であるにすぎない……。

ラングは気づいていなかった。このような構想、あるいは妄想が、フェザーンの旧自治領主《ランデスヘル》アドリアン・ルビンスキーによって誘導され、増幅されたものであることに。彼自身がルビンスキーの、安っぽくて卑小ではあるが便利な使いすての道具であることに。ルビンスキーが、気づかせなかったのだ。

そのことに気づいていた者がいるとすれば、それは、ラングではなく、べつの人間、銀河帝国軍務尚書パウル・フォン・オーベルシュタイン元帥であり、おそらく彼ひとりだけであった。その光コンピューターをくみこんだ義眼には、ラングの自前の目よりはるかに多くの事象が映っているにちがいないが、それをすべて解説するはずもなかった。ラングは、ルビンスキーの陰謀の道具であると同時に、オーベルシュタインの政治の道具でもあったが、彼自身としては、逆に、彼らをともに道具とみなしていた。オーベルシュタインは彼の非公式の上司であり、登用してくれた恩人であったが、最大の恩は、ラングの栄達のため、今後、犠牲になってくれることであるはずだった。

この時期、ルビンスキーとラングとは、ともに、ロイエンタールの叛逆を望んでいた。だが、ラングがもとめたのは、あくまでも消火されることを前提とした一定規模の火災であって、ルビンスキーが燎原《りょうげん》の大火を欲したのとは、まったく動機と目的がことなるのである。そのことを、ルビンスキーは知っていたが、ラングは知らなかった。うたがってはいたが、正確に認識はしていなかったのだ。ラングはオーベルシュタインにおよばぬのと、あるていど似た理由で、ルビンスキーにおよばなかった。ルビンスキーは自分自身を鏡に映して嘲笑することができたのである。それこそ、ラングには不可能なことであった。

けっきょくのところ、ラングは、ローエングラム王朝において、佞臣《ねいしん》としての不名誉な名を後世に伝えることになる。彼にもいくつかの美点があり、家庭においては善良な夫であり優しい父親であったのだが、公人としての非難を回避することはできなかった。

〝野望の時代〟では、たしかにあった。皇帝《カイザー》ラインハルト自身が、貴族とは名ばかりの貧家に生まれて、一〇代で旧王朝の将官にのぼり、二〇代前半で至尊の冠を頭上にいただいたのである。

過去五世紀にわたって人類を支配してきた者は、名君であれ暗君であれ、直系であれ傍流であれ、ルドルフ・フォン・ゴールデンバウムの子孫のみであった。その血統による専制を、行動によって打破した者は、歴史上にただふたり、アーレ・ハイネセンとラインハルト・フォン・ローエングラムだけである。手法はことなり、信じる主義もちがったが、彼らの名は歴史から抹殺されうるものではなかった。

ひとりの創造的な行動者は、無数の模倣者を産む。ラインハルトにしても、単一支配者による宇宙の統治という構想じたいは、ルドルフ大帝の企図をうけついだものである。むろん、彼は、ルドルフを模倣したのではなく、超克をめざし、二〇代前半でそれをほぼなしとげたのであった。

その偉業は無数の人々を畏怖させた。ラングもそのひとりであるにはちがいなかったが、彼は若い美貌の覇王を無謬《むびゅう》とも神聖不可侵とも思わなかった。無謬であるなら、ジークフリード・キルヒアイスを死なせたり、ヤン・ウェンリーに敗れたりするはずがないではないか。ラングは、若い皇帝を自分の傀儡《かいらい》にするつもりだった。そのために、ラインハルトから忠実で有能な臣下を奪いとり、猜疑と不信のうちに孤立させねばならなかった。皇帝の不幸がラングの幸福に直結するはずであった。

Ⅲ

奇怪な噂が、新帝都フェザーンの地表を徘徊しはじめたのは、八月末のことであったが、九月にはいると、伏流水が泉をつくるように、銀河帝国の公人たちのあいだに流れこんできた。無数の泡がはじけて、不吉な流言のかずかずが、人々の耳に音符を送りこんできた。

「……新領土《ノイエ・ラント》総督ロイエンタール元帥が皇帝《カイザー》に叛意をいだいている」

「……ロイエンタール元帥は、軍事力において皇帝《カイザー》に敵しえないことを熟知している。ゆえに彼は、新領土視察のためと称して、皇帝に、惑星ハイネセンへの御幸を請《こ》い、その途上においいて皇帝を暗殺しようとしている」

「……皇帝を暗殺したのち、ロイエンタール元帥は、行方不明の先帝エルウィン・ヨーゼフ二世を擁《よう》してゴールデンバウム王朝の復辟《ふくへき》を宣言し、みずからは摂政として政治と軍事の大権を独占するだろう。そして遠からず、みずからが至尊の冠を頭上にいただくつもりらしい」

「……いや、ロイエンタール元帥が目的としているのは、皇帝の暗殺ではなく、幽閉である。元帥は、皇帝に退位宣言書を書かせ、合法的に至尊の地位につこうとしているのだ」

「……そのことを知った皇帝は、ロイエンタール元帥から暗殺されることをおそれて、帝都をうごくことができずにいる」

「……ロイエンタール元帥が惑星ハイネセンへの招待状を皇帝《カイザー》にさしあげるそうだが、皇帝がそれをうけることはありえない」

「……逆に、皇帝はロイエンタール元帥をフェザーンに呼んで詰問するだろう」

オスカー・フォン・ロイエンタール元帥に叛意あり、という噂は、この年、冬の終わりにも流れたことがあり、皇帝と元帥とが公式の場で対話して、噂をたんなる噂で終わらせたという経緯がある。だが、今回もそのような幸福な結末を迎えうるか否か。自信をもって予言しうる者はいなかった。

皇帝《カイザー》の侍従長ウェンツェル・フォン・ハッセルバック男爵は、皇帝《カイザー》の姉グリューネワルト大公妃の友人であったシャフハウゼン子爵夫人の義弟にあたる。養子にはいって男爵家をついだ人物で、才走ったところはないが、温和で誠実で政治的野心がない。侍従長などという役職は、それで充分であって、なまじ大器や才人である必要はないのだ。政務上の補佐をするわけではなく、皇帝の生活が不自由ないよう気をくばっていればよいのである。そして、じつのところ、ラインハルトの質素な生活では、エミール・ゼッレ少年ひとりで、身辺の世話などことたりるのだった。

フェザーンに流れる噂を、皇帝《カイザー》の耳にいれたのが、この侍従長だった。彼のほうからぺらぺらと薄い舌をうごかしたわけではない。ロイエンタールからラインハルトのもとへ、惑星ハイネセンへ行幸を請う公式文書がとどいた。それをラインハルトが転居したばかりの新居の図書室のテーブルにおいていたのを、侍従長が目にとめ、皇帝陛下にお渡しした。そのとき、侍従長の不安そうな表情をみとがめて、ラインハルトがただしたのである。すくなくとも、侍従長の晩年の回想録にはそう記してある。

その翌日、正式には九月一〇日であったが、大本営に軍の最高幹部を招集したとき、最初から若い美貌の皇帝は不機嫌で、眉間《みけん》にみえざる雷雲がただよっていた。彼はロイエンタールの招請状の件を告げ、その招請をうけて惑星ハイネセンへおもむくつもりであることを宣言した。皇帝の視線をうけた軍務尚書オーベルシュタイン元帥が、半歩すすみでた。

「近日来、奇妙な噂が宮廷内外に流れおること、陛下もご存じでいらっしゃいましょう。ことの真偽があきらかになるまで、玉体《ぎょくたい》をフェザーンにおとどめあってはいかがですか」

「ばかなことを！」

ラインハルトは端麗な唇のあいだから、巨大な怒気の塊をはきだした。蒼氷色《アイス・ブルー》の瞳が、炎を封じこめた青玉のかがやきを発した。

「ロイエンタールが予を暗殺などするはずがない。予も彼をうたがったりせぬ。おそれもせぬ。卿《けい》らはくだらぬ世迷言《よまいごと》にたぶらかされて、予と重臣とのあいだを裂くつもりか」

軍務尚書が義眼を光らせた。

「では、せめて、一個艦隊ぐらいはおつれください」

「皇帝が重臣のもとへおもむくのに、過大な兵力をともなえば、うたがいやおそれを招くだろう。だいいち、皇帝が自分の領土を旅するにあたって、なぜ大艦隊をしたがえねばならぬのか。これ以上、無用なことを言うな」

呼吸をととのえると、ラインハルトは臣下のひとりに視線をむけた。

「ミュラー上級大将」

「はい、陛下」

「卿に予の首席随員たるを命じる。出立の準備をせよ」

「御意……」

ナイトハルト・ミュラーは砂色の髪をわずかに揺らして、勅命をうけた。オーベルシュタインもミッターマイヤーも無言であった。ほかの将帥も沈黙するなか、ひとりの提督が口を開いた。コルネリアス・ルッツ上級大将であった。

「陛下、どうか私を随員におくわえください。私事ながら、私の妹の夫が、民事長官として新《ノイ》領土《エ・ラント》領土総督府に列しております。しばらく妹に会っておりませんので、顔もみたいと存じますれば」

　側面からの攻撃で、ルッツは、皇帝《カイザー》ラインハルトという難攻不落の城塞を陥落させることに成功した。ひとつには、フェザーン方面軍司令官という彼の一時的な地位が、正式な遷都とそれにともなう軍組織の改編によって宙に浮き、あらたな地位が確立するまで、ルッツはいわば無役の状態にあったからである。大本営と軍務省とでそれぞれ参事官の席についているだけだった。彼の願いが聞きとどけられたことについては、そのような事情もあった。

「残念だ。なぜ陛下はおれをおつれなさらぬのか」

　皇帝の前から退出して、ビッテンフェルトが歎くと、ルッツが藤色の眼光で笑ってみせた。

「ロイエンタール元帥ととっくみあいになる、とでもいうのなら、陛下は卿をおつれになるだろうよ。だが、今回は平和な旅でなければこまるからな」

　ルッツや僚友たちが不思議に感じたのは、つねに皇帝《カイザー》の側近にあるヒルダことマリーンドルフ伯爵令嬢の残留であった。

「フロイライン・マリーンドルフは、昨今、体調がいまひとつよくない。跳躍《ワープ》が彼女の身に負担をかけるであろうから」

　皇帝《カイザー》自身の口からそう説明されると、なるほど、とは思う。そういえば、この日も聡明な伯爵令嬢はこの場に呼ばれていない。ここ数日の欠勤はそのためであったのか、と。

だが、じつのところ、ラインハルトにはいちじるしく私的な理由があった。あの夜から一〇日以上が経過し、大本営に復帰しても、ヒルダはまだラインハルトに、求婚にたいする返答をしていないのである。おそらく、ヒルダにとっては生涯で最初の不決断であったろうが、彼女と結婚することがラインハルトにとって幸福であるかどうか、けっきょくのところ、その疑問の前で彼女はむなしく立ちつづけていたのだ。

彼女を執務室に呼ぶと、ラインハルトは、ことさら事務的な表情と声をつくった。

「フロイライン、予は今月の下旬から新領土《ノイエ・ラント》へ行く」

「うかがっております」

「今回は、あなたにはフェザーンに残ってもらう」

「……はい」

「それで、予がフェザーンにもどってくるまでに、先日の件について、返答をさだめておいてほしい」

ヒルダの瞳をさけて、くすんだ短い金髪に視線をむけながら、若い皇帝は語をついだ。

「むろん、先日の件というのは、フロイラインに予が求婚した件だ」

わざわざそう説明するところが、ラインハルトの未熟さといえないこともない。だが、ラインハルトは真摯であったし、この場合はヒルダにとっても、むしろ救われた思いであった。ラインハルトが、より短気で自己優先型の人間であったら、出立の前に返答をせまるということもありえたのである。そもそも、彼は専制君主であって、ヒルダの意思など無視して、ほしいままにふるまうこともできるはずであった。ヒルダの心の秤《はかり》は、このとき、ある方向への傾斜を深めた。

大本営に復帰したあとのヒルダにしても、行政処理能力はいささかも低下しなかったが、創造的な思考力においては、やや精彩を欠いた。やはり知的エネルギーの集中と持続が万全ではないのだろう。

そのことをヒルダは自覚していたので、ラインハルトに随行できないことも、やむをえないと思った。彼女自身も、むろんロイエンタールにかんする噂を耳にしてはいたが、春の流言の再来にすぎないのではないか、とも思った。そう考えたことじたいが、ヒルダの理知も意思も、一時的に失調していたことを証明するかもしれない。他方では随行のミュラーらにたいする信頼もある。

さらに、ヒルダにとっては、彼女自身がやりたいこともあった。

「皇帝《カイザー》の姉君に、グリューネワルト大公妃にお会いしてみよう」

というのが、それである。あの夜以来、ヒルダはそのことを考えていたのだが、実行する機会は訪れそうになかった。それが、ラインハルトの留守中に実現するかもしれない。あの姉君になら、ヒルダの父同様に、すべての事情を知っていただいてよい、そうしたいと思う。ラインハルトを慈しみ育て、彼の強さと弱さとをすべてご存じの姉君であるから。

ラインハルトのこれまでの人生は、壮麗ではあっても多彩とはいえず、むしろ単純なものであった。価値観が明確であり、目的がまた判然としており、そこをめざしてひたすら進んでいけばよかった。

強大な敵をもち、それを打倒するべく全知全能をつくすという人生は、単純にならざるをえない。ラインハルトの場合、ゴールデンバウム王朝を打倒するという、あまりにも巨大な目的が、ラインハルトの前方にひろがる広大な荒野に、かえって最短の道をしめすことになったのである。

この点、ヤン・ウェンリーのほうが、はるかに複雑で曲折した思想的な行路を歩んでいる。民主共和政治が最善の政体であるという考えは揺るぎないものであったが、それが最悪のかたちで運用される状況を、彼は直接間接に体験してきたのである。

ヤンの人生と思考と価値観には、つねに二律背反《アンビバレンツ》の螺旋《らせん》模様がともなわれていたが、奇矯《ききょう》にみえてじつは安定した人格と、すぐれた包容力とが、それを制御してきたようであった。それも過去のことになってしまったが。

ヴェスターラントの虐殺について思いなやむラインハルトは、〝鋼鉄の巨人〟ルドルフ・フォン・ゴールデンバウムより、専制支配者としての線が繊弱であるかもしれない。

だが、ヒルダは、ラインハルトに、ルドルフ的な意味の強さなどそなえてほしくなかった。

ラインハルトには、ヒルダの心理を完全に洞察することはできない。言うべきことを言い終えると、ややぎごちなく片手をあげて、自分が先に部屋をでていこうとした。動作にともなう空気の流れが、風のさやぎをおこしかけた一瞬に、ヒルダが声をだした。

「陛下」

「うむ……?」

「どうぞお気をつけて行ってらっしゃいまし」

若い皇帝は、とまどったように、美しい幕僚総監を見やった。伯爵令嬢の言葉の意味を消化した顔に、微笑寸前の表情が浮かび、ひとつうなずいて、彼は背中をむけた。

ヤンは別格としても、たとえばヒルダには父親という理解者、助言者がいる。ラインハルトには誰が存在するのだろう。かつては存在していた。だが現在、声のとどく範囲には、存在しないようにみえる。すくなくとも、彼の視界には映っていないようだ。

ミッターマイヤーやミュラーのような忠臣にたいしても、私生活上の相談をもちかけうるラインハルトではない。彼がマリーンドルフ父娘にたいして自己の未熟さ、脆弱さをさらけだしたのは、あくまで結果としてであって、ミッターマイヤーにせよミュラーにせよ、人生相談をもちかける相手とは思っておらず、そもそも他人に弱みを知られて平然としていられるラインハルトではなかった。

Ⅳ

そのミッターマイヤーは、複数の重要な軍務に従事している身とて、ルッツのようにみずから皇帝に随行することを志望するわけにはいかなかった。彼は宇宙艦隊司令部の執務室にミュラーを招き、大局から細部にわたって検討をかさねた。彼は二歳年少の僚友に篤《あつ》い信頼をよせている。

「卿《けい》がなにを心配しているか、わかるつもりだ。この六月に、ヤン・ウェンリーが皇帝《カイザー》との会見にむかう途上で暗殺された。その悲劇がくりかえされるのではないか、というのだろう」

「ご明察のとおりです」

砂色の瞳に、わずかな憂色《ゆうしょく》をたたえて、ミュラーはうなずいた。一度成功すれば、味をしめて再現をねらうのが人間の心理であろう。

「できれば皇帝《カイザー》にはフェザーンにおとどまりいただきたいのですが、こういう状況になってしまって、いまさら中止となれば、かえって悪い方向へ人々の想像がむかいましょうし……」

「まったくだ。だが、それにしても巧妙な！」

ミッターマイヤーは、舌打ちせざるをえない。

ロイエンタールが叛乱を企図している、それをおそれて皇帝は新帝都からうごけない、などという噂が流れれば、皇帝《カイザー》ラインハルトの性格として、安全な場所にひっこんでいられようはずがない。また、それはそれで、噂の真実性を証明することになってしまう。これは皇帝をどうあっても新領土《ノイエ・ラント》へひきずりだそうとする罠であろう。単純で、しかも効果的な、悪辣きわまる罠だ、と、ミッターマイヤーは思い、慄然とした。

この陰謀は、半年ほど前、ロイエンタールが故リヒテンラーデ公爵の縁につながる女性との関係をとがめられて以来、周到にめぐらされてきたのであろうか。とすれば、あの不愉快な小《しょう》人《じん》、ハイドリッヒ・ラングがすべての糸を指先であやつっているのだろうか。

そうとは思えなかった。ミッターマイヤーは、ラングの策謀力はともかく、実行力や組織力を低い水準に評価していたので、むしろラングが、誰か、より狡猾な人物に影響され、主導権をにぎられているのではないか、と考えたのである。そして、彼の疑惑が正しかったことは、遠からぬ未来に証明されることになった。

「ただ、陰謀家どもがそれほど強大な戦力を所有しているはずもない。五〇隻ないし一〇〇隻の艦艇をおつけすれば、抑止力としては充分であろうし、ロイエンタールにたいしてもそう刺激的ではないだろう」

「たしかに。問題は陛下の御心ですが」

「おれがお願い申しあげる。まあこのていどの数であれば、陛下もご許容くださるだろうよ」

銀河帝国の若い名将ふたりは、かるい苦笑をかわしあった。皇帝《カイザー》の覇気と矜持は、ときおり臣下を困惑させることもあるが、彼らにしてみればいっぽうではそれが愛すべきものにも思えるのだ。

「ところで、軍務尚書は今回の件について、なにか意見をのべただろうか」

ミッターマイヤーの、活力に富んだグレーの瞳に、皮肉っぽいかがやきが宿った。軍務尚書パウル・フォン・オーベルシュタイン元帥のことを語るときは、肉体的機能が精神作用に直結してしまうのである。オーベルシュタインが、ロイエンタールの皇帝《カイザー》への招請状を好意的にうけとっていないことは明白すぎるほどだった。

「ロイエンタールが叛逆するのであれば、正面から堂々と兵をあげて決戦をいどむだろう。誰かのように陰険姑息な策謀をめぐらして陛下の背中を刺したりはせぬ」

そう言いたい気分のミッターマイヤーなのだが、言えば冗談ではすまなくなる。地位がのぼるほどに、舌の活動範囲がひろくなるとはかぎらないのだった。

「私の知るかぎりでは、その後はなにもおっしゃいませんし、随行者の名簿にもお名前はありませんが」

「そうか、それならけっこう……」

軍務尚書の随行には、ミッターマイヤーはむろん反対であったが、これは彼が軍務尚書をきらいだからではない。オーベルシュタインとロイエンタール、両者のあいだにわだかまる磁性的な反発が、表面にあらわれたものよりはるかに鋭利で深刻なものであることを、ミッターマイヤーは悟っていたのである。オーベルシュタインの随行が、ロイエンタールの感性を負の方向へ刺激する可能性はきわめて高いように思われた。

この場合、オーベルシュタインが自己保身を優先させるような男であれば、最初からロイエンタールの本拠地へ行こうとするはずはない。ところが、ミッターマイヤーでさえ認めずにいられないことだが、オーベルシュタインは自己一身の利益や安全を追求して満足するような人間ではないから、彼にとって重要な目的があれば、自己一身を犠牲にしても、なんらかの意外な行動にでるかもしれないのだ。ミッターマイヤーとしては警戒せずにいられないのだった。むろん、オーベルシュタインの身命のためにではなく、ロイエンタールのために、である。

ミッターマイヤーは、このとき進行していた陰謀のすべてを察知することはできなかった。それは彼が本来、陰謀や策略とは無縁に生きたいと望み、そのような発想と、事実、無縁でいたからである。

もしこの時点で、地球教団の首脳部を中核として全宇宙にめぐらされた陰謀の全容を完全に洞察しうる者がいたとしたら、それは人間ではありえなかっただろう。ミッターマイヤーの限界を責めうる者は人間界に存在しないはずである。

ただ、ミッターマイヤーは、陰謀家としての才能によってではなく、一国の重臣としての識見によって、事態の本質的な危険をみぬいていた。もしロイエンタールの叛逆が事実となれば、それを鎮圧したのちにくるのは、主君と臣下群との相互猜疑である。一方は、〝ロイエンタールでさえ背いた。つぎは誰か〟と思い、他方は、〝ロイエンタールでさえ粛清された。つぎは誰か〟と考える。そうなれば、粛清と叛逆の無限連鎖におちいるだけである。

「まあよい、軍務尚書がどう思おうと、おれにはおれのやりかたがある。宇宙艦隊の主力を、シャーテンブルク周辺宙域に集結させておくとしよう」

シャーテンブルクとは〝影の城〟を意味する語で、フェザーン回廊の新領土《ノイエ・ラント》方面、つまり旧同盟方面の出入口に建設が確定された宇宙要塞の名称であった。イゼルローン要塞には比較すべくもないが、回廊のいっぽうの出入口を扼《やく》し、新帝都を防衛するとともに、出撃・補給・通信の拠点として多大の機能を発揮することになるであろう。

ちなみに、フェザーン回廊の帝国本土方面出入口に建設される要塞は、〝ドライ・グロスアドミラルスブルク〟と名づけられている。〝三元帥の城〟を意味し、ローエングラム王朝の元帥六名のうちすでに死去した三名——キルヒアイス、ファーレンハイト、シュタインメッツの名を記念したものである。

「もうひとり死者がでれば四元帥の城《フィルグロスアドミラルスブルク》と改名されるのかな」

というビッテンフェルトのうまくもない冗談は、僚友たちの苦笑をさそったものであったが、とにかくこの二カ所の新要塞は、フェザーン回廊を結節点とする新王朝・新帝国の存立と発展に、大きな意義をもつことになる。ラインハルトの壮大な統一帝国の構想は、このような実践面において、着実に具体化しつつあった。そして、軍務の第一線において、それを統轄指揮しているのがミッターマイヤー元帥であって、彼が皇帝《カイザー》ラインハルトに随行できないゆえんであった。

ミッターマイヤーは、あたらしい時代のあたらしい任務に適応し、課題にたいして充分な成果をあげつつある。帝国軍最高の勇将であるが、たんなる勇将ではなかった。彼自身には自覚はないが、その柔軟さと度量は、オスカー・フォン・ロイエンタールなどが、きわめて高く評価するところだった。むろんラインハルトもそれを把握して、〝疾風ウォルフ《ウォルフ・デア・シュトルム》〟に重任をかしてきたのである。

もしラインハルトと臣下とのあいだに粛清と叛逆の無限連鎖が生じるような結果が招来されるとすれば、自分たちはなんのために身命を賭《と》してゴールデンバウム王朝を打倒し、自由惑星《フリー・プラ》同盟《ネッツ》を滅ぼし、全宇宙に流血の軌跡を描いて戦ってきたのか。ローエングラム王朝は、宇宙に平和と統一を招来し、すくなくとも宇宙の半分に、これまでより進歩と公正においてまさる統治を布《し》いている。それらのかがやかしい功績も、ひとつまちがえば、恐怖政治の暗赤色に塗りこめられて、後世から嫌悪と冷笑をもって評価されてしまうであろう。

そうさせてはならなかった。皇帝《カイザー》ラインハルトに度量をもとめるとともに、ロイエンタールにたいしては自重を望みたかった。

「ミュラー上級大将、陛下の御身を卿《けい》にゆだねる。ルッツと協力して、陛下を無事、フェザーンにおつれしてくれ」

「微力をつくします。ですが、けっきょく、なにもおこらないのではありませんか」

ミュラーはおだやかに微笑した。二歳年長の、敬愛する僚友を、おそらく安心させるためであろう。ミッターマイヤーは彼が正しいことを心から願いつつ、握手の手をさしだした。

V

「たとえどれほど悪辣な陰謀の結果であっても、叛乱の芽が生じるのは、相応の土壌が存在してのことである。皇帝《カイザー》ラインハルトとロイエンタール元帥とのあいだには、けっきょく、陰謀家に乗ぜられるだけの隙《げき》があったとみなさざるをえない」

右のような後世の批評は、唯物的に判断しすぎるきらいはあるが、一部分は正しいであろう。もともと、戦乱が終熄《しゅうそく》したあと、新領土《ノイエ・ラント》へ行幸することは、ラインハルト自身と帝国政府の予定表にくみこまれていた。あたらしい領土だからこそ、機会あるごとに、また機会をつくって、皇帝の威信と恩愛を〝臣民〟に周知徹底させねばならなかったのだ。

ゆえに、ロイエンタールからの招請状じたいは、なんら疑義なくうけいれられるはずであった。

いっぽう、ロイエンタールのほうの事情は、やや複雑である。彼は招請状を発する直前に、フェザーンに残した彼のアンテナから、奇怪な噂を耳にしていた。

「皇帝陛下は、フェザーンにおかれても、しばしば原因不明のご発熱あり。さらに陛下のご病《びよう》臥《が》をよいことに、軍務尚書オーベルシュタイン元帥と内務省次官ラングとの専横、日に日にまさり、あたかも軍務尚書は宰相のごとく、ラング次官は内務尚書のごときありさまにて、心ある者は眉をひそめ口をとざす。ことにラング次官は私怨《しえん》からしきりにロイエンタール元帥を誹《ひ》謗《ぼう》し、フェザーンに召喚してのちの粛清を、皇帝に進言してやまず。さらに、ロイエンタール元帥は皇帝を新領土に招請して暗殺する陰謀をめぐらしている、と主張するあり……」

この情報をラング自身が流したところに、策謀の陰険さがあったであろう。ロイエンタールは、かなり辛辣な政略的観察のできる男であったが、ラングがロイエンタールに〝知らせる〟ため、誇張と捏造《ねつぞう》をおこなっているとは気づかなかった。彼は本来、武人であって、叛乱が支配者にとってはマイナス要因であるという観念があった。最初から鎮定を条件とした叛乱の誘発――という発想はなじみにくいのである。そもそも、ロイエンタールは用兵には自信があったし、皇帝《カイザー》と自分との信頼関係をそこねようとするうごきに平静でいられようもない。さらには、ラングという人物にたいする先入観もある。ラングは皇帝を内心で尊敬してもおらず、ロイエンタールにたいして害意をいだいている、という先入観である。しかも、その先入観は正しかった。ラングの策に、結果としてロイエンタールがのせられたゆえんであった。

「ラングごとき小人《しょうじん》の佞言《ねいげん》にたぶらかされるような陛下ではない。現に、この春にも、奴はおれを貧弱な罠におとしこもうとして、みじめに失敗したではないか」

そう自分に言いきかせようとしたが、多少の不安はある。彼は腹心の軍事査閲監ベルゲングリューン大将を呼び、新首都に流れている噂について、彼の判断をただしてみた。

「たしかにラングごときの佞言にうごかされる陛下ではありますまい。ですが、小官が気になりますのは、もっとべつの人物の動向です。ラングなど腹話術の人形にすぎないのではありますまいか」

ベルゲングリューンはあえて明言をさけたが、誰を指しているか、ロイエンタールにはあきらかすぎるほどであった。彼の脳裏に、軍務尚書パウル・フォン・オーベルシュタインの、異様な光をたたえた義眼が映しだされている。オーベルシュタインが皇帝をないがしろにしているかもしれぬ、との危惧と不快感は、ロイエンタールにとってあたらしいものではなかった。

「わが皇帝《マイン・カイザー》がオーベルシュタインやラングごときの木偶《でく》になりさがるとすれば、興ざめもいいところだな」

それでは若い覇王の人生は竜頭蛇尾《りゅうとうだび》のきわみではないか、と、ロイエンタールは思う。そして、彼自身の覇気のおもむくところ、いっそ自分がオーベルシュタインらになりかわって皇帝《カイザー》を擁したらどうか、と思うのだ。

今回、皇帝はわずかの護衛をともなっただけで、ロイエンタールのもとへやってくる。新領《ノイエ・ラ》土《ント》に来訪した皇帝《カイザー》を、そのままハイネセンにとどめて帰さず、大本営と宮廷をハイネセンに遷すことを宣告する。オーベルシュタインらは行幸にしたがわないのだから、どうすることもできまい。

　全宇宙を事実上この手におさめる絶好の機会ではないか！

　むろん、ラインハルトが、唯々《いい》としてロイエンタールの優越を是認するはずはない。彼の手から脱して、正当な地位と権力を奪回しようとするだろう。それはそれでおもしろい。戦い競合するとするなら、ラングはおろかオーベルシュタインですら、ロイエンタールにとっては役者不足である。オーベルシュタインの権謀《けんぼう》といえども、皇帝の権威あってのことではないか。五〇〇万の兵力と用兵の偉才を誇るロイエンタールの敵手として、ふさわしい男ではない。

　これまでゴールデンバウム王朝においては、有力な臣下が粛清された例など、めずらしくもない。戦いに勝利をおさめて凱旋し、ふいに兵権を剥脱され、そのまま処刑場に直行させられた例すらある。ラインハルトが病臥し、判断力がおとろえているとすれば、旧王朝の悪しき前例が、ロイエンタールにたいして復活するかもしれなかった。

　ましてロイエンタール自身が、完全に無色透明ではない。彼にはたしかに梟雄《きょうゆう》めいた一面があるので、総督就任以来、新領土の生産力をもとに、どのていどの政戦両略を帝国本土にたいして行使しうるか、研究していた。それはあくまで、オーベルシュタインを仮想敵としてのものではあったのだが。

そのため、ロイエンタールに批判的な後世の歴史家は、つぎのように言いたてるのである。

「オスカー・フォン・ロイエンタールは、皇帝《カイザー》ラインハルトの忠臣としては徹底さを欠いたし、叛逆者としては決断を欠いた。けっきょくのところ彼は叛逆者ではなく、永遠の不満分子であったのにすぎない」

「彼がいますこし、歴史の展開における自分の位置を確認していれば、彼が貢献すべきは平和と秩序の確立にあったということを判断しえたはずである。それまで彼の成功と栄達に寄与してきたはずの理性と知性が、臣下としての最高位をきわめた瞬間から消えさったのであろうか」

「最後の段階における変節によって、彼がこれまでラインハルト・フォン・ローエングラムにささげてきた忠誠も、すべてが欺瞞であったかのような印象をあたえることになった。誰のせいでもなく彼自身のせいである……」

とはいうものの、ロイエンタールが無能であった、と事実を曲げて強弁する者はいない。むしろ、その質量ともにすぐれた才能と力量とが、かえって彼の針路を誤らせた、との意見が有力である。

同時代の証人として、つねに彼に対立する陣営に身をおいたユリアン・ミンツの見解を調べてみると、つぎのようになる。

「……オスカー・フォン・ロイエンタールは、雄材大略《ゆうざいたいりゃく》ともいうべき偉才であって、大軍の指揮官としても、広大な領土の総督としても、宰相としても、その才幹に不足はなかった。ただ、この時代、たったひとつ、彼にふさわしくない地位があったように思われる。それは発足したばかりの新帝国の皇帝という地位である。考えてみると、第三代あたりの皇帝としては、ロイエンタールほど卓絶した才幹と器局の所有者はいなかったのではないだろうか。彼は前政権の政策を継承して、長所を伸ばし、短所をあらため、綱紀を粛正して国家組織を再生させ、武力叛乱を鎮圧して帝権と人民をまもり、強大な指導力によって揺るぎない集権的統一を維持したにちがいない。彼はゴールデンバウム王朝の皇帝たちの大部分より偉大な君主となったにちがいない……しかし、彼の帝国において、首都はなお惑星オーディンでありつづけるだろう。彼と同時代に、比類ない天才によって、宇宙支配の中枢をフェザーンに移転させた若者がいる。それを思えば、ロイエンタールは、創業の時代に生まれた守成《しゅせい》の人であった。創業の人たる皇《カイ》帝《ザー》ラインハルト・フォン・ローエングラムと時代をおなじくしたことは、オスカー・フォン・ロイエンタールにとって不幸なことであったろうか。それとも……」

　ユリアン・ミンツは、あえてそこまでしか記述していない。ロイエンタールの叛乱が、同時代人の彼にとっても、事実より真実の支配する領域に生じたものであることを、それは無言のうちに語っているようである。ただ、ユリアン・ミンツの分析が正しいとすれば、ロイエンタールの主観とのあいだには、あきらかな落差がみうけられる。ロイエンタール自身は、自分をあくまで乱世に棲息する者と考え、感じていたようであるから。あるいは、乱世の雄でありたい、という願望が、安定への志向より強かったというべきであろうか。

　いずれにしても、ロイエンタールは、オーベルシュタインやラングの風下に立つ意思は皆無であったし、そうであれば当然、自分の未来にたいして楽観的ではいられなかった。フェザーンに流れる不愉快な噂を知りながら、あえて皇帝《カイザー》に招請状を送ったのも、ひとつには皇帝の反応が知りたかったからである。皇帝がフェザーンをうごかぬ、となれば、皇帝は噂を信じ、ロイエンタールをうたがっている、ということになる。ロイエンタール自身に言わせれば、〝皇帝はオーベルシュタインやラングの木偶になりさがった〟というわけだ。不愉快ではあるが、事態は明確になる。ところで、皇帝《カイザー》が招請に応じて新領土《ノイエ・ラント》へ行幸すれば、それはロイエンタールにたいする信頼を証明することになるのだろうか。残念ながらそうではない。ロイエンタールを油断させておいて、にわかに彼を捕縛し、処断するつもりかもしれぬではないか。これは皇帝《カイザー》ラインハルトらしからぬ詭計《きけい》ではあるが、オーベルシュタイン、ラングあたりなら弄しかねない。

　いずれにしても、九月二二日、皇帝《カイザー》ラインハルトは新帝都フェザーンを発して新領土行幸の途についた。総督ロイエンタール元帥は歓迎の準備をせねばならなかった。

第五章　ウルヴァシー事件

I

新帝国暦二年、宇宙暦《SE》八〇〇年九月下旬。

この年の夏は、銀河帝国の人民にとっては、平穏で陽気な季節として終わっていた。戦争は長い長い消耗のすえにどうにか終末をむかえたようであり、父親や夫や兄弟や恋人や息子は、遠征から帰ってきた。故郷の惑星の宇宙港に到着して、恋人に迎えられ、そのまま結婚式の会場へ駆けこむ若い兵士も、何万人となくいたようである。

人民たちのあずかり知らぬ地平の彼方では、黒雲がわきおこりつつあった。

雲が発生するのは、人民の責任ではないが、雲がひろがって豪雨となれば、人民も濡れずにはいられない。原因に参加する権利は人民にはなく、結果を負担する義務だけがおしつけられる。開放的な民主共和政治とことなり、閉鎖と差別によって成立する専制政治の罪はそこにある——これはヤン・ウェンリーが生前ユリアン・ミンツに語ったことで、やがてユリアンはそれを貴重な予言として実感することになる。

イゼルローン要塞に封じこめられたユリアンたちのもとへ、貴重な情報をもたらしてくれるのは、民間の通信網のかずかずと、ボリス・コーネフが組織した〝封鎖突破グループ〟の面々だった。

この年三一歳になるボリス・コーネフは、イゼルローン共和政府の正式な構成員ではなく、公職に就いてもいなかった。彼は生まれたときからフェザーン自治領《ラント》の公民《シチズン》であったわけだが、その特異な政治的地位が銀河帝国の武力によって瓦解したのちには、ボリス・コーネフという人物の権利を法的に保証するものは存在しなかった。

〝なにものにも所属しない存在〟であることを、この豪胆な独立商人は、不安がるどころか楽しんですらいた。生命がけで帝国軍の封鎖網を突破し、情報を集め、物資を密輸し、それらの行為を、誰からも命令されず、自分の意思によっておこなうことに、無上の快感をおぼえていた。彼にとっては、誰かの上官や臣下として法的な地位をえるより、誰かと対等な友人であることのほうが、はるかにりっぱなことだった。ダスティ・アッテンボローが革命戦争に熱中したのとおなじように、ボリス・コーネフは、〝自由な独立商人〟の立場に固執した。すべては義務ではなく、彼がやりたいようにやればよい、というわけだが、「物質的利益より心の利益がだいじさ」などと言うあたりに、商人というより冒険者としての資質を認める者もいる。オリビエ・ポプランに言わせると、「やつはスリルが好きなだけさ」と一刀両断になるのだが。

「以前も言ったろうが。おれはコーネフという姓とは、相性が悪いんだ。あいつらの家系には、なにかこう、良識家とは共存できない資質が遺伝しているにちがいないぜ」

そう毒づきながらも、惑星ハイネセンにいるという故イワン・コーネフの家族の安否を、ボリス・コーネフに訊ねるポプランだった。ポプラン自身の家族については、緑色の瞳の撃墜王は、まったく関心をしめさなかった——すくなくとも表面的には。

オリビエ・ポプランは、後世、ダスティ・アッテンボローとならんで、イゼルローン共和政府の〝陽気なお祭り気分〟を代表する存在と目されている。短期間の、傷心をむきだしにした時期をのぞいては、たしかにその評価は正しいであろう。ただ、ヤンの時代とちがってユリアンの時代のポプランには、意識してそうふるまおうとする側面がみられた、と、ダスティ・アッテンボローは記す。ほとんどの人間にそうみすかされるほど底の浅いものではないが、ダスティ・アッテンボローがそれに気づいたとすれば、彼自身の言動や心情に、ポプランと共通する部分があったからであろう。

同時代人たちの、完全に一致した証言として、ポプランが、年少者たちに人望と人気があった、というものがある。少年兵や、家族をもった将兵の子供たちは、陽気で瀟洒で不敵なこの青年の周囲に集まって話を聞きたがり、彼のベレーのかぶりかたや歩きかたを模倣《まね》する者も多かった。こと異性関係については、自分の息子には模倣してほしくない、と思う親も多かったであろう。娘、ということになると、ポプランが相手にするのは〝女〟であって〝女の子〟ではないという事実が知れわたっており、意外にこの男は、信用をえていた。

「……というわけで、いいかね、青少年諸君、これからはおれのことを深慮遠謀、品行方正のポプランと呼ぶように」

「レディ・キラーのポプランではなくてですか?」

「つまらんことを知ってるな。アッテンボロー中将から聞いたのか」

「いいえ、キャゼルヌ中将からです」

「旧い世代からの無理解は、若い変革者の背負う宿命だ。ともに起《た》って、彼らを過去の追憶のなかへ追いやってしまおうぜ、諸君」

……ポプランは半人前以下の年少者たちに空戦技術を教授する責任もあったから、彼の人望と、年少者にたいするごくしぜんな統率力と説得力は、たしかに貴重なものであった。かくて、少年少女の一個小隊をひきつれてパイロット養成所へむかうポプランの姿を見やりつつ、アッテンボローが腕をくんでつぶやくことになる。

「あいつ、平和な時代に生まれてたら、意外に幼稚園の先生にでもなってたんじゃないか。子供相手が妙に似あう奴だ」

半分は毒づき、半分は本気で感心するアッテンボローだった。そばにいたユリアンはしぜんな笑いをさそわれる。

「ポプラン中佐が、レディ・キラーから幼稚園の先生に転向なさったことだし、アッテンボロー中将も、独身主義を返上なさってはいかがですか」

「独身主義のほうが、おれを返上しそうにないよ。おれも長年、やつと交際してきたのでね、捨てるに忍びなくてね」

アッテンボローにその意思があれば、彼はとうに地位や個人的魅力にふさわしい家庭なり恋人なりを所有していたにちがいない。だが彼は、このときまだ当分、港を必要としない船の心境であったようだ。

アッテンボローが書類をかかえて自分のオフィスへ去ると、ユリアンも、それに隣接した自分のオフィスへはいった。デスクに、いくつかの投書がおかれていた。不満や意見を投書のかたちで発散させる方法を、ユリアンは採用したのだった。それらのなかには、建設的なものもあったが、ユリアン個人にたいする悪口をつらねただけのものもあった。

「指導者にたいする悪口を、公然と言えないような社会は開かれた社会とは言えない」

ゆえに、ユリアンは、彼自身にたいする批判や非難を封じたことはない。彼が我を忘れるのはヤンの悪口を言われたときで、そのことにかんしては、カーテローゼ・フォン・クロイツェルをはじめ多くの証言がある。

ヤン・ウェンリーが在世していたとき、彼の傍にいたユリアンは、黒髪の魔術師よりさらにゆたかな軍事的センスを有する天才型の人物にみえたようである。だが、ヤンの死後、その印象は変わった。見る者の感性が変化したのであって、ユリアン自身が変貌したのではないが、亜麻色の髪をした繊細な容貌の若者は、ヤン・ウェンリー語録という聖典をかかえた努力型の布教活動家という一面をあらわしてきているようである。

とはいっても、ユリアンは陰気でもなければ強圧的でもなかった。皇帝ラインハルトのような華麗で熱っぽい自信とは縁がなく、ごくしぜんな流れにのって、ヤンの後継者という位置をしめるようになったようにみえる。

この当時、彼の公人としての基本的な態度は〝待つ〟ことだった。

「帝国の人民は、二〇世代ちかくにわたって、統治されること、支配されることに慣れてきた。彼らにとって政治とは、なにかをされること、なにかをしてもらうことだった。だから、これまでよりずっとよいことをしてくれるローエングラム支配体制を、支持するのは当然だ。ローエングラム王朝が時の風化作用のなかで自壊への坂道をくだりはじめる、そのときこそ民主共和政が意味をもちはじめるのではないだろうか」

だからいま必要なのは待つことだ、と、ユリアンは思っていた。イゼルローン共和政府じたいが、状況を変化させる核《コア》、それも積極的な核となるには、まだ非力すぎた。いくつかの世代が、行動の前に必要ではないか、と考えていた。

だが、いっぽうで、状況の変化というものが急激な加速をともなうものであることを、ユリアンは感性と理性の双方によって知っていた。ゆえに、共和政府の運営を長期的な視点からはかるとともに、短期的な変化に対応する方法を考えており、それが、宇宙暦《SE》八〇〇年の後期以降において、有効にはたらく結果を生むのである。

「……ユリアン・ミンツは自分の言葉で語ったことが一度もない。彼の発言や見識の源は、すべてヤン・ウェンリーの語録の裡《うち》にある。彼は創造せず、すべてを剽窃《ひょうせつ》した。彼はヤンよりあとに生き残ったというだけで、すべての栄光を不当に独占したのだ」

ユリアンにたいする、この種の残忍なまでの誹謗にたいして、ダスティ・アッテンボローが反論している。

「ユリアン・ミンツは作曲家ではなく演奏家だった。作家ではなく翻訳家だった。彼はそうありたいと望んで、もっとも優秀な演奏家に、また翻訳家になったのである。彼は出典を隠したことは一度もなかった。剽窃よばわりされる筋合はまったくない。演奏されずに人々を感動させる名曲などというものはないのだ」

ユリアン自身は自己弁護をすることなく生涯を終えている。その自己弁護の衝動と欲望にたえぬいて、ヤン・ウェンリーの後継者、紹介者たるに徹した点に、彼の非凡さを見いだす後世の歴史家もいる。いずれにしても、ヤン・ウェンリーの生涯と事蹟《じせき》と思想とが、ほぼ完全なかたちで後世にむかって記録された点にかんして、ユリアン・ミンツの功労を否定しうる者は、ひとりも存在しないのである。ユリアンの記録の正確さや客観性について、多少の疑問を投げかける者はいるにしても。

いずれにしても、ユリアンと彼の同僚たちは、それほど待つ必要はなかった。

一〇月中旬、〝封鎖突破者《ブロックブレーカー》〟ことボリス・コーネフが、イゼルローンに重大で衝撃的な情報をもたらす。それは五月末にヤン・ウェンリー暗殺計画の存在を告げたとき以来の、無形の爆発物であった。いわく、

「銀河帝国新領土《ノイエ・ラント》総督ロイエンタール元帥、皇帝《カイザー》ラインハルトに叛す……」

II

「皇帝《カイザー》ご一行は、一度、ガンダルヴァ星系の惑星ウルヴァシーにたちよられ、大親征における戦没者の碑に慰霊をなされてからハイネセンへおむかいあり」

というのが、今回の行幸におけるラインハルト一行の予定だった。具体的なことは急にさだまったことであり、ラインハルト自身が、もともとお仕着せのスケジュールというものを好まぬこともあって、その後の予定は、流動的であった。一一月上旬の帰都がさだまっているだけだ。

主な随員は、ミュラー上級大将、ルッツ上級大将、シュトライト中将、キスリング准将、リュッケ少佐、エミール・ゼッレ少年といったところで、文官がいないのが特徴とも欠点ともいえた。ほかには、医師と、総旗艦ブリュンヒルトおよび護衛小艦隊の搭乗員である。

もともとラインハルトには、後世、〝軍人皇帝というより皇帝軍人であった〟と評される一面があって、旧王朝の一提督であった時代から、宮廷で美姫《びき》にかこまれているより、宇宙戦艦の艦上や軍事施設において将兵とともに在ることを好んだ。兵士たちは、絹のドレスと宝石で飾りたてた姫君より、黒と銀の軍服をまとった彼らの皇帝をこそ、華麗なものとみていたであろう。

皇帝一行が惑星ウルヴァシーに到着したのは、予定より一日早く、一〇月七日のことである。ウルヴァシーは有人惑星としての条件が、フェザーンにやや似ている。気候が冷涼で水資源は貴重なものであった。ただ、水はこの地に駐屯する将兵の需要さえみたせばよいので、約八〇平方キロの人造湖を中心とした、六〇〇平方キロの人工オアシスが、この惑星における生活圏のすべてと言ってよい。かつてこの地には、故人となったカール・ロベルト・シュタインメッツ元帥が軍をひきいて駐屯していたが、現在では、新領土総督府に所属する治安軍五〇万が駐留している。総督府所在地たる惑星ハイネセンが有事の際には、帝国新首都フェザーンから救援が到着するまで、軍事行動の中枢としての役割をはたさなくてはならない。治安軍全兵力の一割が、この半砂漠の惑星におかれているのは、そういう事情からであった。

ウルヴァシー基地司令官アルフレット・アロイス・ヴィンクラー中将の歓迎をうけ、高級士官たちとの会食をすませて、司令部に隣接した迎賓館にうつったのが、二一時一〇分である。迎賓館などといっても、ローエングラム王朝の特性として、華美な面はまったくない。ホールにかかった油絵も、駐留部隊のコンクールで優勝した兵士の作品である。これはこれで、度がすぎるといやみではあるが。

ミュラーたちが図書室兼談話室を辞したのが二二時四〇分。まだ眠りの妖精がささやきかけてこないので、ラインハルトは書棚から『自由惑星同盟建国史《フリー・プラネッツ》』の第一巻をとりだして、ソファーで読みはじめた。近侍のエミール・ゼッレも、一杯のレモネードをテーブルにおいてひきさがる。急に扉が開いて、緊張した顔をエミールがふたたびみせたのは二三時三〇分だった。

「どうした、エミール」

若い皇帝《カイザー》は少年に笑いかけた。「エミールは、皇帝陛下がお踏みになった地面まで崇拝しているのだろう」とミッターマイヤー元帥がひやかしたことがある。冗談とはいえ、ほぼ完全に、事実を指摘したものであろう。

「陛下、ルッツ提督とミュラー提督が、至急にお話があるそうです。お通ししてもよろしいでしょうか」

このとき皇帝《カイザー》はむしろ無為の時間が破れるのを歓迎するように少年にはみえた。コルネリアス・ルッツが扉口に長身をあらわした。

「おそれながら、陛下、どうぞご出立のご仕度をいただきますよう。警備兵どものうごきがなにやら不穏でございます」

ルッツの両眼が藤色の彩りをおびていた。これは、この沈着で堅実な用兵家が、緊張ないし興奮したときの特徴であって、同僚のビッテンフェルトに言わせると、〃ポーカーするときにサングラスが必要な男〃ということになるが、そのような冗談が通用する雰囲気ではなかった。ラインハルトは蒼氷色《アイス・ブルー》の眼光をルッツにむけ、本を閉じて立ちあがった。エミールが上着を皇帝にさしだした。

扉の外には、忠実なナイトハルト・ミュラーが、若い主君を守護するよう佇立《ちよりつ》しており、皇帝《カイザー》に敬礼をほどこすため、ブラスターを左手にもちかえねばならなかった。

「ご苦労、ミュラー、だがいったいなにごとが生じたのか」

額におちかかる黄金の髪をかきあげながらラインハルトが問うと、ミュラーは、先刻より基地の内外であわただしく兵士が走りまわっていること、外部とTV電話《ヴィジホン》がつうじないことを告げ、ひとまず総旗艦ブリュンヒルトにもどるよう請うた。

二三時三七分、ラインハルトは、ミュラーおよびエミールと、地上車《ランド・カー》の後部座席に乗りこむ。運転席にはキスリングが、助手席にはルッツが乗りこんだ。ほかの二台に、親衛隊員たちが分乗したが、乗りきれない者は残留せざるをえない。地上車が走りだした直後、ラインハルトが端麗な唇を開いた。

「シュトライトは？　リュッケはどうした？」

ラインハルトの性急な質問は、ミュラーの沈痛な表情でむくわれた。

「わかりません、陛下。それどころか、私ども自身のおかれた状況すらあきらかではないのです」

「だが危険だということは、わかっているわけか」

やや皮肉につぶやくラインハルトの秀麗な顔を、サーチライトの光芒《こうぼう》が白く薙《な》いだ。地上車《ランド・カー》の周囲に数条のエネルギー・ビームが射こまれて、白煙を噴きあげる。キスリングの運転技術と、地上車《ランド・カー》じたいの回避システムによって、直撃はまぬがれたが、ラインハルトはミュラーらの判断の正しさを認めざるをえなかった。ヘッドライトのむこうに、また車内の赤外線モニターのなかに、銃器をかかえた武装兵の群が浮かびあがった。背後からは、複数のヘッドライトから放たれる光の箭《や》と、警報が追いすがってくる。

キスリングが低く口笛を鳴らした。

「一個連隊はいそうですな」

「銀河帝国の皇帝《カイザー》と上級大将が二名、それを害するのに、たかだか一個連隊をもちいるだけとは、安く見られたものだ」

やや不本意そうに、コルネリアス・ルッツはつぶやいた。両眼の藤色の彩りは、このときすでに消えさっている。危険が確実なものとなったため、かえって緊張が解け、第一線の軍人らしい、日常的なまでの平静な剛毅さが回復しつつあった。

突然、ヘッドライトの光の輪が、五名ほどの武装兵の姿を正面にとらえた。

地上車《ランド・カー》は速度をおとしかけたが、兵士たちが荷電粒子《かでんりゅうし》ビーム・ライフルの銃口をむけるのを認めた瞬間、加速した。車体にやわらかい衝撃がくわわり、車窓の外を、一度は撥《は》ねあげられた兵士の身体が落下していった。

「失礼、陛下！」

ミュラーが、ラインハルトとエミール少年の身体のうえにみずからを投げかけた、その半瞬後に、車窓を右から左へ、一本のビームが貫通した。ミュラーの砂色の頭髪が数本と、軍服の背中の布地の表面が炭化している。

「ミュラー！　無事か？」

「恐縮です、陛下。小官の背中の皮は、なかなか厚うございますゆえ、ご心配なく」

拙劣《へた》な冗談を言いながら、なかば身をおこしたミュラーは、銃を抜いて窓外に視線を放っている。

「それにしても、これは基地全体が陛下の御身をねらっているとしか思えません」

「では、ロイエンタールが背いたと卿《けい》はいうのか？」

ラインハルトの声に、氷結の気配がこもった。激情の表現は、熱風や雷鳴ばかりではなく、氷嵐《ブリザード》もそれである。ミュラーは、だが、たじろぐ色をみせず、皇帝の詰問に応じた。

「僚友をおとしめるようなことは、小官は申しあげたくございません。ですが、陛下には危険をさける義務がおありです。小官らに誹謗の罪があれば、後刻つぐないますゆえ、いまは御身の安全だけをお考えください」

真剣という言葉を具象化したような視線は、エミール少年も同様であった。近侍の少年を見やって、若い皇帝は微笑をつくった。

「無用の心配をするな、エミール、予はいますこし見栄えのする場所で死ぬように決めている。皇帝《カイザー》の墓所はウルヴァシーなどというのは、ひびきがよくない」

地上車《ランド・カー》が急角度で、突進してきた一台を回避し、ラインハルトの黄金の頭髪が波うって窓をたたいた。右の窓からミュラーがブラスターを撃ちはなす。姿勢をととのえながら、皇帝は声を発した。

「かりにロイエンタールが叛したとすれば、その計画は、分子がもれる隙もなかろう。いまごろは、予も卿《けい》らも自由の身ではあるまい。そうではないか……?」

ルッツもミュラーも沈黙している。ラインハルトが自身の理性と感性とに対話させていると思われたし、たとえ彼らに語りかけられたものとしても、同調するのも奇妙なものであった。

ルッツは、片手に銃を抜きもったまま、助手席の通信システムを片手で調節していたが、やがて総旗艦ブリュンヒルトとの連絡に、かろうじて成功した。雑音の妨害をうけながら、艦長ザイドリッツ准将の声を確認する。ブリュンヒルトも、地上からの攻撃をうけ、応戦中というのであった。

Ⅲ

軍用宇宙港は、すでに〝叛乱部隊〟に制圧されている。それが判明した直後、ラインハルトを乗せた地上車《ランド・カー》は、急カーブをきって、方角を転じ、湖水へむかった。いつどうやってはぐれたものか、後続の二台の地上車《ランド・カー》は姿をみせない。

進行方向に、オレンジ色の光が波うっている。ラインハルト一行にたいする加害行為は、小規模なものとは、とうていいえないようであった。

「ブリュンヒルトは、ひとまず宇宙港を離れて湖に着水するそうです」

ルッツが説明する。

ようやく到着した湖水は水柱と飛沫におおわれ、湖を囲繞《いにょう》する森は炎と煙で夜空を侵略している。だが、その夜空を圧して、純白にかがやく優美な宇宙戦艦の姿が、見えざる水面をすべりきつつあった。不可侵の船、美しきブリュンヒルトが、唯一の主人を迎えにきたのである。

湖岸ちかくで、皇帝一行は地上車《ランド・カー》を乗りすてた。着水したブリュンヒルトへと走りだしたとき、横あいの森蔭から、人影がとびだした。ミュラーたちが銃口をむけた瞬間、

「陛下、陛下、ご無事でようございました。大神オーディンのご加護と存じます」

声によって、ようやくその所有者が判明した。黒い煤《すす》の仮面をかぶった男は、皇帝の次席副官リュッケ少佐であった。判明が一秒遅れれば、皇帝の忠臣が忠臣を射殺するところだったが、苦笑する暇もない。

リュッケはシュトライトらとともに、「皇帝はすでに脱出された」といつわりの報告をうけ、やがてその虚報たることを知って皇帝たちをさがしまわっていたのだが、万一の可能性を考えて、湖水へさきまわりしていたのである。

「シュトライト中将らはこの先で陛下をお待ちしております」

「では、すぐにブリュンヒルトを出発させよう」

「いや、お待ちください！」

するどく制したルッツの両眼に、藤色の光が回復していた。

「もしこの叛乱行為が突発的なものでないとしたら、衛星軌道上に、すでに敵が待ちかまえているかもしれませんぞ」

ルッツの指摘に、一同が呼吸をのんで静まりかえる。時間的にも空間的にも狭小《きょうしょう》だが、重みをもった沈黙は、皇帝の声で破られた。

「ルッツ、卿《けい》の言う敵とは誰を指しているのか」

ラインハルトの声は不快感にとがっていた。

「やはりロイエンタールのことであろう。確たる証拠がないゆえ、卿も実名をださぬのであろうが……」

「先刻のミュラー提督の表現に倣って申しあげれば、新領土《ノイエ・ラント》において、総督たるロイエンタール元帥には、陛下のご安全を保障する責任がありましょう。にもかかわらず、この現実、彼が批判に値せぬとは残念ながら思えません」

ルッツは本来、そのような思考法をする男ではない。この勁直《けいちょく》な武人にも、〝ロイエンタール元帥、叛乱を企図〟という流言が影をおとしているのはうたがいえなかった。もともと彼はけっしてロイエンタールと不仲ではないが、それだけに公人としてのけじめをつけずにいられないのであろう。

「いずれにせよ、ブリュンヒルトまでまいりましょう、陛下、たとえ地上にあっても、あの艦内にいれば、まず安全です。対策はその後でよろしいかと」

ミュラーがとりなした。その正論は、ラインハルトとルッツの双方を救った。一同は、黒とオレンジ色の交錯する森のなかを進んだが、大気もまた冷気と熱気の滝を交互にふりそそがせてくる。炎が風を呼び、風が煙をはこんで、乱舞する火の粉が脅迫の歌を一同の耳に吹きつけた。

誰何《すいか》の叫びが生じて、森の闇から切りぬかれたような黒影が彼らの前後に躍りでた。治安軍に属する兵士たちであった。皇帝の周囲に、ほかの五名が人の壁をつくったとき、かがやく黄金の髪が兵士たちの目を奪った。

「皇帝《カイザー》……」

正面の兵士があえいだ。隠しようもない畏敬の念が、声だけでなく全身に露出した。銃口をむけてはいるが、引金をもつ指から、力が急速に失われていくようであった。

「多少なりと正気が残っていたとみえるな。たしかに、予はお前たちの皇帝だ」

ラインハルトが、一歩進みでた。制しようとするミュラーを片腕でおさえて、昂然と、兵士たちの銃口の前に胸をさらす。あらゆる光と闇が、このとき、ただひとりの若者の美と権威を強調する、従属物としてしか存在しないように思われた。

「撃つがいい。ラインハルト・フォン・ローエングラムはただひとりで、それを殺す者もひとりしか歴史には残らないのだからな。そのひとりに誰がなる?」

「陛下」

ミュラーが皇帝をかばって、その前に立ちはだかろうとしたが、ラインハルトは忠実な提督の身体を、静かに、だが力強く、ふたたびおしのけた。

これまで、ラインハルトは、ゴールデンバウム王朝における大貴族出身の指揮官のように、いばりちらすことで兵士を従属させる必要は、まったくなかった。彼の比類ない武勲と将才は、兵士たちの信仰心と忠誠心を独占するにふさわしいものであったし、黄金の髪をなびかせた半神的な容姿は、熱烈な崇拝の対象となった。

「皇帝《カイザー》ラインハルトが醜悪な容貌の所有者であったら、彼にたいする兵士たちの崇拝心は低下したにちがいない」

という悪意ある見解にたいしては、つぎのような反論がある。

「皇帝ラインハルトが美貌だったからといって、彼に敵対する勢力が彼に負けてやるべき理由はどこにもない。彼にたいする兵士の崇拝は、彼の実力に応じた質と量のものであった」

いずれにしても、このとき、この場において、兵士たちがラインハルトの権威に圧倒されたことはたしかだった。彼の胸にむけられた銃口は、畏《おそ》れのため上下左右に震えて、目的を達することなどできそうになかった。

熱風が渦まいて、相対《あいたい》する群像のうえにオレンジ色の光の波を投げかけた。黒い影がそれにかわった瞬間、大声がひびいた。

「なにをしてるんだ！　皇帝の首には一〇億帝国マルクの賞金がかかっているんだぞ！」

煽動の叫びが、複数の欲望と動作を刺激した。銃口のいくつかが揺動をやめるかにみえたとき、皇帝に敵対する僚友たちの後方で、ひとりの兵士が機先を制した。

「皇帝《ジーク・カイザー》ばんざい！」

わめくと同時に、その兵士は、一秒前までの味方に銃を撃ちはなしたのである。

錯綜する銃火がおさまったとき、七個の死体が地上に転がっていた。立っているのは七人、ラインハルト一行の全員と、「皇帝《ジーク・カイザー》ばんざい」を叫んだ兵士であった。皇帝をかばったミュラーが右腕を撃ちぬかれ、キスリングが右頰に、リュッケが左手指に軽傷をおったが、死者がでなかったのは、巨大な不幸のなかで、ささやかな幸運であった。

銃を放りだし、地にはいつくばって大罪をわびる兵士に、ラインハルトは、問いかけた。

「卿《けい》の名は？」

「はい、陛下、はい、私はマインホフ兵長と申します。そのかされたとはいえ、陛下に銃をむけるなど、罪は万死に値します。どうかお赦しを……」

「よろしい、いまから卿は軍曹だ。吾々《われわれ》をブリュンヒルトまでつれていってもらえるな、マインホフ軍曹」

夢遊病者のように法悦《ほうえつ》の表情をたたえて、マインホフは皇帝たちを案内した。湖面に達する近道があり、そこは地上車《ランド・カー》も通れないというのである。

一分ほど、火と煙をあとに森のなかを走ったとき、前方からビームが奔《はし》って、昇進したばかりの軍曹に命中し、顔の中央部に穴をうがった。不幸な兵士が倒れるより早く、ルッツが応射し、マインホフを撃った男はみずからも顔の中央をビームにつらぬかれ、絶叫をはなって横転した。

ルッツは、右腕に血のにじんだハンカチをまきつけたミュラーにささやいた。

「ひとりだからよかったが、また新手がくるのは目に見えている。おれが残って奴らを防ぐ。卿は陛下を守護したてまつってブリュンヒルトに乗れ」

「ばかなことをおっしゃるな、ルッツ提督」

「おいおい、いちおうおれは卿より五歳ばかり年長なのだぞ、ばかはないだろう。年長者の責任をはたすだけのことだ」

「失礼しました」

とミュラーは律義に、自分の非礼をわびた。

「ですが、責任は私も同様。しかも卿には婚約者がおありだ。身軽な私のほうこそ残ります」

「右腕を負傷した卿が残って、なんの役にたつのだ」

「ですが……」

「卿は卿にしかはたしえぬ責任をはたせ。これ以上、形式論を聞かせてくれるなよ。そんなことをしたら、謝礼として左腕を撃ちぬいてやるからな」

ミュラーはひきさがった。時間は貴重であったし、ルッツの正しさは認めざるをえなかった。後続の敵は絶えることがない。誰かが残って、わずかでも時間をかせぐ必要があるのだ。地上《ランド・》車《カー》での逃走時に、親衛隊とはぐれたことが痛切に悔やまれるが、言っても詮ないことであった。もうひとつ、マインホフに、何者にそそのかされたかをただすつもりであったのに、彼を失ってしまったのも残念であったが。

キスリングらの残留の申しでを、ルッツははねつけ、かわりに銃のエネルギー・カプセルをうけとった。

ラインハルトはルッツが翻意しないと知ると、白い手でルッツの手をつかんだ。ここで情におぼれれば、ルッツの忠誠をむだにすることになるのである。皇帝には皇帝の、踏みはずせない道があった。

「ルッツ」

「はい、陛下」

「予は、卿《けい》を、死後に元帥にするがごときを望まぬ。いくら遅れてもかまわぬ、あとからかならずこいよ」

「もとより、小官は生きて元帥杖《じょう》を手にするつもりでございます。おそれながら、陛下とは建国の労苦をともにさせていただきました。ぜひ今後の安楽と栄華をも、わかちあたえていただきたいと存じますので」

ルッツは気負うでもなく、微笑をたたえて皇帝に応《こた》え、ミュラーに視線を送った。〝鉄壁ミュラー〟はうなずき、ルッツの前をうごこうとしないラインハルトの腕をうやうやしくとった。

「まいりましょう、陛下」

ラインハルトの黄金の髪が、炎に映えてひときわ華麗にかがやいた。

「ルッツ、銃が撃てなくなったら降伏せよ。ロイエンタールは勇者を遇する道を知っているはずだ」

ルッツは一礼したが、諾《ヤー》とも否《ナイン》とも口にはださなかった。皇帝たちの後ろ姿を見送り、最後にふりむいたラインハルトの白い顔に敬礼をほどこすと、歩調を速めるでもなく、道脇の大樹に半身を隠した。

ルッツの忍耐心は限界をためされることがなかった。一〇秒を経過したころ、一個小隊ほどの追跡者たちが姿をあらわしたのだ。ルッツは、ひとりその前進をはばんで、銃撃戦を開始した。

追跡者たちは目に見えてひるんだ。ルッツが名将の誉高い男だとは知っていても、これほどの名射手であるとは想像していなかったのだ。

わずか二分のうちに、ルッツひとりの銃で八人が倒され、半数は即死している。せまりくる敵と猛火を前にして、ルッツの沈着さには刃こぼれひとつ生じなかった。大樹の幹に半身を隠して、ときおり舞いかかる火の粉をはらう余裕さえみせながら、ただひとりの防衛線を難攻不落にしたてているのだ。投降を呼びかける声を聴いたとき、彼の返答はこうであった。

「せっかくの機会だぞ。ローエングラム王朝の上級大将が、どのような死にかたをするか、卿らが死ぬにせよ、生き残るにせよ、見とどけていったらどうだ?」

どこまでも平静な声でルッツは言いはなつと、彼自身の精神がそうであるように、まっすぐ腕をのばし、引金《トリガー》をしぼる。

ルッツの意思がエネルギー体となって銃口からほとばしるようだった。襲撃者たちは、自分たちの人数を忘れ、一対一でたいするように、必死で応射した。正確無比の射撃をかわそうとして森に飛びこみ、炎に追われてとびだしてくる醜態をみせる。

みっつめの、そして最後のエネルギー・カプセルを銃に装塡しながら、ルッツは、ブリュンヒルトがまだ離水しないのか、と、彼以外の人々のためにいらだった。

炎が大きく揺れた。赤と黒、炎と闇があらそう上方を、白銀のきらめきが圧したように思えた。ルッツは顔をあげた。彼が放った視線の箭《や》の先に、銀河帝国の軍人なら見誤りようのない宇宙戦艦の姿が映った。数十条のビームが地上から追いすがるなかを、誇り高くはばたきわたる純白の巨鳥。讃歎の思いをこめて、地上からその姿をひとりの男が仰いでいる。

忘我の一瞬がすぎ、コルネリアス・ルッツは、自分の左鎖骨の下に白い細い光が突きささるのを見、それが左肩甲骨の横から背中へ抜けるのを実感した。痛覚が一点にはじけ、それが拡散して内部から全身を満たす。ルッツは、半歩だけよろめき、わずかに眉をひそめただけで、さらに二度、引金《トリガー》をひき、ふたりの敵を炎のなかに撃ち倒した。軍服の胸に左手をあてたとき、不快な粘着感をおぼえた。指のあいだから、黒く濡れた色の小さな蛇が、数匹這いだしてくる。

そのままの姿勢で、急速に重くなった引金《トリガー》をもう一度ひく。炎を背景として、敵のひとりが死の短い舞踊をおどったが、斜めから応射された一閃が、ルッツの右側頭部をつらぬきとおし、耳から血をほとばしらせた。皇帝の忠臣の視界から炎が消え、闇だけが残った。

「わが皇帝《マイン・カイザー》、あなたの御手から元帥杖をいただくお約束でしたが、かなわぬことのようです。お叱りは天上《ヴァルハラ》でいただきますが、どうかそれが遠い未来のことであるように……」

不屈の勇将が、ついに立ちえず、燃えはじめた大樹の根もとに倒れこむ姿を、襲撃者たちは見た。彼が致命傷をおったことを知ってはいたが、襲撃者たちはちかづくことができなかった。ルッツの頭上に、枝のかたちをした炎の塊が落ちかかったとき、ようやく彼らはおそるべき射撃手の死を確認したのだった。

Ⅳ

惑星ウルヴァシーにおける変事は、むろん、惑星ハイネセンにあるオスカー・フォン・ロイエンタールのすぐに知るところとなった。彼は自失の時間があったにせよ、長くもなく、他者に見せもしなかった。

「とにかく、一刻も早く皇帝《カイザー》ご一行を捜しだして保護せよ。それと、グリルパルツァー大将は至急ウルヴァシーにおもむき、現地の治安を回復して事情をあきらかにすること」

ロイエンタールとしては、ほかの命令をだしようがない。彼が皇帝の身を確保していれば、とにかく弁明も議論もできる。ひとたび皇帝がフェザーンにもどってからでは、ロイエンタールは罪人として呼びだされ、処断されるのみであろう。皇帝に処断されることはともかく、身におぼえのないことで罪人あつかいされるのはロイエンタールの矜持が許さなかった。まして、皇帝と彼とのあいだには、不快な人物が立ちふさがるにちがいないのだから。

ウルヴァシーからの報告は、量的に貧弱なうえ、いちじるしく整合性を欠いたが、やがてひとつの兇報が確定的となった。皇帝の随員たるコルネリアス・ルッツ上級大将が死亡したというのである。

「ルッツが死んだ？」

ロイエンタールの声に罅《ひび》がはいったのは、それが最初だった。彼はこのとき、背後で閉ざされる扉のひびきを、たしかに耳にしたのである。それは彼の退路を断っただけにとどまらず、現在が未来へつうじるべき道のひとつを閉ざしたのだった。もはや誤解をとき過去を忘れて和解する可能性は失われた。ロイエンタールはそう思わざるをえなかった。

「総督閣下、いかがなさいますか」

軍事査閲監ベルゲングリューン大将が、血の気を喪失した顔を上官にむけている。いますぐこの場で死を命じられても動じないであろう勇者が、かろうじて恐慌を自制しているのだった。

「聞いてのとおりだ、ベルゲングリューン、おれはローエングラム王朝における最初の叛逆者ということになったらしい」

「ですが、総督閣下、たしかに前例なき不祥事ではあっても、閣下のあずかり知らぬこと、皇帝陛下に事情をご説明になれば……」

「どうにもならんよ！」

ロイエンタールは吐きすてた。自分自身の命運すら突きはなす態度が、その声にはある。彼ばかばかしい、という思いが、高潮のように胸郭をひたした。そのような目にあうために、今日まで皇帝《カイザー》のもとで戦ってきたのか。は無実である。無実である身が、なぜ、必死に、かつ卑屈に、弁解せねばならないのか。

「皇帝に頭をさげるのはかまわぬ。いや、臣下としてはそれが当然のことだ。だが……」

ロイエンタールは口を緘《かん》したが、ベルゲングリューンには未発の主張を想像することができる。「オーベルシュタインやラングごときに頭をさげることなどできるか」と、金銀妖瞳《ヘテロクロミア》の総督は言いたいのである。軍務尚書オーベルシュタイン元帥にたいする反感は、ベルゲングリューンも上官と共有するところであったから、あえて意見を述べることはできなかった。沈黙の曲が三小節ほど奏でられたのち、ロイエンタールはつぶやいた。

「叛逆者になるのは、いっこうにかまわん。だが、叛逆者にしたてあげられるのは、ごめんこうむりたいものだな」

黒い右目には沈痛なほどの表情がたたえられていたが、青い左目には激烈なまでの覇気が踊っている。事態の意外さに狼狽するといった凡人としての可愛気がないため、この男は、しばしば誤解されるのだ。その点、彼が反発するオーベルシュタインと、類似するところがあるのだが、それを指摘されるのは、彼には不本意であろう。

「ところで、ベルゲングリューン、卿《けい》はどうする」

「どうするとは?」

「卿《けい》が皇帝《カイザー》に忠誠をつくすつもりなら、いまここでおれを殺せ。でないと、おれは皇帝にとって災厄となるだろう。いや、すでにそうなりはてているか……」

自嘲にゆがみかけるロイエンタールの口もとを、査閲監は危惧をこめて見つめた。

「私の採るべき道はひとつ、閣下とともに武器を携えることなく、皇帝のもとへ参上し、閣下が陰謀に無関係であることを申しあげるだけです」

「ベルゲングリューン、おれは一度、皇帝から叛逆の嫌疑をうけた。二度はたくさんだ。おれだけではない、皇帝もそうお思いだろう」

「嫌疑が事実でない以上、二度が三度でも、皇帝の誤解をとくべきでしょう。労をおしむべきことではないはずです」

ロイエンタールの理性は、部下の正言を諒《りょう》としている。だが、それでは律しえない炎が、胸中にちらついて、色のことなる両眼に映えていた。

「ベルゲングリューン、皇帝《カイザー》のもとへ身ひとつで参上するのはよい。だが、その途上、あるいはその直前に、軍務尚書なり内務省次官なりに謀殺されないと言いきれるか」

「…………」

「おれは軍務尚書の粛清リストに名を記して、後世、憫笑《びんしょう》されるような死にかたをするなど、絶対にたえられぬ」

それくらいならいっそ――と言いかけて、さすがにロイエンタールは唇をかみ、放出される寸前の激情を塞ぎとめた。

「……いずれにしても、おれが不当におとしいれられることがあるとしたら、フェザーンで内務省次官のラングとかいう、人間のふりをした害虫めの参画した結果にちがいないのだ」

話題を転じてそう言った。これは嘘ではない。ロイエンタールはそう信じているし、まったくの事実でもあった。

「たとえ事実とことなっても、いっこうにかまわん。おれがそう思いたがっているのだから、そう思わせてくれ。ヤン・ウェンリーのような用兵の芸術家にならともかく、奴ごときの手で鎖をはめられて、おめおめと余生を送るのでは、この身があわれすぎるな……」

ふと、ロイエンタールは考える。

自分たちは、戦いをおえたあと、黄金の首輪をはめられた犬となって宮廷に列し、宝石づくりの檻のなかで酒色と惰眠をむさぼりつつ、老残《ろうざん》の身を養うべきなのか。そういう境遇に甘んじて、平和と安逸のなかですこしずつ腐っていくべきなのだろうか、と。

ヤン・ウェンリーなら、平和な時代にあって平和な生きかたができただろう。彼自身もそれを望んでいたようであるが、それは達成されぬままに終わった。いっぽうで、平和を無為と感じ、それにたえる力をもたない者たちが生き残ったところをみれば、造物主は公平であるのかもしれない——悪意にみちているという一点において。

「お前は私たち夫婦を不幸にするために生まれてきたのだ」

と、ロイエンタールの父親は幼い息子に言った。事実であるから反論のしようもない。彼は存在するだけで両親を不幸にしたのだ。彼の意思でないにしても。

「それとも、おれには、家庭をもって平和で安楽に生きることができたのだろうか」

そうは思えなかった。

これまで真情をこめて彼を愛してくれた女性は、一個中隊を編成するに不足ない。そのほぼ全員が水準以上の美貌を有しており、一個小隊ほどは妻あるいは母親として、おそらく合格点に達していたであろう。

水準に達していなかったのは、男のほうだった。夫あるいは父親として、ロイエンタールは合格点にほど遠かったし、落差を埋めるために努力することもなかった。

「ロイエンタール家は、おれで終わりさ。ありがたいことに兄妹もいない。後世に迷惑の種を残さずにすむ」

親友のウォルフガング・ミッターマイヤーに、酔ってそう言いはなったこともある。翌日になって、「奥方にさしあげてくれ」などとつぶやきながら花束を持参したりするのは、ミッターマイヤー夫妻に子供がいないことを思いだして、由《よし》ないことを口にした、と、悔いているからであろう。それが明確なくせに、すなおに謝罪できない友人の心理を諒解しているから、ミッターマイヤーはまじめくさって花束をうけとり、妻に手わたすのである。

ミッターマイヤー夫妻に子供がいないのに、結婚もしていない、子供を望みもしない自分に子が産まれるという事実もまた、ロイエンタールにとって、造物主の悪意を信じさせるのに充分だった。この色のことなる両眼が、彼自身の生をひややかに見まもっている——死もまたそうであろうか。自分の死ぬ瞬間を、ロイエンタールは自分の目で見てみたいと思う。古代の名将がみずからの眼球をくりぬいて故国の滅亡を見とどけさせた、という苛烈な歴史上のエピソードを思ったことすらある。

「少年時代が幸福に思えるとしたら、それは、自分自身の正体を知らずにいることができるからだ」

ウォルフガング・ミッターマイヤーに、ロイエンタールはそう語ったこともある。〝帝国軍の双璧《そうへき》〟がそろって幼年学校に講演におとずれ、少年たちの熱っぽい賞賛の瞳にかこまれたときのことである。ふたりとも、講演などというたぐいの行為に羞恥をおぼえる型なので、早々にきりあげて、校庭の一角にある楡《にれ》の大樹の下にすわりこみ、生徒たちと交歓していたのだ。

ミッターマイヤーは、グレーの瞳をちらりと僚友にむけたが、口にだしてはなにも言わず、少年たちが頰を紅潮させてもとめてくる握手に、つぎつぎと応じていた。それが一段落したとき、はじめて声をだした。

「それは酔っぱらうということか、それとも酔いがさめるということか、どちらかな」

「さあな、いずれにしても、酔ったまま死ねるほうが幸福だろうよ」

これはロイエンタールの本心である。もっとも、〝酔う〟ということは、たとえば何者かを愛する、とか、忠誠をつくす、とかいったこともふくまれているかもしれない。そこまでの考えを他者に語ったことはなかったが。

「貴族とは、度しがたいもの。滅ぼしてしまうべきではないか」

その思いは、少年のころからロイエンタールの精神世界に根をはりめぐらしていた。彼の母親が、貴族社会のなまあたたかい湿地帯で、どれだけ精神を頽廃させていたか、彼は知っていた。知りたくもないことを、知らされていたのだ。

だが、五世紀にわたって培養された臣民意識――ゴールデンバウム王朝は神聖にして不滅である、という、いわば先天的な洗脳の成果が、ロイエンタールの足首に見えざる鉄の輪をはめていた。彼は大地を蹴りつけることはできても、飛翔することはできなかった。

ラインハルトがゴールデンバウム王朝の打倒と帝位の簒奪をこころざしていると知ったとき、ロイエンタールの衝撃は小さなものではなかった。彼が超越しえなかった心理的障壁を、九歳年少の若者が、黄金の翼によって、高く遠く飛びこえていこうとしている。

「偉人と、凡庸の徒とでは、かくもこころざしの大きさに差があるものか」

一割の自嘲と、九割の賞賛とが、ロイエンタール自身の人生航路を変針させた。親友であるミッターマイヤーと、彼自身の命運とを、ロイエンタールは金髪の若者に賭け、成功したのである。ただ、成功が今後も永続するものであるかどうか、これまでさえ不確定要素が多すぎた。まして、惑星ウルヴァシーにおいて皇帝《カイザー》一行が襲撃され、ルッツ提督が死亡したとあっては、どう失われたものを回復しうるというのか。

唯一の希望は、行方不明の皇帝一行を彼自身の手で保護することである。でなければ、襲撃がロイエンタールの意思になるものでないことを釈明する機会は、永遠に失われるだろう。いや、あるかもしれないが、それは虜囚として歎願する場合であって、皇帝と対等の立場で理をもって説《と》くというかたちにはなりえないであろうと思われる。

「ミッターマイヤー、卿《けい》ともう一度、酒をくみかわしたかったな。おれは自分自身の手で、その資格をそこねてしまったが……」

胸中につぶやいたとき、悲哀をともなった激痛が、彼の心をうずかせた。わが友《マイン・フロイント》、蜂蜜色の髪をした〝疾風ウォルフ《ウォルフ・デア・シュトルム》〟よ、卿はきっとおれのために身命を賭して、皇帝《カイザー》に弁護してくれるだろう。だが、卿の善意をうわまわる悪意が、皇帝とおれとにはたらきかけている。おれは自分の矜持のため、戦わざるをえまい。

戦うからには、おれは全知全能をつくす。勝利をえるためには、最大限に努力する。そうでなくては、皇帝《カイザー》にたいして礼を失することになろう……。

皇帝《カイザー》ラインハルトのことを考えたとき、苦痛はなかった。むしろ異常な昂揚感が、ロイエンタールの脊椎《せきつい》をかけあがった。それは一種の戦慄をともなったが、ロイエンタールは体内の熱気をかろうじて抑制すると、関心の方向を強引にきりかえた。

「トリューニヒトはどうしている?」

その質問は、ベルゲングリューンをおどろかせた。その固有名詞を口にするのに、金銀妖瞳《ヘテロクロミア》の総督は、おぞましい不快感を禁じえないはずであった。なぜこの時機に、いかにもふさわしくない名がもちだされるのであろう。

「あの男にご用がおありなのですか、閣下」

いささかわざとらしく問いかえす。

「奴にも使い途《みち》があった。ろくな使い途ではないがな。いやな用だからこそ、さきにすませてしまおう。奴を呼んでくれ」

「民事長官に話をとおさねばなりませんが、どういたしましょう」

「いや、その必要はない」

豪胆な金銀妖瞳の男が、わずかに怯んだ。総督府の民事長官ユリウス・エルスハイマーは、惑星ウルヴァシーで死亡したコルネリアス・ルッツ上級大将の妹の夫である。義兄の死と、それに関連するロイエンタールの責任とに、平静ではありえないだろう。ルッツはかつてロイエンタールの副将としてイゼルローン攻略戦に従事したことがある。信頼に値する男だった。皇帝《カイザー》をまもって勇敢に死んでいったのだろう。生涯、汚名に縁のない、りっぱな男だった。

ルッツと対照的に、汚名を液化させて全身に塗りつけた人物が、総督執務室に姿をあらわしたのは三〇分後であった。その男、ヨブ・トリューニヒトを見るたびに、ロイエンタールは、彼をはぐくみ成功させた政治制度にたいして、冷笑を禁じえない。

「民主共和政治とやらの迂遠さは、しばしば民衆をいらだたせる。迅速さという一点で、やつらを満足させれば、民主共和政とやらにこだわることもあるまい……」

民主共和政治にたいするロイエンタールの偏見と侮蔑は、行政の末端レベルにおいて、事実として証明されつつあった。官公庁や公共機関において、いちじるしく劣化しつつあった市民サービスの水準が向上に転じていたのだ。

「地下高速鉄道が時刻表どおりに運行されるようになった。区役所の窓口の係員が、いままで傲然としていたのに、親切になった」

などという、いじましい報告が数多くとどけられている。見るがいい、公僕《パブリック・サーヴァント》などという輩は、権力者の処罰をおそれはしても、民主主義の主人たる市民に献身などすることはないのだ……。

トリューニヒトは、あいかわらず非のうちどころがない紳士ぶりで、総督にあいさつした。ロイエンタールも、形式だけでは完璧に答礼してみせた。

「卿《けい》にすこし用があってな、役だってもらいたい」

「なんなりとお申しつけください」

「ところで、以前からたずねてみたいと思っていたことがあるのだが、卿はこう主張するのではあるまいな。自分がこれまで他人の非難をこうむるような行動をつづけてきたのは、民主共和政治の健全な発展をうながすため、後世にたいして警鐘を鳴らすためだ、と……」

「さすがはロイエンタール元帥、私の本意を見ぬいていただけるとは、ありがたいことです」

「なに……?」

「冗談ですよ、私には殉教者を気どる趣味はありません。私が行動してきたのは、残念ながら自分自身の福祉のためです」

ロイエンタールの眼前に立っている男は、〝ネクタイをしめた衆愚政治〟だった。それ以外の何者だというのか。だが、この男には、たんなる悪徳政治家という以外の構成物質がふくまれているように、昨今、ロイエンタールには思われてならない。かつてロイエンタールはベルゲングリューンに語ったことがあった。ヤン・ウェンリーが死んでもトリューニヒトは生きている、と。それでは、彼、ロイエンタールが死んだのちも、この男は生きつづけていくだろうか。民主共和政治を腐食させ、その骨をしゃぶったように、専制政治をも枯死させて屍体をむさぼるのだろうか。充分にありうることだ。誰かが責任をもって処理しないかぎりは。

ロイエンタールは、査閲監のほうをふりむいて命じた。もはや表面的な礼儀など意に介せず、汚物を指すように、あごのさきでトリューニヒトをしめす。

「このどぶねずみを適当な場所に監禁しておけ。ねずみの分際で人間の言葉らしきものをしゃべりたてるが、耳を貸す必要はない。餓死させるのも、あまり後味のよいものではないから、餌をやるのは忘れぬようにしろよ」

トリューニヒトは兵士にかこまれてたちさった。虚勢であるにしても、恐怖の色を浮かべないあたりは、賞賛に値したかもしれない。

ややうつむいて、不快げに考えこんでいたロイエンタールが、急に顔をあげた。

「ベルゲングリューン！」

「はっ」

「イゼルローン要塞へ使者を送れ。そして伝えるのだ。イゼルローン回廊を帝国軍が通過しようとしたとき、それを阻止してくれたら、旧同盟領全域の支配権を彼らにくれてやる、とな」

査閲監の、本来は沈毅《ちんき》な顔に、唖然とした表情が波うってひろがる。それを見やって、ロイエンタールは一笑した。

「おどろくことはない。おれが欲するのは、帝国の支配権だ。旧同盟領など、民主共和主義者の残党どもに、くれてやる」

そう言いはなったロイエンタールの表情は、梟雄と称されるに値する覇気の光彩にみちていた。このとき、ロイエンタールは、背後のドアをかえりみることなく、前方へ歩みだしたといえるのであろう。

「いずれにしても、軍事上の不利をみずから招くことはないからな。策《て》はうっておくとしよう。もし奴らが望むなら、民主政治の裏ぎり者、ヨブ・トリューニヒトの生身なり首なりを付録につけてやってもよい。そのことも忘れずにな」

ベルゲングリューンはなにか言おうとしたが、思いなおしたように口を閉ざすと、敬礼をひとつ残して、総督執務室をでていった。ロイエンタールは黒にちかいダークブラウンの髪を片手でかきあげ、ふたたび沈思の姿勢にもどった。

V

……これらの事情のすべてが、ボリス・コーネフによってイゼルローンに報告されたわけではない。彼がもたらした情報は、〝ロイエンタール元帥叛し、皇帝《カイザー》は行方不明〟という段階のものであった。それでも、貴重な情報であったし、コーネフ船長が〝封鎖破り〟を比較的容易に成功させた点は、新領土《ノイエ・ラント》治安軍の混乱ぶりを証明するものだった。

彼の報告をうけたイゼルローンの幹部たちは、変化への期待をかきたてられ、事態がさらに発展することを望む気分だった。

ユリアンは、かつてアレックス・キャゼルヌに言明したことがあった。イゼルローン回廊の両端に、ことなる政治的・軍事的勢力が存在するときこそ、イゼルローン要塞に戦略的価値が生じる、ただそれは半世紀ほど将来のことになるかもしれない、と。

半世紀どころか、ヤン・ウェンリーの不慮の死から、まだ半年もたっていない。タイム・スケールは一〇〇分の一以下に縮小されてしまった。なんという急激な変化だろう。だが、考えてみれば、皇帝《カイザー》ラインハルトがローエングラム伯爵として歴史に登場してから、まる五年もたってはいないのだ。歴史はいま悠々たる大河としてではなく、万物をのみつくす巨大な滝としての姿をあらわしつつあるのだろうか。

ユリアンは、亜麻色の髪をかきあげた。胸をよぎった感慨は、あまり陽気なものではなかった。彼が直接的に、また間接的に知っている多くの人々は、いずれも、この歴史全体が加速しているような時代に、生きいそぎ、そして死にいそいでしまったような気がしてならなかった。皇帝《カイザー》ラインハルトなりロイエンタール元帥なりも、やはりその道をたどるのだろうか。たとえ敵であるにしても、光彩にみちた、えがたい人々であるのに。

「どうする、ユリアン、この混乱に乗じて、吾々のおかれた状況を改善する機会があたえられるだろうかな」

ワルター・フォン・シェーンコップが、ヤン提督の後継者に、見解をただした。

「ぜひそうしたいと思いますが……」

だが、判断を誤れば、イゼルローン全体の針路がくるう。民主共和政治じたいの命運にも、かかわってくるであろう。皇帝《カイザー》ラインハルトとロイエンタール元帥との抗争は、けっきょくのところ専制支配体制内の権力闘争であるにすぎない。イゼルローン共和政府としては、間隙に乗じて漁夫の利をえたいところである。とはいえ、ユリアンには、無視しえぬ疑問があった。

「ロイエンタール元帥は古今の名将ですが、はたして皇帝《カイザー》ラインハルトに勝てるものでしょうか、メルカッツ提督?」

それまで腕をくんで沈思していたウィリバルト・ヨアヒム・フォン・メルカッツが、若すぎる司令官の質問に答えて口を開いた。

「思うに、ロイエンタールは、地位が高まり、舞台がひろがるのに応じて、力量を充実させていく男です。リップシュタット戦役以前は、経験の差で、彼に負けるとは、私は思っていませんでしたな。当然、彼が皇帝《カイザー》ラインハルトにおよぶはずもないと考えていました。ですが、二正面作戦をさけ、補給の限界を待てば、活路があるかもしれませんな」

「二正面作戦をさける……」

ユリアンはつぶやき、尊敬する老将が提示してくれたヒントをもとに、彼自身の思考のピラミッドを構築しようとこころみた。そこへ積みかさねるべき大きな石の存在に気づいて、彼は質問の形式で、じつは独語した。

「……ですが、ロイエンタール元帥の才幹はともかく、皇帝《カイザー》ラインハルトに叛旗をひるがえすことを、彼の部下たちが、がえんじるでしょうか?」

それは、陰謀劇の演出家たる地球教団の内部においても、無視しえぬ疑問とされていたことであった。ラインハルトは暗君でもなければ暴君でもなく、兵士たちは彼を崇拝すること軍神のごとくである。ロイエンタール元帥が五〇〇万以上の兵力を擁しているとしても、そのうち何パーセントが、彼にたいする忠誠を皇帝にたいする信仰心に優先させるであろうか。

ヤン提督が生きておいでだったら……そう思いかけて、ユリアンはあわてて心の奥でかぶりをふった。長年にわたってつちかわれた依頼心の、なんと強固なことであろう。

「自分で考えるんだよ、ユリアン、自分で」

ヤンの声がユリアンには聴こえる。少年の亜麻色の頭を指先でつつきながら、しばしばヤンはそう言ったものだった。

ユリアンは考えこんだ。その姿を、キャゼルヌ、シェーンコップ、アッテンボロー、ポプラン、それにメルカッツらの幕僚たちが見まもっている。フレデリカも。さらにはこの場にいない生者と死者も、彼の思考の軌跡をおっていたにちがいない。

新帝国暦二年、宇宙暦《SE》八〇〇年一〇月、〝ロイエンタール元帥叛乱〟の報は、宇宙を雷光のかたちに引き裂く。ヤン・ウェンリーの死は、宇宙に恒久平和をもたらすことはなく、むしろ昏迷《こんめい》の淵へ人々を追いたてようとするかにみえたのである。

第六章　叛逆は英雄の特権

Ⅰ

　事態の混乱と情報の無秩序とが螺旋状にもつれあって、宇宙に不吉な波紋を拡大させていく。〝皇帝《カイザー》、行方不明〟という、むろん非公式の情報は、帝国上層部を戦慄させた。新領土《ノイエ・ラント》総督府とのあいだに、鄭重な、あるいは激烈な通信がかわされたが、それは徒労感と疑惑と焦慮を薪《たきぎ》としてつみあげ、着火を待つだけであった。

　そして一〇月二九日、銀河帝国軍総旗艦ブリュンヒルトは、〝影の城《シャーテンブルク》〟周辺から出航したワーレン上級大将麾下の艦隊によって発見、保護された。

　朗報はただちに新首都フェザーンへと送られた。事態があきらかになれば、べつの深刻な問題が、あらたに人々を苦しめることになるであろうが、さしあたりコルネリアス・ルッツにたいする責任の一端ははたしえたようにミュラーは思う。むろん、ミュラーは知りようもなかった。ラインハルトが生きて味方に救われることもまた、人間の命運を自在にあやつりうると信じる傲慢な陰謀家たちにとって、既定《きてい》の計画であったことを。

陰謀は知性とのあいだになんらの相関もなく、品性とは相容《あいい》れないものである。ミュラーがこのように人間性の負面《マイナス》に貢献する陰謀を察知しえなかったのは、後世における彼への評価を、むしろ高からしめるものであった。だが、コルネリアス・ルッツという年長の信頼すべき僚友を失ったことは、ミュラーにとって、彼自身の評価などよりはるかに心を傷《いた》ませることとなった。

ブリュンヒルト艦内で、通信の傍受によりルッツの死を知ったラインハルトは、両眼を閉ざし、くんだ両手を額にあてて、しばらく凝然としていた。心配したシュトライト中将が声をかけようとした寸前、ラインハルトはその姿勢をとき、鎮魂歌《レクイエム》の旋律を思わせる声をだした。

「ルッツを帝国元帥に叙する。彼はいやがるだろうが、約束を破った者にたいする、これは罰だ……」

ロイエンタール元帥、叛《はん》す！

その報告をうけたとき、銀河帝国軍の名だたる将帥たちは思い知らされたのだった。乱世において幾多の戦場を往来し、強大な敵軍を滅ぼして武勲をほしいままにしてきた自分たちでも、驚愕という魔物から解放されることはかなわない、と。

とはいえ、いっぽうでは、奇妙な得心《とくしん》も存在する。覇気と才幹と器局ある者が、一介の下級貴族から、ついに至尊の冠をいただくにいたった時代である。機会さえあれば、全宇宙を支配するという誘惑にとびつく者はいくらでもいるであろう。ロイエンタールの地位と自負は、その野心にふさわしい。けっして、身のほど知らずではないのである。

むろん、信じない者もいる。というより、信じたがらない者、と表現すべきであろう。ロイエンタールの親友ウォルフガング・ミッターマイヤー元帥は、最初の報告をうけたとき、激して叫んだ。

「そのようなたわごとは、今年の霜とおなじく、春先に消えてしまったと思っていたが、そうではなかったらしいな。きさまも夏に雪をふらせて喜ぶ輩《やから》か」

報告者は動じなかった。

「あのときはたんなる噂でしたが、今回は事実でございます。ロイエンタール元帥が陰謀に無関係であるとしても、皇帝《カイザー》の御身の安全にたいする責任はいかがなりましょうか」

ミッターマイヤーは宇宙艦隊司令長官として〝影の城《シャーテンブルク》〟周辺から皇帝捜索の指揮をとった。責務をはたすあいだに、情報は濁流となって彼のもとへそそぎこまれてくる。なかには、皇帝の死を告げるものもあり、ロイエンタールの登極を知らせるものもあった。事実と確認されたのは、ルッツの死ぐらいのものであったが、虚実いずれにせよ、ミッターマイヤーにとってこころよい情報はひとつもなかった。皇帝生存というワーレンからの報告がもたらされるまでは。

一一月一日。皇帝《カイザー》ラインハルトと随員たちは、ワーレンの指揮する艦隊にまもられてフェザーン回廊にはいり、ミッターマイヤーに迎えられた。〝疾風《ウォルフ・デア・シュトルム》ウォルフ〟は、帝国軍総旗艦ブリュンヒルトに移乗して、皇帝の無事を喜び、ミュラーらに労を謝した。

「司令長官に話がある。卿《けい》らはしばらく退がってくれ」

皇帝が言うと、ミュラーらは、やや複雑な表情を隠しきれぬまま退出した。

「ミッターマイヤー」

「はっ」

「卿を残した理由は、諒解していよう。ロイエンタールは当代の名将だ。彼に勝利しうる者は、帝国全軍にただ二名、予と卿しかおらぬ」

「…………」

「ゆえに、卿を残した。意味はわかろう？」

かさねて言われるまでもなかった。ミッターマイヤーの蜂蜜色の頭がさがり、凍《い》てつく寸前の汗が額に細流をつくっている。

「酷なることは充分に承知している。卿とロイエンタール元帥とは一〇年以上にわたる親友であったからな。ゆえに、今回にかぎり、予の命令を拒絶する権利を卿にあたえる。卿にたいして、あるいはかえって侮辱になるかもしれぬが……」

ラインハルトの意思を、ふたたびミッターマイヤーは諒解した。彼が勅命を拒否すれば、皇《カイ》帝《ザー》自身が兵をひきいて叛逆者を討つつもりであろう。

「お待ちください、陛下」

帝国軍最高の勇将が、声を震わせた。かつてゴールデンバウム王朝最大の門閥《もんばつ》貴族であるブラウンシュヴァイク公から死をもって脅迫されたときも、昂然として相手の非を指摘した青年提督が、心臓まで蒼白になっている。ラインハルトは椅子に腰をおろし、左脚を右ひざにのせた姿勢で、ミッターマイヤーを見すえている。蒼氷色《アイス・ブルー》の新星《ノヴァ》を両眼にたたえて。

「今日までのわが武勲すべてをさしだして、陛下にご翻意いただきたく存じます。お聞きいれいただけませぬか」

「翻意？　翻意とはなにか」

ラインハルトが声を高めた。白皙《はくせき》の頬に、激情が淡紅色の化粧をほどこした。

「ミッターマイヤー、卿《けい》はなにか誤解しているのではないか。翻意すべきは予ではない、ロイエンタールであろう。彼が予に背いたのであって、予が彼に背いたのではないぞ」

怒りと不本意の炎が、皇帝《カイザー》の全身を黄金色にかがやかせている。

「あえて申しあげます。ロイエンタールは陛下に背きもうしあげたのではございますまい。彼の忠誠心と功績は、私などと比較になりませぬ。どうか彼に弁明の機会をおあたえください」

「機会だと！　予がルッツの献身でウルヴァシーを脱してより、ワーレンに救われるまで、どれだけの時日があったと思うのだ。ロイエンタールが身の潔白を主張する気なら、一〇〇回ほどもそれができたはずではないか」

ウルヴァシーにおいて、ラインハルトはむしろロイエンタールが不祥事の首謀者であるという観察を否定したがっていた。だが、忠実なルッツの死と、それにつづく逃避行は、彼の矜持を深く傷つけた。皇帝たる身が、自分の領土で重臣を殺され、虜囚《りょしゅう》となることをおそれて逃げまわらねばならなかったのだ。

「おそれながら、陛下、この二月にロイエンタール元帥が中傷されたときには、彼をお信じになって、微動だになさらなかったではございませんか」

「予が襲撃され、ルッツが生命を失ったのも何者かの中傷か！」

ラインハルトの白い手が卓上のグラスを払うと、壁が悲鳴を発して、クリスタル・グラスの破片とワインの飛沫をふりまいた。ミッターマイヤーの心の地平に、絶望の黒雲がたれこめた。流言にもかかわらず、ほとんど非武装でロイエンタールのもとを訪れようとした皇帝は、寛容さを仇《あだ》でむくわれたのである。ひとりの重臣を信用した結果が、いまひとりの重臣の死を招いたとあっては、ラインハルトが平静でいられるはずもなかった。まして、死者にたいする哀惜と自責の念が、生者にむかって逆流するとき、厳格さにおいて加速するのがつねである。

ミッターマイヤーを責めるべき理由はない。まして彼とロイエンタールとの友誼《ゆうぎ》を思えば、彼の苦悩は察するにあまりある。それがわからないラインハルトではなかったが、若い皇帝には彼なりの精神的な苦痛があり、それを体外に奔出させずにはいられなかった。ミッターマイヤーは、自分を苦境においこんだ友人にたいして、怒りをいだいてはいないようで、じつのところ、それもラインハルトにとっては、歯がゆさまじりの怒りと不快感をかきたてる。

「予が望んでロイエンタールを討つと思うか。たしかに彼にも弁明したいことはあろう。卿《けい》らの友誼の深さにおよぶはずもないが、予と彼とのあいだにも、友誼はあった。だが、それならなぜロイエンタールは予の前に釈明にあらわれぬ。予が不名誉な逃避行をおこなうあいだ、彼はなにをしていた。謝罪文の一片もよこさぬではないか。ルッツの死を悼《いた》む一文もないではないか。これでどうやって誠意を認めさせるつもりなのだ⁉」

ミッターマイヤーは返答できない。ラインハルトの指摘は正しく、ロイエンタールの行動には、批判の余地がありすぎる。ミッターマイヤーの脳裏にはみずからもとめて迷宮を奥へすすんでいく親友の姿が浮かびあがっているが、それを主君に告げることはできなかった。告げてはならないことだ、と思うのである。皇帝のためにもロイエンタールのためにも。

彼が口にしたのは、べつのことである。

「陛下、申しあげにくいことながら、ロイエンタールが御前に参上せぬのは、その途中で何者かに妨害されることをおそれるからでございます」

「何者かとは誰のことだ」

「誹謗とおうけとりになられるでしょうが、軍務尚書オーベルシュタイン元帥と、内務次官ラングの両名でございます」

「彼らが予の意思を無視して、ロイエンタールを妨害するというのか」

「陛下、お願いでございます。私が申しあげました両名を現職より更迭《こうてつ》し、もってロイエンタールにたいする和解の意思表示としていただけませんか」

「…………」

「陛下にそうお約束いただければ、小官は、わが身命に代えましても、ロイエンタールを説得して、陛下の御前にひざまずかせます。一時の迷妄《めいもう》、どうかまげてご寛恕《かんじょ》を願いあげとうございます。本末転倒は承知しておりますが、ほかに方法がございません」

「予はそこまで譲歩せねばならぬのか。背いた臣下を討つのではなく、呼びもどすために、予の重臣を更迭しろと卿は言うか。この国の玉座にある者は誰だ、予か、それともロイエンタールか」

激する感情のままにラインハルトは吐きすてたが、ミッターマイヤーにとっては、これほど苦しませられる質問はなかったであろう。

「陛下、私は軍務尚書と不仲ではございますが、それゆえに更迭すべしと申しあげているのではございません。軍務尚書を一時的に更迭しても、ふたたびその地位に就け、名誉を回復することがかないましょう。ですが、いま、この時機をのがしましては、ロイエンタールが陛下のもとへ帰参いたします機会は永く失われます」

「卿の理論はそれとして、軍務尚書が納得すると思うか？」

「軍務尚書のみに不名誉をおわせはいたしません。小官も宇宙艦隊司令長官の座をしりぞきます。そうすれば、軍務尚書の不快感も、いささかはなぐさめられるかと存じます」

「なにをばかな！　卿《けい》の去ったあとに、なにびとをもって宇宙艦隊を指揮させるか。予は現存する三元帥を、すべて軍中枢から失わねばならぬのか」

「宇宙艦隊はミュラー上級大将にゆだねて不安はございません。軍務尚書は、私が申しあげるのは僭越《せんえつ》ながら、ケスラーなりメックリンガーなりが任にたえましょう。なにもご心配はいりません」

「卿は三〇代もまだ前半で退役生活にはいりたいというのだな。わが軍最高の勇将が、あのヤン・ウェンリーの人生観に倣うとは思わなかったぞ」

自分の冗談で、ラインハルトは笑いかけたが、陽光が地上にとどかぬうちに雲がそれをさえぎった。むしろ不機嫌さをまして、彼はあらためてミッターマイヤーを見すえた。

「卿の意見は憶えておこう。それはそれとして、予の命令はどうなった？　卿の返答をまだ聞いておらぬぞ。諾《ヤー》か否《ナイン》か。否なら予が自身ででむくまでのことだが……」

帝国軍最高の勇将は深く頭をさげた。顔に落ちかかる蜂蜜色の髪が、皇帝の視線から、表情を匿《かく》した。沈黙の楽《がく》は、数十瞬にわたって、彼らふたりの聴覚をみたしつづけた。

「……勅命、つつしんでおうけいたします」

やむをえぬ、とは、ミッターマイヤーは口にださなかった。

II

〝影の城《シャーテンブルク》〟周辺宙域から宇宙艦隊司令部へ帰ってきた司令長官の顔を、幕僚たちは正視しえなかった。蒼白な磁場で全身をつつんで執務室に消えたミッターマイヤーは、だが、三〇分後には、最年少の幕僚カール・エドワルド・バイエルライン大将を呼んで、公人の甲冑をまとった表情と声で命じた。

「ワーレンとビッテンフェルトに連絡をとってくれ。今回の出征では、彼らに両翼をかためてもらうことになるだろう」

「はい、ところでミュラー上級大将は?」

「ミュラーはまだ完全に負傷が癒えておらぬし、彼には陛下の側近にいてもらわねばなるまい。それに、おれが敗れたとき、彼は陛下をおまもりする最後の盾になる。今回は残ってもらおう」

バイエルラインは眉をしかめた。

「ではミュラー上級大将の出番はきませんな。閣下がお負けになるはずはありませんから」

信頼と尊敬にみちた若い部下の言葉に、ミッターマイヤーの表情が小さく揺れた。

「……おれは、ロイエンタールのやつに負けてやりたい」

「閣下!」

「いや、こいつはうぬぼれもいいところだな。全知全能をあげても、おれはロイエンタールに勝てはしないだろうに」


ミッターマイヤーは苦笑した。酸味のこもった表情が、バイエルラインの敬愛する上官には、ふさわしくなかった。〝疾風ウォルフ《ウォルフ・デア・シュトルム》〟は、つねに若々しく、軽快で、豪胆で、まっすぐ前方を見つめ、上に媚びず、下に優しく、全体像は明るく澄んだものであった。バイエルラインからみても、幼年学校の生徒たちなどがみても、理想とするにふさわしい軍人だった。彼の従卒役をあてられた幼年学校生は、目をかがやかせて自慢し、級友の羨望を集めたものだ。ミッターマイヤー夫人にもらった菓子をわざわざ学校にもってきてみせびらかした少年もいる。それが、いま、晴れているべき空に黒雲がわだかまって、雷雨となりそうな雰囲気だった。


「私はそうは思いませんが」

「卿《けい》がどう考えるかは卿の自由だが、おれはロイエンタールに遠くおよばぬ」

「閣下、それは……」

「およばぬのだ。おれはたんなる軍人。ロイエンタールはそうではない。あいつは……」


ミッターマイヤーは、つづく言葉をのみこんだ。バイエルラインは、上官の心事に同情し、ためらいつつ、ただささずにいられなかった。

「閣下のおっしゃることが、かりにご謙遜《けんそん》でないとしても、閣下はあえてロイエンタール元帥と戦われるおつもりでしょう? 皇帝のご親征などという事態を招かぬように……」

バイエルラインの指摘は的を射た。彼にむけてうごいたミッターマイヤーの視線は、するどいが、やや力感を欠いていた。若い部下の洞察を賞するでもなく、差出口《さしでぐち》を叱るでもなく、

「皇帝《カイザー》の御手《みて》を汚してはならんのだ」

それだけをミッターマイヤーは口にした。それ以上は語らない。やや時間を必要としたものの、バイエルラインは上官の言わんとするところを理解した。

皇帝《カイザー》ラインハルトが、親征してロイエンタールを討伐するとなれば、皇帝の手は叛逆者の血に汚れる。これまで〝将兵たちの皇帝〟として完全無欠の偶像であったラインハルトへの信仰心に曇りが生じることになるであろう。それはヤン・ウェンリーにたいして勝利しえなかったことなどと比較しようもない深刻な亀裂を、将来にもたらすのではないだろうか。ミッターマイヤーは、自己の感情をねじふせて、それを阻止せねばならないのだった。

「ロイエンタールとおれと、双方が斃《たお》れても、銀河帝国は存続しうる。だが皇帝《カイザー》に万一のことがあれば、せっかく招来した統一と平和は、一朝にして潰《つい》えるだろう。勝てぬとしても、負けるわけにはいかんのだ」

このとき、ミッターマイヤーの口調は、むしろ淡々としたものとなった。バイエルラインにとっては、かえってそれが不安である。

「閣下、それはこまります。かりに閣下とロイエンタール元帥とが、ともに斃れるようなことがあれば、あのオーベルシュタイン元帥が専横《せんおう》をふるっても、はばむ人がいなくなってしまうではありませんか」

どうにか上官を励ましたいと願って、バイエルラインは軍務尚書の名をだしたが、ミッターマイヤーはさほど刺激をうけたようにはみえなかった。

「なに、ロイエンタールとおれとが同時に消えてしまえば、軍務尚書も安心して隠棲《いんせい》する気になるかもしれんさ」

「閣下、ご冗談にしても……」

「……まあ、とにかく仮定の話は終わりにしよう。ビッテンフェルトとワーレンに連絡をとってくれ」

上官に気づかわしげな視線をむけながら、バイエルラインが敬礼して去ると、ミッターマイヤーは胸中でつぶやいた。

「オーベルシュタインはいい。だが、いまひとり、奴は、奴だけは赦せぬ。おれは出陣にさきだって、陛下のおんために、害虫を駆除してさしあげねばなるまい」

内務省次官・兼・内国安全保障局長ハイドリッヒ・ラングが、軍務省に籍などないにもかかわらず、軍務尚書オーベルシュタイン元帥のもとへ顔をだして忠勤に励んでいるのは、いまさらのことではない。

その日、ラングは、憎むべきロイエンタール元帥がついに逆賊になりさがったむね、軍務尚書に報告にきていた。むろんオーベルシュタインにはすでに承知のことである。はしゃいで饒舌をふるうラングに、さりげなくオーベルシュタインは応じた。

「私は今回の新領土《ノイエ・ラント》の不祥事で、ロイエンタール元帥のもとへ特使としておもむくかもしれん」

「それはそれは、ご苦労さまでございますな。危険もおありでしょうに……」

「べつに同情してもらう必要はない。卿《けい》も同行するのだからな」

言ったほうは冷静だったが、言われたほうは恐慌《パニック》の平手打ちをあびてよろめかずにいられなかった。半白の髪をした軍務尚書は、内務次官の醜態を無視してコーヒーをすすった。

「いつでも出発できるようにしておけ。私のほうはすでに準備ができている」

「わ、私はロイエンタール元帥の前にでたら、即座に殺されます。なにしろ元帥は、なぜか私を憎んでおられますから」

「私以上に卿のほうが憎まれているとも思えんがな」

オーベルシュタインの声に皮肉や冷嘲《れいちょう》のひびきはない。義眼の軍務尚書は、学究のような沈着な態度で、事実を指摘してみせたのである。

言を左右にして、一時的に返答をのばし、ラングは軍務尚書の執務室をとびだした。いれちがいに入室したフェルナー准将が冷笑の一閃を投げつけたようであったが、確認する余裕などない。

冗談ではない、とラングは思う。オーベルシュタインがロイエンタールに害されるのは、いっこうにかまわないし、ラングの将来の栄達にとっては望ましいほどである。ロイエンタールと同時に滅びさってくれれば、完璧な理想像となろう。だがその構図に自分が参加するなど、とんでもないことである。

このときラングの自我はフォア・グラのように脂ぎって肥大していたので、自分がオーベルシュタインより格下と他者からみられている点には思いいたらなかった。

裏手の階段にまわり、いくぶんかは人目をさけるようにくだりはじめたラングが、急に全身を硬直させた。黒と銀の帝国軍軍服を着用した青年が、階段のしたから彼を見あげていたのである。グレーの瞳にみなぎる光は、好意の対極にあった。

「ミ、ミッターマイヤー元帥……」

「ほう、いまをときめく内務次官閣下は、小官ごときの名をご存じでいらっしゃったか。光栄のきわみ」

ミッターマイヤーらしからぬ毒が声にこもった。グレーの眼光に射すくめられて、ラングは無意識に二歩ほど後退した。帝国軍最高の勇将と一対一で正対したのは、これが最初であって、ラングは誰かのコートの裾に隠れることもできなかった。

「ぐ、軍務尚書にご用なら、五階の執務室においでですが……」

「用があるのは卿《けい》にたいしてだ、内務次官」

敵意から害意への変化が、声に滲みでた。

「それとも内国安全保障局長とお呼びすればよろしいかな。いずれにしても、生前の地位など、これから将来《さき》の卿には無用のものだろう」

ラングは、自分が、固形化した唾をのみくだす大きな音を聴いた。視界から色彩が薄れ、そのなかで、ミッターマイヤーの蜂蜜色の髪だけが、あざやかに浮きあがっている。

ミッターマイヤーは軍靴の音も高く、階段をのぼりはじめた。右手を銃把にかけてはいるが、歩調はけっして急いではいない。彼自身よりもさきに、彼の全身から放たれる鋭気が、ラングの両足の甲に、見えざる鉄釘を打ちつけ、その場に縫いつけていた。

「いいか、そこをうごくなよ、おれが行くまで」

ミッターマイヤーの命令を、ラングの精神は無視したが、肉体は無視しえなかった。逃げだそうと思ってはいるだろうが、思考は神経の通路を蝸牛《かたつむり》より遅く這いまわっていた。両眼を大きく、口を小さく、ともに開いたまま、半流動物と化した空気のなかで、ラングはもがくことすら容易ではない。周囲に人がいないわけではないが、ミッターマイヤーの鋭気に圧倒されて、呆然と立ちすくむだけだ。

否、ただひとり、うごきえた者がいた。階段をのぼり終える寸前、〝疾風《ウォルフ・デア・シュトルム》ウォルフ〟の肩に手がおかれたのだ。

「おやめなさい。ミッターマイヤー元帥、ラング次官は皇帝陛下の臣僚《しんりょう》ですぞ」

殺気だった元帥の視線のさきにたたずんでいる人物は、憲兵総監・兼・帝都防衛司令官ウルリッヒ・ケスラー上級大将であった。

「ミッターマイヤー元帥、たとえ武勲において比類なき卿《けい》であっても、軍務省内において私戦、私闘におよぶとあらば、小官の職権をもってこれを阻止せざるをえませんが、ご承知のうえか」

「私闘⁉」

ミッターマイヤーの表情にも声にも、苛烈の気があふれた。グレーの瞳が怒気の奔流を宙にほとばしらせている。

「憲兵総監のおっしゃりようは不本意だが、私闘というのであれば、そうみられてもかまわぬ。あのラングという人面皮の白蟻《しろあり》を、これ以上のさばらせていては、安心して出征することもできぬからな。この際、言っておくが、おれは——」

「ラングの非道をただすには、法をもってする。でなければ、ローエングラム王朝の、よってたつ礎《いしずえ》が崩れますぞ。重臣中の重臣、宿将《しゅくしょう》中の宿将であるあなたに、そのことがおわかりにならぬはずはありますまい」

「りっぱなご意見だが、憲兵総監、そこで慄えている白蟻めにたいして、法はつねに無力だったではないか。おれは罰せられてもよいのだ、こいつに相応のむくいをくれてやることさえできればな」

「おちつかれよ、元帥。明敏な卿らしくもない。卿に万一のことがあれば、いったいなにびとが黄金獅子旗《ゴールデン・ルーヴェ》の栄光をまもる責任者となるのか。疾風《ウォルフ・デア・シュトルム》ウォルフともあろうお人が、私情にかられて、一国をになう重責をないがしろになさるか！」

ケスラーの声は、大きくも高くもなかったが、ミッターマイヤーの肺腑《はいふ》を直撃した。ミッターマイヤーの蜂蜜色の頭髪が乱れ、そこから額へ、さらに頬へ、激情の汗が流れおちた。それを痛ましげに見まもりつつ、ケスラーはやさしいほどの口調になって説得した。

「皇帝《カイザー》は名君であられます。ラング次官に罪状あらば、かならず帝権と国法をもって、それを正されるでしょう。どうか、元帥、小官をご信用あって、卿の任務をおはたしあられよ」

「……わかった。卿におまかせする」

元帥の声は低く、生気にとぼしかった。

「見苦しいところをお目にかけた。騒ぎをおこした罪は、いずれつぐなわせていただく」

虚脱したように歩みさるミッターマイヤーの後ろ姿を、ケスラーは黙然と見送り、視線を転じて、その場に硬直したままのラングを見やると、唾を吐きたそうな表情を一瞬だけひらめかせた。

Ⅲ

新帝国暦二年一〇月、そして一一月。

地球教団の陰謀は、芸術的なほどに成功した。だが、それは、幼児が描きなぐった絵に結果として高い芸術的評価があたえられるという現象に似た一面をもつ。のちに教団幹部が報告したなかに、「ロイエンタール元帥で失敗したなら、ミッターマイヤー元帥ないしオーベルシュタイン元帥を標的として計画を進行させるつもりだった」という一言があるのは、この陰謀が、たぶんに結果の成功によって完成度を過大評価される傾向のものであったことを、証明するものであろう。

〝ロイエンタール元帥叛逆事件〟、〝惑星ハイネセン動乱〟、〝新領土戦役《ノイエ・ラント》〟、〝三年兵乱〟などいくつかの名称で呼ばれるこの巨大な動乱には、個人的な資質のしめる比率がきわめて多い。ロイエンタールは、自分がラインハルトにおよびえないことを知っていた。ラインハルトがゴールデンバウム王朝を簒奪したのは独創であるが、ロイエンタールがローエングラム王朝を簒奪するのは模倣であった。それを承知でなお叛旗をひるがえすにいたったのは、地球教の陰謀によって危地に追いこまれたからではあるが、その後も、破局を回避する可能性が絶無であったわけではない。ベルゲングリューンの勧めにしたがい、非武装で新首都フェザーンを訪問し、皇帝に釈明すれば、ミッターマイヤーが彼を見殺しにするはずもなく、動乱は未発に終わったであろう。コルネリアス・ルッツの死にたいする最終的な責任はとらざるをえなかったであろうが、総督職の更迭、また一時的な予備役編入ですんだであろう、と、後世の歴史家たちは観察する。

ところが、じつは、いまひとつ、ロイエンタールの知りえない事実が宇宙の一隅で生じていたのだ。

グリルパルツァー大将は一〇月中に惑星ウルヴァシーを制圧し、治安を回復するのに成功した。かなり武断的な処理法であって、武器放棄・原隊復帰の命令に即座にしたがわなかった将兵のうち、戦闘と即時銃殺によって二〇〇〇名以上が死亡している。

その後グリルパルツァーは、皇帝《カイザー》を危地におとしいれた事件の全容を解明にあたったのだが、これが容易に結論のでることではなかった。

基地司令官ヴィンクラー中将は行方不明で、死体も発見されず、その消息については明確な証言をえることはできなかった。近来、麻薬中毒の症状がみられたことが、軍医のカルテによって発見されたが、能力と閲歴《えつれき》をかわれて重責をになった高級士官が、なぜ中毒者に堕ちたかについては、捜査の糸が切れてしまう。

兵士たちの証言も混乱をきわめていた。

「ルッツおよびミュラーの両提督が地球教団によって洗脳され、皇帝陛下に害をくわえようとしたので、吾々《われわれ》は上官の命令によって陛下を救出したてまつるために出動したのです」

などという証言まででるありさまであった。

ただ、死者のうちに、地球教の教典や紋章を所持していた者が一〇名以上も発見され、生者のなかにもそれがいたため、どうやら地球教の陰謀らしい、と思われた。ところが、その事実を、グリルパルツァーはその時点で公表しようとしなかったのである。

グリルパルツァーが惑星ウルヴァシーでもつれた有刺鉄線をほどく、あるいはほどくようみせているあいだに、周囲の状況はなしくずしに悪化し、帝国政府と新領土《ノイエ・ラント》総督府とのあいだには、敵意にみちた壁が厚く高くきずかれつつある。したがって、彼があえてフェザーン方面へ脱出することなく、惑星ハイネセンに帰還し、ロイエンタールへの従属を明言したとき、総督は、むしろ意外な表情を禁じえず、かえって念をおしたものである。

「卿《けい》は本心から、おれに味方するというのか」

「本心です、ただし……」

「ただし？」

「私にも野心はあります。閣下が覇業を成就されたあかつきには、私に、軍務尚書、帝国元帥の地位をお約束ありたい」

「よかろう」

金銀妖瞳《ヘテロクロミア》に、冷笑の微粒子をまぶして、ロイエンタールはうなずいた。

「卿はいますこし高い地位を望むかと思っていたが、軍務尚書で満足というなら、卿の望みはかなえよう。このうえは、卿自身の望みのために尽力《じんりょく》することを期待させてもらう」

ロイエンタールもグリルパルツァーも、乱世の武人であったから、野心という精神の共通基盤において、ひとしい価値観への追求がかなうはずであった。この場合、グリルパルツァーがことさらにあざとく野心を表明してみせたので、ロイエンタールとしては、かえって彼を信用する気になったのかもしれない。あくまで利害打算にもとづく同盟者としてである。たとえ、このとき、ロイエンタールがグリルパルツァーに不信をいだいたとしても、それを証拠づけるものはなにもなかったし、先手をうって彼を排除すれば、ほかの部下たちの動揺をさそうおそれもあった。ロイエンタールには、ほかの選択がなかったというべきであろう。

いっぽう、クナップシュタイン大将は、官舎でなかば軟禁状態にあったが、僚友グリルパルツァーの来訪をうけておどろき、かつ憤然として詰問した。

「どうして帰ってきたのだ。卿はロイエンタール元帥の挙兵《きょへい》に加担して、新王朝の歴史に逆賊の汚名を残したいのか」

「…………」

「いや、それどころか、卿は、すすんでロイエンタール元帥への忠誠を誓い、地位まで要求したというではないか。どういうつもりだ」

「おちつけ、クナップシュタイン、まさか私が本気でロイエンタール元帥のかかげた叛旗を自分自身であおぐ、などと思っているのではないだろうな」

僚友の単純さを揶揄《やゆ》するような、地理学者兼軍人の声である。クナップシュタインは四割の不快さをこめて鼻白んだ。

「ちがうというのか。だとしたら、卿《けい》の本心を聞かせてもらいたいものだ。なにしろ、卿とちがって、おれは無学者。あまり複雑な理論は、理解しかねる」

皮肉を言ってみたが、それほど辛辣な効果はあげることができなかった。

「考えてもみろ、クナップシュタイン、吾々が二〇代で帝国軍大将の高位を獲得しえたのはなんのゆえあってのことだ？」

「皇帝《カイザー》の御恩と、おれたち自身の武勲によってだ」

「だから、その武勲は、どうやって樹《た》てたのだ。敵と戦ったからこその武勲だろう。いま、自由惑星同盟《フリー・プラネッツ》は滅び、ヤン・ウェンリーは死し、宇宙から戦いはなくなろうとしている。このまま手をこまねいていては、平和な時世に、吾々は武勲の樹てようもなく、栄達のしようもなくなるというわけだ。そうではないか」

「そ、それはそうかもしれんが……」

「だから、多少あざとさはあるにしても、はでな武勲を樹てなくてはならんのさ。どうだ、まだわからんか？」

グリルパルツァーは僚友に笑顔をむけている。その笑顔の塗装をとおして、野心の骨格を僚友の顔に認めたとき、クナップシュタインは無意識の戦慄に背筋をすくませた。

「す、すると、一時、ロイエンタール元帥に味方するとみせて、最終的には裏ぎるつもりなのか」

「裏ぎる？ 表現に気をつけてもらえぬか、クナップシュタイン。おれたちはあくまで皇帝《カイザー》ラインハルト陛下の臣下であって、たまたまロイエンタール元帥の麾下に配属されたにすぎぬ。いずれへの忠誠が優先されるべきか、ことは自明というべきではないか」

クナップシュタインはうめいた。グリルパルツァーの論法は、誤りではない。だが、それなら最初から旗色《きしょく》をあきらかにして、ロイエンタールの非を鳴らし、皇帝《カイザー》のもとへ帰投すべきではないのか。けっきょく、現在は皇帝に背き、将来はロイエンタールを裏ぎり、二重の背信をおかすだけのことではないか。グリルパルツァーは、ロイエンタールの叛逆を自己の栄達の手段に利用しようとしているようだが、はたしてそううまくことがはこぶだろうか。……そう思いつつも、クナップシュタインは、けっきょく、僚友に同調してしまう。さしあたり、ほかに選択の余地もないように思えたのである。

いっぽう、新領土《ノイエ・ラント》総督府の民事長官ユリウス・エルスハイマーは、総督にたいする忠誠の宣誓を拒否した。恐怖に青ざめ、冷たい汗に襟を濡らしながら、皇帝にたいする叛逆行為には加担しえぬむねを、声を震わせながらも明言した。ロイエンタールの威厳と、金銀妖瞳《ヘテロクロミア》から放たれる眼光に圧倒されながら、ついに屈伏しなかったのだ。

「……さらに、私人の立場で申しあげれば、総督閣下はわが義兄コルネリアス・ルッツの死にたいして責任がおありです。その点について法的かつ道義的に結着がつけられないかぎり、閣下にお味方することにたえられません」

わずかに唇の端をゆがめただけで、ロイエンタールは沈黙していたが、やがておしだされてきた声は、沈痛《ちんつう》なほどに沈着であった。

「公人としての卿《けい》の意見は、陳腐で平凡だが、私人としての主張は勇気と正義と、ふたつの条件にかなっている。協力せぬというなら、それでよい。官舎からでず、私に敵対行為をはたらかないかぎり、卿と家族の身は安全だ」

ロイエンタールはその場で短い文書を記して、エルスハイマーにもたせ、彼の身体にかすり傷ひとつつけず帰宅させた。その文書は宇宙艦隊司令長官ウォルフガング・ミッターマイヤー元帥にあてたもので、エルスハイマーが叛逆への加担を拒絶したこと、皇帝にたいする彼の忠誠心が疑問の余地のないものであることを明記し、将来、彼が皇帝から叱責や処断をこうむらぬよう配慮をもとめてあった。

エルスハイマーにたいする寛容は、ロイエンタールの精神に確乎《かっこ》として存在する高潔な要素をしめすものであったが、それとはべつに、生存と発展のためにうつべき策《て》をうっておく必要があった。

「わが皇帝《マイン・カイザー》に敗れるにせよ、滅びるにせよ、せめて全力をつくしてあとのことでありたいものだ」

と、ロイエンタールの黒い右目が無言のうちにつぶやくと、青い左目が反論する。

「戦うからには勝利を望むべきだ。最初から負けることを考えてどうする。それとも、敗北を、滅亡をお前は望んでいるのか」

返答はなかった。黒い右目と青い左目の所有者は、壁にかかった鏡のなかに自分の姿を見いだした。そこでは、当然ながら彼の右側の目は黒く、左側の目は青く映っている。

「度しがたいな、吾ながら……」

口にだしてそうつぶやき、それを聴く者がいないことを、せめてものありがたさと感じた。

Ⅳ

宣戦布告がおこなわれたわけでは、むろんない。明確な出発点がないままに、帝国本土と新《ノイ》領土《エ・ラント》とのあいだには、敵意と緊張の水位が急上昇しつつある。オーベルシュタイン元帥は軍務省において、ミッターマイヤー元帥は宇宙艦隊司令部において、表情も心理もことなるまま、出動態勢をととのえつつあった。

大本営では、ひとつの再会があった。ラインハルトが〝影の城《シャーテンブルク》〟周辺宙域からいったんフェザーンにもどり、大本営の執務室にはいったとき、胡桃《くるみ》材の重厚なデスクの傍にたたずむ人物を見いだしたのだ。若い皇帝は、思いがけずしぜんにその名を口にした。

「フロイライン・マリーンドルフ……」

「陛下、お帰りなさいませ、ご無事なお姿を拝見できて、うれしゅうございます」

ヒルダことヒルデガルド・フォン・マリーンドルフ伯爵令嬢の口調は、乱れてはいなかったが、声そのものには、やわらかな情感がこもっていた。それに感応しえたのは、ラインハルトの感受性の向上であったかもしれないが、「うん、心配かけた」としか応えなかったのは、表現力の停滞であったにちがいない。

「……ルッツが死んだ」

ラインハルトは色気のない言葉を投げかけながら、ヒルダにソファーを指ししめし、自分もならんで腰をおろした。

「これで予のために幾人が死んだのだろう。三年前に、予は、もはや喪《うしな》っておしむべき人間など、ひとりも残っていないと思っていた。それなのに、今年だけでも、ファーレンハイト、シュタインメッツ、ルッツの三人。予の愚かさにたいする罰としても、重すぎるではないか」

「元帥がたは、陛下を罰する運命の道具ではありません。あの方たちが、陛下をお怨《うら》みもうしあげながら天上《ヴァルハラ》へ旅だったとは思いません。どうぞご自分をお責めになりませんよう」

「わかっているつもりだが……」

つぶやいてから、自分の迂闊さを自覚したように、唐突に訊ねた。

「フロイラインは元気だったか？」

「はい、陛下、おかげさまで……」

それもいささか奇妙な返事であったかもしれないが、ラインハルトは救われたようにうなずいた。

ヒルダはラインハルトより一歳年少なのだが、ときとして〝ひかえめな年長者〟のようにふるまわねばならない。ラインハルトの精神には、高貴さと卑劣さという意味での落差はない。だが、完成された、辛辣な実務家と、夢想的で純粋で正面しか見すえない傷つきやすい少年。このふたりが、融合と分離をくりかえしつつ並存していることは事実であったから。とくに後者が有力な場合には、ヒルダは対応に気をつかわねばならなかった。

ラインハルトの誕生と存在とが歴史上の奇跡であるとすれば、ヒルダも同様であろう。ラインハルトが貴族とは名ばかりの貧家に生まれたのにたいし、ヒルダは門閥中の非主流とはいえ伯爵家に生をえた。そのことを思えば、むしろヒルダのほうをこそ、閉鎖された温室世界にあって異色の存在でありつづけた点において、評価すべきかもしれない。

もともとヒルダは三年前のリップシュタット戦役に際して、門閥貴族連合とリヒテンラーデ＝ローエングラム枢軸との争闘にマリーンドルフ伯爵家がまきこまれることのないよう、政治的選択としてラインハルトの陣営に属したのである。その選択が、あまりに卓越した政治的・戦略的センスの結実であったため、ラインハルトにこころよい知的衝撃をあたえ、帝国宰相首席秘書官の座を用意させたのだった。

ヒルダは色香をもって若い覇者をたぶらかしたのではない。彼女は美貌ではあったが、それと色香とは同一の資質ではない。そもそもラインハルトが、色香にたいしてしごく冷淡、というより不感症であったから、彼女が色香による攻略をもくろんだとしても、成功するはずはなかった。ヒルダのほうにも、そのような発想はなかったので、ラインハルトと精神的な波長が一致したのは、彼女だけの功績とはいえない。ラインハルトが、彼女の知性と人格を表面だけしか把握しえなかったとしたら、〝りこうぶった生意気な女だ〟と決めつけて、彼の精神世界から排除してしまったであろう。そうなれば、おそらくラインハルトはバーミリオン星域会戦において未来を喪い、全人類の歴史も変化していたはずである……。

「ロイエンタールが、帝国政府あて、と称して通信文を送ってきたが、フロイラインはご存じか」

「はい」

ラインハルトが口にしたのは、彼の帰還と前後してフェザーンにとどけられたロイエンタールからの通信文のことで、宛名を皇帝でなく帝国政府としたところに、発信者の心情の単純ならざる一面があらわれているであろう。ラインハルトとしては、それも不快であったろうが、さらに不快であったのは通信文の内容であったにちがいない。それは、「軍務尚書オーベルシュタインと内務次官ラングの両名が、国政を壟断《ろうだん》し、皇帝を無視してほしいままに粛清をおこなっている。自分、ロイエンタール元帥はそれを看過しえず、必要とあれば実力もって彼らの専横を排するつもりである」というものであった。ことにラインハルトを刺激したのは、「皇帝の不予《ふよ》による衰弱に乗じて……」という一文であったにちがいない、と、ヒルダは思う。まるで皇帝を挑発するかのように思われた。

「いつ予がオーベルシュタインやラングごときに国政の壟断を許したか！　かりにロイエンタールの言うとおりだとしたら、そもそも彼が新領土《ノイエ・ラント》総督になりうる道理がないではないか。叛逆を正当化するために、そこまで予を貶《おと》しめる必要があるのか！」

他者に服従し、他者から支配されることを、もっとも嫌悪するラインハルトである。矜持を傷つけられた怒りは、烈しく、深刻で、しかも当然のものであった。まして、〝病で衰弱している〟などと決めつけたのでは、若い皇帝の烈気の炎に、強風を吹きこんだも同然であった。

いっぽう、ロイエンタールのほうにも、主張する理由はある。皇帝ラインハルト自身にとくに失政がない以上、〝君側《くんそく》の奸《かん》〟を弾劾するのは、叛逆者としては当然の論法であった。オーベルシュタインにたいする廷臣たちの反感は畏敬まじりであるが、ラングにたいするものはそうではない。ロイエンタールが彼らの排除を主張するのは、廷臣たちの共感をあるていど期待するからには政略上も戦略上も当然であった。それに、オーベルシュタインおよびラングにたいするロイエンタールの反感は、政略以前の事実である。ただ、彼らがかりに処断されたところで、ロイエンタールが兵をおさめるとは、ヒルダには思われなかった。けっきょく、ロイエンタールは自分こそがオーベルシュタインの、あるいは彼以上の地位をしめることをもとめてくるのではないか。

それにしても、ラングのような佞臣なり酷吏《こくり》なりの存在は、専制国家における不可避の欠点であろう。歴史上、英主とか名君とかいわれる人物ですら、しばしば、佞臣や酷吏の専権を許してしまう。彼らは君主にとって留意すべき存在ではないために、軽視して放置しておくうちに、ほかの臣下にとっては巨大で危険な存在にまで成長してしまうのだ。ラングなどにたいする、廷臣たちの反感は、ロイエンタールの叛逆にたいする同情や共感になりうる。その点を、ヒルダはラインハルトに理解させねばならなかった。

蒼氷色《アイス・ブルー》の太陽を両眼に煮えたたせている皇帝《カイザー》をそっと見やって、ヒルダは、ラインハルトのそれにおさおさ劣らず美しい唇を開いた。

「陛下のお許しをえて申しあげたく思います。軍務尚書オーベルシュタイン元帥閣下はともかく、ラング内務次官は、国家にたいしても陛下にたいしても、功より罪が多うございます。彼の所業や為人《ひととなり》が反感をいだかれていること、陛下はご存じでいらっしゃいましょう?」

若い美貌の皇帝は怒気をそがれたように、かたちのよいあごを指先でつまんで考えこんだ。

「……フロイラインに言われるまでもない。ラングとやらが小人《しょうじん》であることは、予も承知している。だが、鼠が一匹、倉庫の穀物を食い荒らすとしても、被害は知れたものだし、そのていどの棲息を許しえないようでは、銀河帝国も狭すぎるではないか」

これはかならずしもラインハルトの本心を表現したものではない。ラインハルトは自分が廉《れん》潔《けつ》であることにたいし、君主としては奇妙なコンプレックスがあるのだ。古来、〝君主は清濁《せいだく》をあわせのみ、小人をも包容する度量をもつべきである〟という君主論が有力であり、それを知っているラインハルトとしては、刑法や不敬罪をおかしたわけでもない彼を追放できなかったのだ。そして、なによりも、ラインハルトは、ラングなどもともと眼中になかったのである。金髪の覇王は、冬薔薇の花を愛《め》ではしても、それにつく害虫にまでは視線をむけない。ラングのほうもまた、皇帝《カイザー》の不快をこうむれば一刀で処断されることを承知しており、ラインハルトの前では鞠躬如《きっきゅうじょ》として身をつつしみ、職務にはげみ、皇帝の意を迎えるようつとめていた。じつは、これがラングの佞臣たるゆえんであって、軍務尚書オーベルシュタイン元帥が、皇帝の意に添わぬことでも正面から非情なほど直截《ちょくせつ》に主張するのと、根本的にことなる点である。

ヒルダの本心をいうなら、オーベルシュタインの更迭をも進言したかった。だが、ラングとの差違を知るだけに、ラインハルトとの特別な親和につけこんで、オーベルシュタインを罪するよう主張はできなかった。

「ラング次官に代わる有能な官僚や、在野《ざいや》の人材は、いくらでもおります。彼を更迭なさればさしあたりロイエンタール元帥にとって挙兵の口実はひとつなくなります。提督がたも納得なさいましょう」

黄金の髪が、わずかに室内の空気を波だたせた。

「だが、ラングには罪はない。きらわれているからといって罰するわけにはいかぬ」

「いえ、陛下、彼には歴然たる罪がございます。これをごらんいただけますか」

一冊の報告書を、ヒルダはさしだした。それは故人となったルッツ提督の依頼をうけて、憲兵総監ケスラー上級大将が作成したものである。前《さき》のフェザーン代理総督ニコラス・ボルテックが、工部尚書シルヴァーベルヒの爆殺にかんし、共犯として逮捕され、獄中で変死した。それがラングのしくんだ冤罪《えんざい》事件であるむねを報告したものであった。

「これはフロイラインが指示しておこなわせたものか？」

「ちがいます。亡くなったルッツ元帥が、生前、ラング次官の跳梁《ちょうりょう》ぶりをみて、国を害《そこな》うものと危機感をいだき、ケスラー上級大将に調査を依頼なさったのです」

「ルッツが……そうか」

翳《かげ》りをこめた蒼氷色《アイス・ブルー》の視線を、報告書におとして、若い皇帝は読みはじめた。読みすすむにしたがって、ラインハルトの頰は、処女雪を夕陽が照らすように紅潮していった。長い時間を要することなく、全文を読みおえると、長く深い息をついた。独白《どくはく》が、みじかい幽玄《ゆうげん》なほどの沈黙につづいた。

「……ルッツはよく予を見すてずにいてくれたものだ。それどころか、生命を擲《なげう》って予を救ってくれた」

白い指が、あごから眉間に移動した。その指が微妙に慄えて、所有者の心を無言のうちに表現した。

「予は愚かだった。小人《しょうじん》の権利をまもって、有能な忠臣に不満と不安をいだかせていたとはな」

白珠《はくじゅ》のような歯が端麗な唇を噛みしめるありさまを、ヒルダは視界に映した。

「ロイエンタールにたいしては、もう遅いかもしれぬ。だが、いまからでも、ルッツの忠誠を無にしないよう処置をとろう。それでいいか。フロイライン？」

ヒルダはソファーから起《た》って一礼した。彼女は接吻や抱擁をこのときまったく望まなかったわけではないが、それ以上に、ラインハルトの信頼感の表明によってむくわれた気がしたのだった。

V

ラインハルトの部屋をでたヒルダは、急激な異物感が胸を内部から圧迫するのを感じた。最初に胸を、ついで口もとをおさえながら、化粧室にとびこむ。行きかう兵士の幾人かが、敬礼しつつも奇異な視線をむけたようにも思われた。

白い陶製の洗面器に、彼女は嘔吐した。水を流して吐物を洗いすて、コップの水をふくんで口のなかを浄める。肉体的にはおちついたが、精神的な動揺は、むしろこれからはじまったのだ。

「まさか、たった一夜のことで……でも、それ以外に考えられないわ」

先月来の生理的な変調を思いおこして、ヒルダは呆然とした。あの一夜から、二カ月が経過している。最初の悪阻《つわり》として、早すぎる時期とはいえなかった。食事にあたったのだ、と考えたかったが、生還したラインハルトの顔を見るまで、不安と期待で、この日の朝はミルクを飲んだだけだった。たとえそうでなかったとしても、その種の逃避的思考を、彼女の理性は否定する。

ヒルダはとまどっていた。自分が母親になること、ラインハルトが父親になること、それらは彼女の想像力の地平から、はるか遠くにあった。ただひとつ、彼女は決心していた。このことを、いまラインハルトに告げてはならない、と。化粧室をでたヒルダは、呼吸も表情も歩調も、完全にととのえ、制御して、皇帝の幕僚総監たる自分の執務室へ歩いていった。

再会のいっぽうでは、別離がある。永続的なものとは思いたくないが、エヴァンゼリン・ミッターマイヤーは、望んだことではない一年の別居ののち、二カ月でまた夫と離れなくてはならなかった。

「しばらく帰れないよ」

という夫のすまなそうな声は、ミッターマイヤー家では異例のものではなかった。エヴァンゼリン・ミッターマイヤーの夫は軍人であり、しかも大軍を指揮する身であって、数百光年、数千光年の征旅《せいりよ》にしたがうのは珍しいことではなかった。

ただ、今回は特別な事情があった。「行ってらっしゃい」だけでは想いを表現できそうになく、彼女は住みなれたばかりの新居の居間で夫に言ったのだ。

「あなた、ウォルフ、わたしはロイエンタール元帥を敬愛しています。それは、あの方があなたの親友でいらっしゃるから。でも、あの方があなたの敵におなりなら、わたしは無条件で、あの方を憎むことができます」

それ以上は、感情の量がかえって邪魔をした。

ウォルフガング・ミッターマイヤーは、妻の温かい小さな掌が両頰をかるくはさむのを触感した。グレーの瞳とすみれ色の瞳がたがいの姿を映した。いっぽうはあきらかに涙をこらえている。

「ご無事で帰っていらして、ウォルフ、そうしたら、ごほうびに、毎日あなたのお好きなブイヨン・フォンデュをつくってさしあげるわ」

「肥ったらこまるな、週に一度にしてくれ」

肥満の兆《きざ》しもない、ひきしまった身体つきの青年元帥は、拙劣《へた》な冗談で、妻を笑わせようとしたのだが、成功したとはいえなかった。彼は妻の手を頰からはずさせ、故ヤン・ウェンリーよりはいくらか巧みな接吻をした。

「心配しなくていいよ、エヴァ」

妻は充分な理由があってロイエンタールを憎悪することになるかもしれない。そう思いつつ、ミッターマイヤーは、少女のころとすこしも体型の変わらない妻の身体を強く抱いた。

「だいいち、まだ、かならず戦うことになるとは決まっていないからね。陛下はラング内務次官を逮捕なさったし、それでロイエンタールの気もすむかもしれないのだからね」

愛情は、ときに虚偽《いつわり》を不可欠とするものであるらしかった。だが、それにつづいた願いは、分子レベルにいたるまで真実だった。

「だから、祈るとしたら、戦わずにすむように、と、そう祈ってほしいな。ぜひそうしておくれ、エヴァ」

……新帝国暦二年一一月一四日。〝影の城《シャーテンブルク》〟周辺宙域は、ウォルフガング・ミッターマイヤー元帥の指揮する帝国軍宇宙艦隊の艦艇によって埋めつくされる。その数、四万二七七〇隻、将兵四六〇万八九〇〇名。元帥の指揮下にはいる上級大将は、ビッテンフェルトとワーレンの両名であった。

第七章　剣に生き……

I

銀河帝国宇宙艦隊司令長官ウォルフガング・ミッターマイヤー元帥は、旗艦〝人狼《ベイオウルフ》〟に、ワーレン、ビッテンフェルトの両上級大将を招いて、作戦を討議した。といっても、基本計画はすでにさだまっている。ひとたび、ロイエンタールを討伐するための出兵がおこなわれたからには、敵の（なんと不快な用語であろう）作戦展開にさきんじてこちらの主導で急戦し、一撃をあたえて、敵の瓦解をさそうしかないのだ。一勝すれば今回、最終的な帰趨《きすう》は決するであろう。物理的にも心理的にも、ロイエンタール軍にはあとがないはずであるから。

長くもない討議が終わり、コーヒーがはこばれると、ビッテンフェルトが、深刻だが無遠慮な疑問を口にした。

「それにしても、ロイエンタールは皇帝《カイザー》にたいし、なんの不満があって、今回のような暴挙に、いや、はやまった行為にでたのだ？」

ワーレンが、視線と低声で、ビッテンフェルトをたしなめた。司令長官と新領土総督《ノイエ・ラント》との友誼を思えば、ミッターマイヤーの苦渋は察するにあまりある。ビッテンフェルトの言は、情がないというより、無神経なものに思われた。

「いや、ワーレン提督、お気づかいは必要ない。ロイエンタール元帥とおれとの友誼は、つまるところ私事であって、公務の重さと比較はできないからな」

淡々としてミッターマイヤーは僚友の気づかいに応じたが、一語一語にどれほど膨大な量の感情が封じこめられているか、ミッターマイヤーを知らない者には想像もつかないことであったろう。ワーレンとしては、傷《いた》ましくて、まともに帝国軍最高の勇将の顔を見ることができない思いである。

「そうだぞ、ワーレン提督、司令長官が公務を遂行するにあたって、吾々《われわれ》が私情を忖度するようなことがあっては失礼ではないか」

ビッテンフェルトの台詞に、ワーレンはおどろいたが、どうやらオレンジ色の髪の猛将は、彼なりにミッターマイヤーに気をつかっているらしい。ミッターマイヤーもそれを感じとったらしく、苦笑寸前の表情をつくっていた。内心で彼は自分自身に答えている。

「ロイエンタールがひざを折る相手は、宇宙にただひとり、わが皇帝《マイン・カイザー》ラインハルト陛下があるのみだろう。それにさきだって軍務尚書にひざを折るということが、彼にはたえられないにちがいない。おれだっていやではあるが……」

オーベルシュタイン元帥は、ロイエンタールを称して、〝飼い慣らせぬ猛禽〟と言ったという。その評価は正しいのではないか、と、ミッターマイヤーは認めざるをえない。つまるところ、宇宙でただ一羽の白鳥にのみ忠誠を誓約したはずの鷲《わし》が、暴風にのって白鳥のもとから飛び離れようとしているのであろうか。

〝人狼《ベイオウルフ》〟を辞するワーレンとビッテンフェルトを、ミッターマイヤーは見送ったあと、しばらく展望窓の傍に立ちつくしていた。彼は美しい白鳥の臣下として、友たる鷲を討たねばならない。このような友誼の終着点を迎えようとは、ミッターマイヤーは想像もしていなかった。星々の光のシャワーに蜂蜜色の髪を映えさせながら、彼は、自分個人をふくめた銀河帝国の歴史が、この瞬間にいたるまで、幾度、選択をあやまったことだろう、と、考えていた。

あの聡明なジークフリード・キルヒアイスが生きていたら、皇帝《カイザー》ラインハルトとロイエンタールとの、もつれた鋼《はがね》の糸をときほぐすことができただろうか。それとも、彼の存在をもってしても、やはり今日の事態は、さけえざる必然の結果であったのだろうか……。

ミッターマイヤーらが進発した直後、皇帝《カイザー》ラインハルトもフェザーンを発して〝影《シャーテンブ》の城《ルク》〟周辺宙域にまで総旗艦ブリュンヒルトを進めていた。アイゼナッハ、ミュラーの両上級大将が幕僚として皇帝の左右にしたがう。〝鉄壁ミュラー〟ことナイトハルト・ミュラーは、負傷が完治せず、右腕を肩から吊って参陣していた。ラインハルトは彼にジークフリード・キルヒアイス武勲章を授与し、かつ元帥に昇進させようとしたが、砂色の髪と砂色の瞳をもつ青年提督は、恐縮しつつそれを固辞した。功なき身が元帥杖をえることはできぬ、後日ふさわしい武勲をたてたときに、ありがたくおうけしたい——そう応じられて、ラインハルトは無言でうなずいた。たしかに、ルッツとことなり、ミュラーには今後、武勲をたてる機会があるのだ。

「では、それとはべつに、卿《けい》の負傷にむくいる道はないか」

「じつは、お言葉に甘えまして、ひとつご考慮いただきたいことがございます、陛下」

「ほう……」

皇帝の白い秀麗な顔を紗《しゃ》のようにおおった表情は、辛辣というより悽愴《せいそう》であった。だがそれも、大海の一隅を通過する嵐でしかなく、若い覇王の美貌をそこねることはなかった。豪奢な黄金の髪が揺れたのは、嵐の余波ででもあったろうか。

「卿がなにをもとめるか、予にはわかっているつもりだ」

にがにがしげな声にすら音楽的な律動がある。

「ロイエンタールを助命せよ、と、卿は言いたいのであろう？」

「ご明察、おそれいります」

皇帝は不快そうに身じろぎした。両眼から、蒼氷色《アイス・ブルー》の火花が散ったかにみえた。

「ミュラー、卿は予の宿将であり、恩人でもある。ゆえに願いは聞きとどけてやりたいが、これだけはかなわぬ」

「陛下……」

「予に問題があるのではない。ロイエンタールのほうにこそ、卿は問うべきだ。いや、すぎたことについてではない。これからのことだ」

「と申しますと？」

「ひとたび叛旗をかかげ、戦い終わってのち、予に頭をさげて助命を請う気があるかどうか、そのことを卿はロイエンタールに問うべきなのだ。そうではないか？」

ミュラーは恐縮し、かつ憮然とした。このようなとき、ヒルデガルド・フォン・マリーンドルフ伯爵令嬢がいてくれたら、と思わずにいられない。彼女であれば、ミュラーに口ぞえして皇帝《カイザー》を情理《じょうり》両面から説得してくれるであろうに。あの美しい聡明な幕僚総監が、病気のためにフェザーンを離れることができなかったのは残念というしかなかった。

むろん、ミュラーは知らない。いや、ラインハルトも知らないのだった。懐妊したヒルダが、胎児を跳躍《ワープ》の悪影響からまもるために、フェザーンを離れることができなかったということを……。

ウォルフガング・ミッターマイヤーにたいするラインハルトの心情は、その能力と人格にたいする厚く深い信頼感で説明しうる。ロイエンタールにたいしては、より複雑で、おそらく螺旋状に、ほかの感情ともつれあっているであろう。その心理は、ロイエンタールのほうが、より深刻であったろうが、彼の才幹を認め、重用してきたラインハルトにとって、裏ぎられた、との思いは強烈だった。惑星ウルヴァシーにおいて彼はむしろルッツがとなえるロイエンタールの責任論を否定したかったのだが、そのルッツが皇帝をまもって死んだことにより、ルッツの主張がラインハルトにひきつがれたようでもあった。ルッツの死にたいする自責の念が、ラインハルトの胸中でロイエンタールにむけられるとき、微妙な化学変化を生じざるをえない。

「だが、ロイエンタールを討って、それでおれの心は安らぎをえるのだろうか」

自問してみて、回答は〝否《ナイン》〟である。では、だからといって討たずにすむのか、とかさねて自問すれば、やはり回答は〝否〟とでる。最初の回答は感性からであり、つぎの回答は理性からである。ここでロイエンタールを無条件に赦せば、臣下にたいする君主の支配権、国家における上下の秩序関係が成立しえなくなる。つぎに何者かが叛し、あるいは法に反したとき、罰すべき根拠が失われてしまうのだ。

「奴が頭をさげさえすればよいではないか。そうすれば、あえて奴を討つ必要はない。ロイエンタールのほうにこそ、この事態により大きな責任がある」

もはや皇帝の権威と国家の支配秩序とをまもるために、ラインハルトはロイエンタールを討伐せざるをえない。そこまでは、りっぱに理性と信念の領域なのだが、そこから一線をこえると、「おれに頭をさげるのが、それほどいやか」という気分が感情の深淵で沸騰している。

故人となったヤン・ウェンリーは、ラインハルトと対等の立場を、さりげなく、悠然としてまもりぬいた。それをラインハルトは不快には感じず、ごくしぜんに認めることができたように思う。ヤンの為人《ひととなり》もそれに寄与《きよ》したが、なんといっても、ヤンはラインハルトの禄《ろく》を食《は》んだことがないのだ。ロイエンタールはちがう。彼はラインハルトの臣下であった。何年も頭をさげてきたからもうたくさんだ、とでもいうのか。それとも、あるいはそれとも、あの言葉を実行したというのか。三年前の、あの言葉を。だとしたら、罪はやはり自分にあるのか。否、だとしても、ロイエンタールの叛逆を自分が成功させてやらねばならぬ義務はない。あくまでも、力量の優越こそが覇者の条件であり、円満に譲渡される覇権など、笑うべき存在ではないか……。

……この間、エルネスト・メックリンガー上級大将の指揮する一万一九〇〇隻の艦隊が、旧帝国本土からイゼルローン回廊をめざして進軍している。ロイエンタールに二正面作戦をしいるためである。それには、イゼルローン要塞にたいして、回廊通過を要望する必要があった。メックリンガーは艦隊指揮官であるとともに、この場合、皇帝から交渉権をゆだねられた外交使節ともなるのである。

空白となった旧帝国本土には、ルッツ艦隊の指揮をひきついだグリューネマン大将が治安維持のため駐留する。バーミリオン星域会戦において瀕死の重傷をおった彼は、長い療養のすえに、ようやく現役に復帰したのである。ルッツの忠実な補佐役をつとめたホルツバウアー中将は、みずから進んでミッターマイヤー元帥の司令部に所属をうつした。彼の意図は明白であったから、誰もその理由を問わなかった。

さまざまな意思とうごきが宇宙をはしり、あるいは遊泳している。戦略的には、きわめて興味深い状況であるにちがいない。後世の歴史家たちも、さぞ分析と考察を楽しむことであろう。

「かの魔術師ヤン・ウェンリーが生きていたら、この状況をどう活用するかな……」

ラインハルトは自分の思いを口にだした。ふたりの上級大将が答えるのを待たず、さらに彼自身の思考の軌跡をおう。

「そうだな、その選択しだいで、ヤン・ウェンリーの後継者の器量がわかるか……」

じつはそれどころではない。もしイゼルローンの民主共和勢力がロイエンタールと協約をむすび、たがいの後背をあけたら、二正面作戦がまがりなりにも成立するのである。ロイエンタールは、フェザーン方面から長駆する帝国軍を正面において邀撃《ようげき》し、いっぽう、イゼルローン軍は回廊をでて帝国本土に進攻する。皇帝はフェザーンに帰り、さらに帝国本土へひきかえして、侵入軍と戦わねばならない。万が一にも旧帝都オーディンが失陥《しっかん》するような事態にでもなれば、新王朝の権威に小さからぬ傷がつくであろう。

「不吉な予測で申しわけございませんが、そのときは、いかが対処なさいますか、陛下」

ミュラーが問う。このとき彼の脳裏に、ヤンの後継者たるユリアン・ミンツの姿が浮かびあがっていたかもしれない。

「そのときは……」

ラインハルトの蒼氷色《アイス・ブルー》の瞳が、内部からの光と熱を透過させ、正視しがたいほど熾烈《しれつ》なかがやきを放った。

「そのときは、それを予にたいしての敵対行為とみなし、もってイゼルローン要塞を攻撃する理由とすればよい。ロイエンタールを討った鋒先《ほこさき》で、そのまま奴らを撃ち滅ぼす。一時の戦術的劣勢など、意とするにたりぬ」

ミュラーとアイゼナッハは顔を見あわせた。皇帝《カイザー》の覇気は、なおかがやきを失わない。ロイエンタールに敗れるなどと考えてもいないのだ。その視界は広く、視線の射程は長く、全宇宙をおおっている。

「ヤン・ウェンリーの後継者が、たんに目前の混乱を利用しようとする小策士であるにすぎないなら、ロイエンタールに加担するであろうよ。いずれにしても奴ら自身が決めることだ」

そう皇帝は言いすて、蒼氷色の視線を宙に放った。

II

一一月一六日。銀河帝国は皇帝の名において布告を発し、オスカー・フォン・ロイエンタールの元帥号と総督職を剝奪する。これによってロイエンタールは麾下五〇〇万をかぞえる大軍の指揮権を失い、法的にも完全に叛逆者とみなされることになった。

内務省次官・兼・内国安全保障局長ハイドリッヒ・ラングが自由の身であれば、手をたたいて喜んだであろうが、彼自身がいま、ニコラス・ボルテック冤罪死の一件で憲兵隊によって拘禁され、訊問をうける身であった。そのことをロイエンタールは知らなかったが、知ったところで運命の公正さなど信じる気にはなれなかったにちがいない。ラングごときと自分が同格であるなどと、ロイエンタールは思ったこともなかった。

元帥号剝奪の布告を聞いたとき、ロイエンタールの金銀妖瞳《ヘテロクロミア》に苦笑のさざ波が揺れた。士官学校に入学して以来はじめて彼は無位無官になったわけである。権力によって身分を保障されない立場は奇妙なものに感じられた。その苦笑が消えないうちに、〝敵将〟ウォルフガング・ミッターマイヤーから戦艦トリスタンへ超光速通信《FTL》がもたらされた。ミッターマイヤーとしては、状況がここにいたって、ようやくロイエンタールと直接に話しあう機会をえたわけである。通信士官から報告をうけたとき、一瞬、ロイエンタールは考えこみ、ややあって私室への転送を命じた。

私室の通信スクリーンの画面から灰白色が消え、友人の若々しい顔があらわれた。

「ロイエンタール、いそがしいところをすまん」

考えれば、それも奇妙なあいさつではあった。

「なに、いいさ、ミッターマイヤー、卿《けい》とおれとの仲だ」

ロイエンタールの口調には皮肉もいやみもない。この友人の前では、彼は心から甲冑を脱して語ることができる。それを失った罪は自分にあるが、どのようなかたちであれ、短時間であれ、それが回復されたのは喜ばしかった。

「どうだ、ロイエンタール、おれとともに皇帝のもとへ参上せぬか。おれは卿と戦いたくなどない。まだまにあうと思うのだが」

「ミッターマイヤー、おれも卿と戦いたくはない」

「ロイエンタール、それなら……」

「だが、あえておれは卿と戦う。なぜかと問うか？　戦って卿を斃さぬかぎり、皇帝《カイザー》はおれと戦ってくださらぬだろうからだ」

さりげない一言は、ミッターマイヤーを絶句させた。ロイエンタールの黒い右目と青い左目に、静かな激情の光が点じられ、眼球全体をそれぞれの色に照らしだした。

「おれは自分がなんのためこの世に生を享《う》けたか、長いことわからなかった。知恵なき身の悲しさだ。だが、いまにしてようやく得心がいく。おれは皇帝《カイザー》と戦い、それによって充足感をえるために、生きてきたのではなかったのか、と」

反論しようとして、ミッターマイヤーは無形の扉に咽喉をふさがれた。無限とも思える数瞬をかけて、ようやく扉をこじあけると、彼はあえて常識的な説得を再開した。

「考えなおせ、ロイエンタール。卿がおれにまかせてくれれば、おれは自分の身にかえても、卿の正当な権利をまもる。皇帝《カイザー》はラングめを拘禁なさった。すこしずつ事態はよい方向にむかっている。今度は卿《けい》自身の誠意によって、それを加速すべきではないのか。おれの約束を信じてくれ」

「疾風《ウォルフ・デア・シュトルム》ウォルフの約束には、万金《ばんきん》の値があるな」

感謝の思いが声にこもったが、それを切断するようにロイエンタールは首をふった。

「いや、だめだ、ミッターマイヤー。卿の身は、おれの存在などとひきかえてよいものではない。卿はつねに正道をゆく。おれにはできぬことだ。おれにできることは……」

ロイエンタールは口をとざした。彼は衝動にかられた。この敬愛すべき友人に教えてやろうか、と。三年前、リップシュタット戦役が終結し、ジークフリード・キルヒアイスが不慮の死をとげたあとである。リヒテンラーデ公をとらえたとき、それを報告するロイエンタールに、ラインハルト・フォン・ローエングラム侯はどう言ったか。水晶を彫りこんだような美貌に無機質の微笑をたたえて彼は言ったのだ。「私に隙があると思うなら、いつでも挑んでこい、実力のない覇者が打倒されるのは当然だ」と。そしておれは知ったのだ。この方は強大な敵をこそ欲しているのだ、と……。

やがてロイエンタールは、ことさらに野心的な表情をつくって話題を転じた。

「それよりも、どうだ、ミッターマイヤー、おれと手をくまないか」

「卿にしては、できのいい冗談ではないようだな」

「冗談などではないさ。おれが正帝、卿が副帝。いやいや、その逆でも、いっこうかまわぬ。

ふたりで宇宙を分割支配するのも悪くない。あのトリューニヒトでさえやっていたことだ」

通信スクリーンのなかで、ミッターマイヤーのグレーの瞳に沈痛な翳りがおちた。若々しい顔はハンサムといってよいが、活力と鋭気のために、むしろきかぬ気の少年めいた印象が強い。その顔に無彩色の雲がたれこめた。

「酔っているな、卿は」

「おれは素面《しらふ》だ」

「酒にではない、血の色をした夢に酔っている」

そう指摘されて、ロイエンタールが今度は絶句する番だった。ミッターマイヤーは深いため息をついた。スクリーンをつうじて、その息づかいをロイエンタールは感じた。ため息に、質問がつづいた。

「夢は醒《さ》める。さめたあとどうなる？　卿は言ったな、皇帝《カイザー》と戦うことで充足感をえたいと。では戦って勝ったあと、どうするのだ。皇帝がいなくなったあと、どうやって卿は心の飢えを耕すつもりだ？」

ロイエンタールは目をとじ、目をひらいた。

「夢かもしれんが、いずれにしてもおれの夢の話だ。卿の夢ではない。どうやら接点も見いだしえないようだし、もう無益な長話はやめよう」

「まて、ロイエンタール、もうすこしでいい、話を聞け」

「……さらばだ、ミッターマイヤー、おれが言うのはおかしいが、皇帝《カイザー》を頼む。これはおれの本心だ」

通信は切れた。ミッターマイヤーは、さらに語りかけようとした声をのみこみ、無音の焦慮と歎きをはきだしたのち、沸騰する感情のすべてを、あらたな声にこめて、スクリーンにたたきつけた。

「ロイエンタールの大ばか野郎！」

それは大帝国の元帥の発した叫びではなかった。士官学校を卒業した直後の、若い士官の声であった。ミッターマイヤーは、灰白色に還元した画面を憎悪すらこめてにらみつけた。それが彼と親友とのあいだにたちはだかる無慈悲な障壁であるかのように。

通信が切れる寸前のロイエンタールの顔を、ミッターマイヤーは生涯忘れることはないだろう。それは彼自身の生命とともに、かならずフェザーンへもち帰るべき記憶であった。

私室をでたミッターマイヤーは、艦橋の指揮シートに身をうつした。従卒役をつとめる幼年学校の生徒がコーヒーをはこんできてくれる。機械的に礼を言って、ミッターマイヤーは思案に沈んだ。これは用兵家としての思案であった。

「ロイエンタールの弱点は、信頼すべき副司令官が存在しないことにある。作戦を立案する点において問題などないが、それを実行できるかどうかだ」

ミッターマイヤーは、親友であり敵将となった人物の軍事上の弱点を正確に看破していた。これはロイエンタールの人格的な欠陥というものではなく、皇帝と帝国にたいする叛逆行為を部下に強制するという点で、部下の忠誠心《ロイヤリティ》が方向性を失う危険があるということである。あるいは、ロイエンタールの為人《ひととなり》からみて、みずから分散兵力の総指揮をとり、主力部隊と陽動部隊とを逆転させて、ミッターマイヤーらを壮大な罠におとしこむかもしれない。だが、いずれにしてもロイエンタールの分身的な存在をはたす者が必要である。ミッターマイヤーは、ロイエンタールを補佐する幕僚たちの顔と名を脳裏にリストアップした。ベルゲングリューンか、バルトハウザーか、ディッタースドルフ、ゾンネンフェルス、シュラー……それとも、あるいは新領土《ノイエ・ラント》総督府設立にともなって配属されたグリルパルツァー、クナップシュタインのいずれかであろうか。

考え、悩みつつも、ミッターマイヤーは余人の追随を許さぬ速度で〝新領土〟の奥深く進攻していく。

ロイエンタールの旗艦トリスタンの艦橋の壁には、いまもなお豪奢な〝黄金獅子旗《ゴールデン・ルーヴェ》〟が飾られて人目をうばう。

皇帝《カイザー》からたまわった〝黄金獅子旗《ゴールデン・ルーヴェ》〟をひきずりおろす意思はロイエンタールにはない。むしろこの旗を真に守護する者こそ自分だと思いたいのかもしれなかった。そのあたりの心理が、彼自身で度しがたさを自覚せざるをえない点であり、叛逆が華麗にみえて徹底さを欠いた一因であったにちがいない。

総帥の心理は、兵士たちにも反映して、彼らはいたるところで武器をもったまま、自分たちの正当性や戦う理由について論じあっていた。

「おれたちはロイエンタール元帥についていくだけさ。ほかになにができるというんだ？」

「だが皇帝《カイザー》と戦うのか、あの皇帝と！」

この場合、〝あの〟という指示語は、神話的な畏敬の念を表現している。戦場にあって勝利をかさね、大軍をひきいて星々の大海を征服し、歴史上空前の版図を支配する若く美しい皇帝。兵士らにとってその存在は軍神にひとしい。

「皇帝陛下と戦ったりすれば、おれたちは逆賊になってしまうではないか」

「いや、陛下と戦うのではない。陛下のおそばにあって、陛下をないがしろにする奸臣、佞臣どもを打倒するのさ」

「軍務尚書のことか。おれもあの人は好かんが、私利私欲をこととするような人ではないというぞ」

「わかるものか。なんでも最近、陛下はご病気がちで、国政はいいように軍務尚書があやつっているとおれは聞いている」

「いずれにしても、おれたちが当面、戦うのは、皇帝陛下ではない、軍務尚書でもない、疾風《ウォルフ・》ウォルフ《デア・シュトルム》だぞ」

兵士たちは、しんとなった。たがいに顔を見あわせ、興奮に似た思いが熱くたちのぼるのを感じあった。

「こいつはすごいや……」

というささやき声がもれた。

「帝国軍の双璧が相撃てば、どちらが勝つのか」

という興味をいだかない将兵は、帝国軍には存在しないであろう。ただ、それが現実化し、しかも自分がその一翼に列するとあっては、戦慄も熱から冷へ急変せざるをえない。

ロイエンタール軍の兵士から、この時点において離脱者はほとんどでていなかった。名将として、ロイエンタールは士心《ししん》をえていたといえるであろう。ただ、それはあくまでも〝皇帝《カイザー》の名将〟としてであって、自立勢力としての彼に心からしたがうか否かは別問題である。ロイエンタールは、〝皇帝に叛くにあらず、奸臣どもを討つ〟と、兵士たちに説明し、さらには戦場における勝利を確立することによって、兵士たちを昂揚させねばならなかった。

Ⅲ

新帝国暦二年の一一月、宇宙は、オスカー・フォン・ロイエンタールとウォルフガング・ミッターマイヤーという稀世《きせい》の用兵家ふたりのために存在しているかのようにすらみえる。ヤン・ウェンリーの死は、名将どうしが全知をかたむける戦いの終焉を意味しなかったようであった。

ロイエンタールが最初、立案し実行しようとした作戦の大略は、つぎのようなものであった。

一、ミッターマイヤー軍の進攻にあたっては、新領土《ノイエ・ラント》各処に配置した兵力をもって、幾重にも防御線をつくり最大限の損害を強要し、その前進速度を鈍化させる。

二、敵主力を深く惑星ハイネセンまでひきずりこみ、その後方を遮断する、もしくはそれをよそおって敵の後退をさそう。

三、敵の後退に際しては、各処に配置した兵力を再結集して要路をさえぎり、ハイネセンよりの主力の急速出動と呼応しつつこれを前後より挟撃して敗北にみちびく。

右のような基本的計画であった。

ロイエンタールの戦略的構想と戦術的技倆《ぎりよう》の双方を後世に知らしめる、壮大で緻密な作戦であったといえる。ただし、この作戦が完全な成功をおさめるには、ふたつの条件が必要であった。ひとつは、この作戦が完了するまで、イゼルローン方面からの敵兵力の侵入がなく、二正面作戦をしいられないこと。いまひとつは、新領土各地に配置された兵力を運用し、再結集する指揮官に人材をえること、である。

まず第一の条件をみたすために、ロイエンタールは、イゼルローン要塞に使者を派遣した。ただの使者ではなく、その人選に、ロイエンタールの長所と短所とが、端的に表現されているというべきであろう。

第二の条件については、彼としては、人格的にも能力的にも最大の信頼をよせているベルゲングリューン大将をその任にあてた。黙々として、ベルゲングリューンは準備をととのえたが、準備だけに終わった。

けっきょく、この壮麗な作戦が発動されずに終わったのは、ミッターマイヤーが〝疾風ウォルフ《ウォルフ・デア・シュトルム》〟の異名に恥じず、他の用兵家にはとうてい不可能な速度で進攻して、ロイエンタールに作戦構築の時間的余裕をあたえなかったからである。

ミッターマイヤーの神速の用兵の真価を知ること、ロイエンタール以上の者はいない。彼はミッターマイヤーの用兵速度を予測してはいたが、予測の最悪をきわめられてしまった。だが、それでもなお、分散させようとしていた兵力を間一髪でひきかえさせ、集中陣形に配置再編した手腕は、ロイエンタールなればこそであろう。こうして彼は、当面の戦場において、ミッターマイヤーのそれを凌駕する兵力を展開させることに成功したのであった。

〝帝国軍の双璧〟の対決は、凡将には想像もしえない高水準で、実際に戟《ほこ》をまじえる以前から、激甚《げきじん》な火花をちらしている。

ミッターマイヤー軍が、すでに新領土《ノイエ・ラント》のなかばまで達していると報告をうけたとき、

「移動も展開も、なんという迅速《はや》さだ」

金銀妖瞳《ヘテロクロミア》が賛歎の念にみたされ、ついで用兵家らしい苛烈さにきらめいた。

「だが、おしいことに、陣容が薄い。むりもない。ミッターマイヤーの快足に、凡人がついてこられるものではないからな」

各個撃破の断を、ロイエンタールはくだした。

このとき、金銀妖瞳の名将は、自分に匹敵する偉大な用兵家と戦場で相見《あいまみ》えることに、快美な興奮をおぼえている。ミッターマイヤーにたいする友愛と畏敬とは、一分子もそこなわれてはいないが、にもかかわらず、昂揚はたしかに存在する。用兵家という種類の人間が、いかに救われがたい存在であるか、よい証左《しょうさ》であろう。

ミッターマイヤーのような人物においてさえ、それは存在する。ロイエンタールほどの名将と対決しうるのは武人として本懐ではないか、と、内なる声がささやくのだ。ただ、彼には、親友と殺しあうという苦渋とべつに、またことなる悩みが存在している。

ロイエンタールの麾下にいる兵士は、すべて皇帝《カイザー》ラインハルトの臣民である。殺さずにすむ

なら、そうしたい。味方であるべき兄弟や戦友が殺しあうことになるのだ。ひとりの士官のことをミッターマイヤーは思いだしていた。彼の長男は父親とともにミッターマイヤーの麾下にあり、次男はロイエンタールのもとに配属されていた。ほかにもそういう例がいくつあることか。

「状況がこのようになったからには、ロイエンタールは、麾下の全軍を主戦場に投入してくるだろう」

ミッターマイヤーはそう予測していた。理由はふたつある。ひとつは積極的な理由で、相手にまさる大兵力をいっきょにたたきつけて戦術的勝利をえ、さらにそれを戦略的勝利のための布石とする。いまひとつは消極的な理由で、軍の一部をハイネセンに残留させておいて、叛乱を――帝国にとっては帰順になるが――おこされては、本拠地を失ってしまうことになる。ロイエンタールが全軍をひきいてくることは、逆にいえば、万全の信頼を味方におけない彼の心理的弱点をあきらかにするものだった。

そして一一月二四日。

ロイエンタール軍とミッターマイヤー軍は、ランテマリオ星域において対峙《たいじ》した。かつて自《フ》由惑星同盟《リー・プラネッツ》軍の故アレクサンドル・ビュコック元帥が、侵攻する皇帝《カイザー》ラインハルトの帝国軍を邀撃《ようげき》した星域である。奇《く》しくも、というべきではない。むしろ万人が認める戦略上の要処だったのである。

九時五〇分、双方の距離が五・四光秒に接近したとき、半瞬の空白が通信回路をみたし、苛烈な叫びがそれを過去へおしやった。

「撃て《ファイエル》！」

「撃て《ファイエル》！」

同一の言語で同一の命令がくだされる。

数万の光条が、星々のかがやきを打ち消した。エネルギー中和磁場につつまれた艦艇が、巨大な蛍と化して光をともし、負荷《ふか》にたえかねた艦は、光と影の錯綜する巨大なキャンバスに、死と破壊のあざやかな絵具をとびちらせつつ爆発四散する。戦いの女神がちぎれた首飾りをふるように、光球と火球が無秩序にちらばり、第二撃の応酬がそれにつづいた。艦体が切り裂かれ、エネルギーの呼気が生命体と非生命体を真空中へ放りだす。無音の悲鳴が宙をみたし、熱と炎はかがやく屍衣《しい》となって彼らをつつむ。どれほど高潔な指揮官に統率された軍隊でも、目的とするところは、力の優越状態を確保することである。そしてそれは、殺人を最大効果の手段として維持される。殺すことと死ぬこととが、軍人の責務であった。

ビームとミサイルが、はてしない夜の一隅に、不吉な昼の小領域をつくりだす。その領域のひとつひとつで、艦体に穴があき、動力部が吹きとばされ、生きながら焼かれた兵士が、絶叫をあげて床をころがり、血と内臓を体外へ流しだしながら死んでいくのだった。

〝第二次ランテマリオ会戦〟あるいは〝双璧の争覇戦〟と呼ばれるこの激戦に最初から参加し

た兵力は、ロイエンタール軍五二〇万に対してミッターマイヤー軍二五九万であり、量的優勢は前者の側にあった。ゆえにロイエンタールは攻め、ミッターマイヤーは守る。それが両者の基本的な姿勢だったはずだが、ミッターマイヤーは直接指揮下の機動戦力を最大限に活用して、ロイエンタール軍の浸透をはばみつづけ、容易に勝敗は決しそうにない。ミッターマイヤーにすれば、この時点で数的劣勢を知りつつも、戦端を開いたのは、ロイエンタールが各個撃破をもくろんで持久策を捨てる、という事態をつくりあげるためであった。戦略的には短期決戦、戦術レベルでは味方の数がそろうまでは守勢に徹して最終局面を先送りする。というのがミッターマイヤーの基本姿勢である。

　戦力均衡の時期は、意外に早かった。

　一一月二五日八時三〇分、フリッツ・ヨーゼフ・ビッテンフェルト上級大将が戦場に到着したのである。猛進撃をかさねて脱落者はでたものの、一万隻をこす新戦力の到着は、戦局にすくなからぬ影響をあたえるであろう。

「前進、力戦、敢闘、奮励《ふんれい》」

　それが〝黒色槍騎兵《シュワルツ・ランツェンレイター》〟の座右の銘である。忌避されるべきは、卑怯、消極、逡巡《しゅんじゅん》であった。

「突撃だ！　ミッターマイヤーに朝食を摂《と》る時間をつくってやろう」

　ビッテンフェルトの旗艦〝王虎《ケーニヒス・ティーゲル》〟は部下たちの先頭にたって、戦場に躍りこんできた。伝説によれば、このときビッテンフェルトは、朝食がわりのフランクフルト・ソーセージにマスタードをたっぷりつけてかじりながら、艦橋のメイン・スクリーンの前に立っていたという。もしこれが演出であったとすれば、いささか過剰とのそしりをまぬがれぬかもしれない。

「黒色槍騎兵《シユワルツ・ランツエンレイター》が来たか」

旗艦トリスタンの艦橋で、ロイエンタールはするどい舌打ちの音をたてた。じつのところ、味方であったときは、それほど脅威とは思っていなかったのだが、こうして眼前に敵として姿をみせつけられると、炸裂するような圧倒感が肉迫してくるのを実感せざるをえない。かさなりあう光点のひとつひとつが、たけだけしく戦意の牙をむきだして突進してくる。

爆発光が連鎖し、放出エネルギーの怒濤が荒れくるうなかを、〝王虎《ケーニヒス・ティーゲル》〟を先頭とした黒色槍騎兵は、速度もおとさず、勢いも減ぜず、ロイエンタール艦隊にせまってくる。ほとんど、傲然ともいうべき趣があり、彼らに肉迫されたロイエンタール軍の左翼は、心理的動揺をさそわれて、陣形に微妙なくずれをみせはじめた。それに呼応するかのごとく、ミッターマイヤーの主力艦隊が主砲を三連斉射し、高密度の火力を集中させつつ、隙のない前進を開始する。九時一五分である。

Ⅳ

ビッテンフェルトの〝黒色槍騎兵〟艦隊は、この年四月から五月にかけての〝回廊決戦〟において半減したが、その後の再編によって旧ファーレンハイト艦隊と合併し、数字のうえでは、ローエングラム王朝成立時の勢力を一割ほど凌駕するものとなっている。

旧来の〝黒色槍騎兵〟艦隊にせよ、旧ファーレンハイト艦隊にせよ、歴戦の闘将を指揮官にいただき、勇猛果敢をもって鳴る部隊であったが、五〇の戦闘力と五〇の戦闘力とを合しても一〇〇という数値がみちびきだされるとはかぎらない。ことに、有能で個性的な部隊は、いっぽうで、他部隊との融合が困難なものである。

旧来の黒色槍騎兵が、司令官の号令に連動して、戦場に殺到し、躍りこみ、〝前にいる奴は、すべて敵〟とばかりに殺戮の刃をふるいはじめたとき、旧ファーレンハイト艦隊は、やや遅れた。このため、わずかな間隙にロイエンタール軍の一部が結果としてまぎれこみ、無秩序な混戦の波紋をひろげるにいたった。

帝国軍どうしの戦いであり、同型の艦艇が混在して、敵味方の判別に困難をきたすほどである。第二次ランテマリオ会戦の特徴のひとつが、この混乱にあった。

「醜態をみせるな！　帝国軍どうし戦うのは、リップシュタット戦役で経験ずみではないか。いまさらなにをうろたえる⁉」

そう怒号するビッテンフェルトの艦隊だけが、敵と味方とを誤認されるはずもない漆黒の姿を万人の目に誇示している。これは、むろん旧ファーレンハイト艦隊も同色に塗装されているのだが、彼らにしてみれば、あたかも吸収合併されたかのような心情をぬぐいえない。すぎたこととはいえ、ファーレンハイトが戦死した原因のひとつに、〝回廊の戦い〟におけるビッテンフェルトの猪突《ちょとつ》がある、と信じて、いまだに釈然としない者もいた。ファーレンハイトは士心をえており、三年前の〝リップシュタット戦役〟に際しては、水色の瞳の勇将にしたがって、ロイエンタールらに代表されるラインハルト一党と戦った者もいたのである。それがいま、ビッテンフェルトの麾下に所属させられ、皇帝《カイザー》ことラインハルトのために、ロイエンタールと戦うことになった。かえりみて、運命の皮肉の痛烈さを思いやる者もいたであろう。

黒色槍騎兵《シュワルツ・ランツェンレイター》につづいて、一五日一九時には、ワーレン艦隊も戦場に展開し、両軍の戦力比はほぼ対等になった。ここまで忍耐したミッターマイヤーとしては、優勢を確信してもよいところだった。だが、彼は、戦場全体の両軍配置図をサブ・スクリーンに映しだすうちに、奇妙なうごきをする敵部隊の存在に気づいた。

「あの部隊は……？」

司令官のつぶやきに、幕僚のクーリヒ中佐が答えた。

「ロイエンタール元帥の直属部隊でしょう」

「そんなことは、わかっている。奇兵かな?」

ミッターマイヤーが危惧したのはおそらく敵の最精鋭と思われるその部隊が、どのような意図をもって行動しているかということであった。行動線が単純な直線でないだけに、やや時間を要したが、やがて、

「そうか、しまった」

と舌打ちした。味方でもっとも突出したバイエルラインの艦隊が、敵の一部後退にひきずりこまれるように前進し、その部隊に後方を半遮断されてしまった。

バイエルラインにたいして、ロイエンタールの策にのらぬよう、あらかじめ注意はしてあったのだが、若く剽悍《ひょうかん》なだけに、加速度がついた攻撃を制動させることができなかったのだ。

ロイエンタールは、〝たけだけしい冷静さ〟でそのありさまを見やり、副官レッケンドルフ少佐をかえりみて声をたてずに笑った。

「青二才に、用兵のなんたるかを教えてやるとしようか、レッケンドルフ」

彼自身、世間的には青二才とよばれる年齢でしかないのだが、たんに五歳の年齢差だけにとどまらない風格と迫力の差が、バイエルラインとのあいだには横たわっている。

ロイエンタール軍は、バイエルラインの艦隊を、輻輳《ふくそう》する火箭《かせん》の中心点にひきずりこみ、至近距離からビームとミサイルをあびせかけた。バイエルラインは、反撃しつつ後退しようとし

たが、二種類の動作を交互におこなうつど、先手をうたれ、ミッターマイヤーに救出されるまでに、したたかに損害をこうむった。副司令官レマー中将が戦死し、ほかに三名の提督を失ったのである。

「してやられました、申しわけありません」

通信スクリーンにあらわれたバイエルラインの慨歎に、ミッターマイヤーは笑いもせずに応じた。

「現にしてやられつつあるところだ。完了形で言うのは早すぎる。このあとに逆接の接続詞をつづけたいものだな」

むしろメックリンガーにふさわしい比喩を使って、〝疾風ウォルフ《ウォルフ・デア・シュトルム》〟は考えこんだ。

「ロイエンタールが完璧だとしても、部下どもはそうではない。そのあたりに活路が開けるだろう」

ミッターマイヤーは、むろんグリルパルツァーの背信や、それにクナップシュタインが誘いこまれたことなど知りようもなかったが、彼らがロイエンタールと生死をともにするとも考えにくかったので、敵の弱い環に味方の戦力を集中させようと考えたのである。構想としては尋常であったが、たたきつけた戦力の量と、その速度が尋常ではなかった。ほとんど瞬時に、クナップシュタイン艦隊は、圧倒的な敵の攻撃に直面していた。

ミッターマイヤーの猛攻をささえきれず、クナップシュタイン艦隊は戦列を乱して後退した。

司令官は必死になって指揮系統を再編しようとしたが、ミッターマイヤーは相手に余裕をあたえなかった。砂の城がくずれるように、クナップシュタインの防衛線は崩壊し、分裂していく。

「グリルパルツァーの奴、いつ裏ぎるのか」

それがクナップシュタインにとっては、判断と行動を掣肘《せいちゅう》する無形の鎖となっていた。もともと無能な男ではない。ラインハルトに登用され、故人となったヘルムート・レンネンカンプのもとで戦術家として鍛えあげられた。五年後、一〇年後の帝国軍を双肩になう人材のひとりとされていたのだ。

だが、能力を十全に発揮しえない原因が彼自身に内在していた。もともと、清教徒的にきまじめな男であるため、いかに皇帝への忠誠を口実にしたとしても、背信だの裏ぎりだのという行為には、釈然としないところがあったのだ。しかも敵将が偉大すぎた。オペレーターの絶叫で、クナップシュタインが気づいたとき、彼の旗艦は、連鎖する火球の群に包囲されていた。死が、紅色の火花でエネルギー中和磁場を乱打し、見えざる巨大な手でその割れ目をこじあけはじめた。

「ばかな、こんなばかな話があるか」

超越者と人間と、双方にむけてクナップシュタインは絶叫した。時空は不公正にみちている。積極的な叛逆者でもなく、それにたいする積極的な背信者でもない彼が、なぜこんな無意味な戦いで、誰よりもさきに死ななくてはならないのか。

つぎの瞬間、火柱が旗艦を引き裂き、クナップシュタインの肉体と精神は、旗艦もろとも、球型の巨大な白熱光のなかで四散し、原子に還元した。無限ともいえる極小の時間を構成する粒子は、死にゆく者の抗議を暗黒の奥深くへ吸いこんでいった。

それが一一月二九日六時〇九分である。

クナップシュタインは、この内戦において、もっとも採算《わり》にあわない死にかたをとげた男であろう。しかも、それを知る者はただひとり、彼を二重の叛逆行為に誘いこんだグリルパルツァーだけであった。いわば従犯が主犯よりさきに負《マイナス》の報酬をうけとることになったわけである。

彼の訃報が、金銀妖瞳《ヘテロクロミア》の総指揮官にもたらされたのは一〇分後であった。

「そうか、クナップシュタインには気の毒なことをしたな」

むろんロイエンタールは事態の全容を知ってそう言ったわけではない。同情は、ごく常識的、かつ礼儀的なものであった。もっとも、たとえ全容を知っていたとしても、彼はおなじ台詞を口にするしかなかったであろう。

事情を知悉《ちしつ》しているグリルパルツァーは、無言無表情で僚友の訃報をうけた。クナップシュタインの要領の悪さに内心で舌打ちしたか、ちかい将来の暗い武勲を独占できることを喜んだか、他人にはついにわからなかった。

あるいは、この瞬間こそ、彼が裏ぎる好機であったかもしれない。だが、彼は決断しそこねた。ミッターマイヤーの苛烈な攻勢が、その暇をあたえなかったのだ。抵抗をやめれば、裏ぎりに転じる一瞬のあいだに、ずたずたに寸断され、絶息させられるであろう。

クナップシュタイン艦隊は、司令官を失い、指揮系統を寸断され、右往左往しつつ、効果のうすい絶望的な反撃をこころみるだけになっている。

このような状況の悪化にもかかわらず、このときロイエンタールは戦術家としての巧緻さを発揮して、ミッターマイヤー軍の陣形に不均衡を生じさせることに成功している。故意に火力分布に疎《そ》と密《みつ》の混在状態をつくりあげ、ミッターマイヤーの本軍と〝黒色槍騎兵《シュワルツ・ランツェンレイター》〟とのあいだに、味方の火力による断層をつくりあげたのだ。

火箭の乱打をあびた〝黒色槍騎兵〟は、守勢に弱いという欠点をさらけだし、一時、半恐慌状態から潰走《かいそう》へ急落するかとみえた。

「退《ひ》くな！　退くなと言っておるだろうが！」

ビッテンフェルトはオレンジ色の髪を乱し、〝王虎《ケーニヒス・ティーゲル》〟艦橋の床を踏みとどろかせた。

「退く奴は、かまわん、〝王虎《ケーニヒス・ティーゲル》〟の主砲で吹きとばしてやれ。卑怯者として生きのびるより、はるかに武人の本懐だろうよ！」

まさかそんな命令を実行するわけにもいかなかったが、副参謀長オイゲン少将の機転で、司令官の命令が通信回路に流されると、愕然とした各艦は、無秩序な潰走をやめて踏みとどまった。とにかく、〝王虎《ケーニヒス・ティーゲル》〟は、火球と閃光の渦まくなかを、踏みとどまるどころか微速前進すらしつつあり、無生物であるビームやミサイルさえも、〝王虎《ケーニヒス・ティーゲル》〟の猛悍《もうかん》さに恐怖して、この艦を回避していくようにすらみえたのである。

「ビッテンフェルトなら、どんな暴挙でもやりかねんということだ。悪名もときとして使い途《みち》があるとみえる」

ロイエンタールは笑ったが、それには冷笑以外の成分も含まれているようであった。動機や目的がどうであれ、〝黒色槍騎兵《シュワルツ・ランツェンレイター》〟が潰走寸前の危地から戦意と陣形の再建をはたしたことは事実であって、ロイエンタールの巧緻な攻勢も、彼らの剛腕にはばまれてしまった。

そうなると、旧ファーレンハイト艦隊との反目《はんもく》にちかい状態も、正《プラス》方向に連鎖反応を生じる。

「故ファーレンハイト元帥の勇名を辱しめるな。黒色槍騎兵の猪突家《いのしし》どもに、でかい面《つら》をさせておくことはないぞ」

ファーレンハイト麾下の勇将として知られたホフマイスター中将が、僚友たちの先頭をきって反転攻勢を開始した。

このように、戦術理論とはことなる平面で発火した士気《モラール》ほど、用兵家の計算をくるわせるものはない。帝国軍が、故人となったヤン・ウェンリーに畏敬と賛歎の念を禁じえなかったのは、かずかずの奇蹟を生みだした魔法のシルクハットの存在もさることながら、彼の死にいたるまで、部下の士気《モラール》を最高の水準に維持しつづけた点にもあったのである。

協調や連係とは無縁ながら、〝黒色槍騎兵〟は、恐怖をのりこえるというよりその存在を無視する狂熱をもって、殺到する死と破壊にたちむかい、これを爆砕《ばくさい》してしまったのである。ロイエンタールは、この冷静沈着な用兵家らしくもなく、啞然として戦況をみやり、失笑の発作に襲われかけたほどであった。けっきょく、彼は、狂熱家たちの正面に立ちはだかる愚をさけ、全戦線にわたって後退せざるをえなかった。それでも、どこまでも整然として隙をみせないのが、ビッテンフェルトあたりに言わせれば、〝可愛げのない用兵〟ということになるであろう。

V

一一月三〇日。戦闘は間断なく、執拗につづいている。

双方の総指揮官が互角の力量を有し、たがいの戦術展開を的確に洞察して迅速に対応するため、損傷をこうむりつつも致命傷にはいたらず、出血戦の様相があらわれてきた。

まずい、と、ロイエンタールは思わざるをえない。同規模で戦力が減少していけば、ロイエンタール軍は火と光の底なし沼に埋没してしまう。ミッターマイヤー軍も消滅するであろうが、その背後には無傷の皇帝《カイザー》直属軍がひかえているのだ。

ミッターマイヤーも、生来それほど気が長いほうではないが、相手がロイエンタールともなれば、焦慮や短気がきわめて危険であることは知悉している。二重の忍耐を、彼はみずからにかし、弱気な指揮官であれば失神しそうな心身の消耗にたえつづけた。それは、彼の親友であり、偉大な敵手にしても同様であった。

「ヤン・ウェンリーがいかに苦心したか、ようやくわかったような気がする。その真の偉大さもな」

苦笑しつつ、ロイエンタールは独語した。無限にちかい回復力を有する敵と戦うことは、神経にやすりをかけるほどの苦痛にみちた疲労をもたらす。〝少数をもって多数を撃つ〟などと妄言するえせ用兵家どもの、なんと愚劣であることか。いかに忠実で勇敢な兵士でも、心身のエネルギーに限界がある。それをおぎなうには、数量をそろえてそれを回転させ、休養させつつ戦うしかないのである。大軍が有利なゆえんである。

ロイエンタールは、兵の士気《モラール》に、今回まったく幻想をいだいていなかった。それは彼自身が自分に幻想をいだいていなかったことにつうじるが、結果として、用兵家としての冷徹さを生かしきることになったようである。

一二月一日一六時。つねに戦火の中心にいたビッテンフェルトが、さすがに一時後退して、艦列を再編したため、ロイエンタール軍の戦力が前線において敵に優越する時機が生じた。ロイエンタールは、正面の戦線を縮小し、高密度の火力によってミッターマイヤー軍の前進を阻止しつつ、機動力中心の直属部隊をひきいて敵の左側面を衝《つ》こうとはかった。成功すれば、半包囲の環が成立し、ミッターマイヤー軍は左右を火力の壁にはさまれて、なぎ倒されることになったであろう。

だが、この劇的な攻撃は、アウグスト・ザムエル・ワーレン上級大将の即応によって寸前で阻止された。砲火の応酬は激烈をきわめ、放出エネルギーが過負荷状態をていした宙域では、巨大なエネルギー・サイクロンが両軍の艦艇をまきこんで荒れくるった。

ワーレンの旗艦〝火竜《サラマンドル》〟も二発の直撃弾をうけ、単座式戦闘艇ワルキューレの第二格納庫と、艦橋下部を破損した。艦橋は壁面と床の一部が吹きとばされ、オペレーターや護衛兵など八名が即死、二〇名が重軽傷をおった。このとき、司令官ワーレン自身も左腕をなかば吹きとばされた。軍服の左袖が裂けちぎれ、義手の骨格が、金属的な光沢をあらわにした。

「一度失ったものを、もう一度失っても、べつに不自由はせんよ」

苦笑まじりに、ワーレンは、上官を気づかう参謀長ビュルメリンク中将に応え、義手を切り離した。床に落ちて転がったそれを、軍靴の先で蹴とばす。参謀長を見やって、つねに重厚な司令官が冗談口をたたいた。

「さて、これで悪運を切り離したぞ。おそれるべきものは、怯懦《きょうだ》のみだ」

こうして三時間にわたる死闘のすえ、ロイエンタールは攻撃の続行を断念した。ミッターマイヤーが、防衛線の各処に小さな突破口をつくり、それらの点を横一線につないで、いっきょに、面による前進をはたそうとしたからである。これが成功すれば——事実、成功しかけたが、ロイエンタール軍は火と鉄の怒濤におしつぶされ、圧死してしまうところだった。まして、その危険地帯にいたのがグリルパルツァーとあっては。

　グリルパルツァーには、不本意な戦死をとげた僚友とはことなる誤算があった。会戦の、もっとも効果的な時機に、戟《ほこ》をさかさにしてロイエンタールの後背から襲いかかるつもりであったのに、なかなかその時機が到来しないのだ。ひとつには、彼の全部下が司令官の思惑を知っているわけではないので、ミッターマイヤー軍と果敢に砲火を応酬する艦も多かったのである。

　ミッターマイヤーの、おそるべき戦術展開を至近にみて、グリルパルツァーは戦慄し、かつ感歎した。彼としては、この際にミッターマイヤー軍の攻撃をひきこんで、ロイエンタール軍の全面崩壊をさそうという策《て》も考えたが、またしても決断をためらった。ミッターマイヤーの攻撃による圧力が、想像をこえるものであったため、いわば堤防に穴をあけた者がみずからも溺死してしまう、その恐怖にさらされたからである。したがって、グリルパルツァーは、ひたすら自分をまもるために、必死でミッターマイヤーの攻撃をささえねばならず、笑うこともできないこの血なまぐさい喜劇は、ロイエンタールが直属部隊をひきいて反転してくるまでつづいた。この間、グリルパルツァーは、ミッターマイヤーに降伏の意思をつたえようとしたが、回路がつながる寸前に、ロイエンタールが後背にあらわれたため、それも断念しなくてはならなかった。

　ロイエンタールは、精密な火力の集中によって、ミッターマイヤー軍の突破口のひとつを潰し、さらにひとつに逆攻撃をかけ、そこから横へ突出して、長い縦列となったミッターマイヤー軍の一隊に側面攻撃をかけた。短時間だが、双方の牙が折れくだけるほどの激闘がまじえられ、ミッターマイヤーは六〇万キロにわたる後退を余儀なくされた。

流血の宴は、なおも終わる気配をみせない。

Ⅵ

……これにさきだち、ミッターマイヤーとロイエンタールがランテマリオ星域において死闘を展開しようとしていたとき、イゼルローン要塞にひとりの使者が訪れている。ロイエンタールが、戦略的配慮のもとに派遣した使者であって、帝国軍が回廊を通過しようとする際にそれを阻止するよう要請する目的を有していた。この人物は、ロイエンタールの部下ではなく、惑星ハイネセンに居住する退役軍人であって、ユリアンらとは旧知の関係にあった。

「ムライ中将、おひさしぶりです。こんなかたちでお目にかかるとは思いませんでしたが、お元気そうでよかった」

ユリアンは心からあいさつして、前参謀長の手を握ったが、オリビエ・ポプランは、

「あ、やばい」

と一声を残して、天敵を見つけた野生動物のように姿をくらましてしまった。ダスティ・アッテンボローは、

「もどってくるとは思わなかったから紳士的に送りだしたんだよなあ」

などと傍白《ぼうはく》しつつ、てれくさそうに握手をもとめた。キャゼルヌとシェーンコップは、にやりと笑って敬礼し、フレデリカは心をこめて夫の誠実な幕僚だった人に頭をさげた。

ロイエンタールは、イゼルローンに送りこむ使者として、旧敵であるムライをえらんだのだった。これは巧妙でもあり辛辣でもある人事で、ムライとしては熟考したすえにひきうけざるをえなかった。ロイエンタールの真意はべつとして、旧同盟領で展開されつつある変事について、ユリアンたちに情報をもたらすだけでも無意味ではない。そう考えたのだろう、と、ユリアンは思う。ムライはなにしろ、自分の動機について語ろうとしなかったから。

ロイエンタールの申し出は、梟雄としてはその気概のすぐれた面をあらわしたものであった。旧同盟領全域を返還する、などという条件は、容易にだしうるものではない。話にのって、失敗したところでたいした損失もない、と思わせる。

だが、ユリアンはヤン・ウェンリーの弟子であった。選択にあたって、勝算と同等以上の比率で、歴史的意義というものに思いをはせずにいられない。これは極端なところ、模倣にすぎないのだが、ユリアンにとっては、地図なき迷路を歩むための松明《たいまつ》であるのだった。

「ヤン夫人やメルカッツ提督とも相談して、なるべく早くご返事させていただきます。どうぞ

そのあいだはおくつろぎください」

「そうだな、なるべく早く頼むよ。腰がおちついてしまうと、つい若い連中のやることに口をだしたくなる。もう私の席はここにはないのにな」

ムライは片手をあげると、あてがわれた客室へと歩きさった。帰っていらっしゃいませんか、と言いかけて、ユリアンは言えなくなってしまった。かつての宿舎を提供されて、笑って謝絶したムライだった。

その日一日、ユリアンはロイエンタールの提案について考えつづけた。

ロイエンタールが政治的な正当性を皇帝《カイザー》ラインハルトと新王朝にたいして主張するとすれば、けっきょくのところ、新帝国暦が使用される以前の二大政治体制を復活させるしかない。いまだに行方不明の先帝エルウィン・ヨーゼフ二世を擁して、ゴールデンバウム王朝の復活を宣言するか。旧自由惑星同盟《フリー・プラネッツ》を復興させて共和政治の旗手となるか。後者など、考えただけでも、ばかばかしい。さらに、ロイエンタールが皇帝ラインハルトを傀儡として実権をにぎるつもりだとしたら、そのような専制権力内部の紛争にまきこまれるべき、どのような理由もユリアンたちにはない。

つまるところ、皇帝《カイザー》ラインハルトの治世は、政治体制としては専制であっても成果として中道を歩んでいる。そのことをユリアンたちは再確認せざるをえなかった。ことなる体制によったからといって、現実にそれがもたらした改革の果実を、地にたたきおとすわけにはいかない。

また、かりにロイエンタールが皇帝《カイザー》ラインハルトの打倒に成功したとしても、ほかの重臣たちが唯々として彼にひざを折るとは考えられない。そうなれば長期にわたる無秩序無原則な争乱の時代が幕をひらくだけであろう。

ロイエンタール元帥は、政治と軍事の実務能力にかんしては、皇帝《カイザー》ラインハルトと比較して、そう遜色ないだろう。だが、けっきょく、歴史的には皇帝《カイザー》にたいする反動としてしか存在しえない。歴史を、なるべくよりよい方向へすすませるためには、皇帝《カイザー》ラインハルトの治世をつづけさせたほうがいいのではないか。あくまで、彼が賢明で公正な統治をつづけるかぎりにおいて、ではあるが。その線で、ユリアンの思案はかたまった。

問題は、いまひとつの条件である。ヨブ・トリューニヒトの身命を、ロイエンタールはイゼルローンにさしだすという。政治的にではなく、心理的に、辛辣な揺さぶりをかけてきたのだ。その条件を聞いたとき、ユリアンの心は、たしかに、強烈に揺すぶられた。オリビエ・ポプランは口笛を吹いて、「そこのところだけ話にのれよ、ユリアン」とそそのかしたものだ。「トリューニヒトの首をよこせとはいわん。首はお前さんにゆずる。おれは腕の一本でいいからさ」

ユリアンにしても、権道《けんどう》をもちいることを考えなかったわけではない。最初にトリューニヒトの身を要求し、ロイエンタールを油断させておいて帝国軍に回廊を通過させる、という策《て》もある。帝国軍に恩なり借りなりを売ることができることはたしかだった。しかもいっぽうで、トリューニヒトにたいする私情をはらすこともできる。

しかし、これはいかにも情ないことだった。トリューニヒトにたいする憎悪と嫌悪がいかに深刻だからといって、その身命を、政略上の取引の材料に使うというのでは、トリューニヒトの、民主主義にたいするかずかずの背信行為を非難する資格はないではないか。ロイエンタールがそのような条件を提示してくるのは、人道的ではないにしろ、彼の政略と戦略からは当然のことである。だが、自分たちがそれをうけいれるのはやはり恥ずべきことのように思われた。

ユリアンは、ふと思いついて、今回の内戦にかんするロイエンタールの基本態度をムライにただしてみた。彼はこの戦いに、旧同盟の民衆をまきこんでいるのだろうか。

「いや、これは帝国内の私戦であって、民衆とはなんら関係ない。そういう態度だね。傲然としているのかもしれんが、徹底していることはたしかだな」

「なるほど、そうですか」

オスカー・フォン・ロイエンタールという男が有する矜持を、ユリアンはそこに見いだしえたような思いがする。争乱に旧同盟の民衆をまきこみ、徹底した焦土作戦をおこなえば、かなり長期にわたる抵抗ができるだろうに、あえてそれをさけ、正面決戦をいどむとは。それを嘲笑する者もいるであろうが、させておけばよい。

だが、感歎と選択は、ことなるものだった。ユリアンはムライに自分の判断を告げた。ロイエンタール元帥の申し出に応じることはできない、と。

「拒否するか、そうだろうな」

「ムライ中将、申しわけありません、ご足労をおかけしながら」

「なに、私はきみたちに条件を伝えるだけだ。交渉を成立させる責任はないのでね」

ムライはひっそり笑ったのち、表情をあらためた。

「じつは、ユリアン、きみに謝罪しなくてはならんな。私はきみが目前の利にとらわれて判断を誤るのではないか、と思ったのだ。だから、でしゃばりでも、制止せねばならんと考えたのだ」

「そうお思いなのもごむりありません」

「だが、私などの心配は無用だったな。きみはやはりヤン提督の一番弟子だった」

それはユリアンにとって最高の賞賛の言葉だった。

これで決定したはずだが、幕僚たちのなかには、残念に思った者も多かった。ワルター・フォン・シェーンコップ中将などは、ささやくなどという遠慮もせず、公然と提案した。

「ユリアン、ひとつおれをムライ中将といっしょにハイネセンに行かせろよ」

「愛人宅を歴訪なさるんですか?」

「主目的はそれだが、ついでにやっておきたいことがあるのでな。つまり、左手にロイエンタール元帥の首……」

シェーンコップの笑いには、高貴な食人虎《ひとくいとら》といった危険な風格と迫力がある。

「そして右足の下に、ヨブ・トリューニヒトの首。右手には戦斧《トマホーク》。この姿で記念写真を撮影して、ジャーナリズムに売りこんでやりたいのでね」

「その企画、おれにも参加させてください」

ポプランが身をのりだした。

「ロイエンタール元帥はシェーンコップ中将にゆずってあげますよ。おれは、もうひとりのほうでがまんします」

「そう言うと思った。楽をすることばかり考えているな、お前さんは」

「べつに。ロイエンタール元帥には怨みがないだけのことですよ。帝国の貴婦人がたに憎まれるのもいやだしね」

ユリアンは、ため息をついた。

「おふたりとも、いいかげんにしてください。ハイネセンは帝国軍の支配下にあるんですからね。生きて還れない可能性のほうが多いんですから」

「死ぬのがこわくて生きていられるか」

オリビエ・ポプランが笑いもせずに黒ベレーをかぶりなおした。一部では〝軽薄な色男〟と称されている彼だが、じつはこの人は、そういう役柄を演じて皮肉っぽく楽しんでいるのではないか、と、最近ユリアンは思うようになっている。

「勇敢な台詞だ。ムライ中将の顔を見たとたんに逃げだした御仁《ごじん》のものとも思えんな」

ダスティ・アッテンボローがからかった。それにたいしてポプランがなにかやり返したようであったが、ユリアンの聴覚は感応しなかった。ひとりで展望室に行って考えようと思ったが、行ってみると、そこにも人が多かった。ひきかえそうとすると、彼を見つけたカリンことカーテローゼ・フォン・クロイツェルが、声をかけてきた。透過壁ごしに星を見ながら、けっきょく、話はユリアンが当面する軍事上の決断のことになってしまう。全然、彼らの共通する師の得意な分野には発展しないのである。

「ポプラン中佐がおっしゃったわ。ユリアンの顔を見ていると、今回はおれたちに出番はなさそうだって。そうなんでしょ?」

「今回はね。今回だけだけど……」

ユリアンの瞳は思慮深そうなブラウンの光をたたえている。本心をいえば、彼は戦いたい。銀河帝国を代表する名将が、皇帝《カイザー》に叛旗をひるがえした。帝国軍の動揺が小さかろうはずはない。それに乗じることができれば、と、ユリアンの内部で軍事的冒険家の声が甘美な夢をささやきかける。その誘惑は強烈だった。四年前、自由惑星同盟軍《フリー・プラネッツ》がアムリッツァで大敗を喫したのも、その誘惑に屈したからである。

このときユリアンがロイエンタールと協約をむすんで皇帝《カイザー》ラインハルトと戦ったとしたら、歴史はべつの方向へ歩んだであろう。甘美な夢の、にがい結末。ラインハルトの大軍によるイゼルローン攻略という方向へ。

「残念だけど、あんたの判断は正しいと思うわ。皇帝《カイザー》とロイエンタール元帥の私戦にまきこまれることはないわよ。自分の判断に自信をおもちなさいよ」

「ありがとう、心配してくれて」

「なに言ってるの、心配なんかしてないわよ。歯がゆいだけよ。あんたがしっかりしないと、ヤンご夫妻が恥をかくんだし、わたしたちの命運にもかかわってくるんだから」

「わかってるよ」

「わかってなんかいないわよ。わたしはね、あんたがしっかりしていないなんて言ってやしないんだから」

ユリアンが返答に窮しているうちに、カリンは身をひるがえすと、例の、印象に残る律動的な歩調でたちさってしまった。カリンの父親がもつ実力の一パーセントでもいい、粋なあしらいかたというものを会得《えとく》したい、と、ユリアンが思うのは、このようなときである。もっとも、長くはつづかない。両手にあまる彼の責務に、またひとつ決断の必要性がうわのせされた。指令室にもどったユリアンに、通信士官と話していたフレデリカ・G《グリーンヒル》・ヤンが微笑して声をかけたのだ。

「今日は珍しいお客さまがよくくるみたいね。帝国軍のメックリンガー上級大将という人から、交渉を申しこんでいらしたわ。話を聞いてみる、ユリアン?」

「……ええ、むろん」

おどろきの思いを整理して、ユリアンはうなずいた。帝国軍が交渉してくる内容は、予想がつく。ロイエンタールの要請と、対極にたつものであろう。フレデリカにむかってうなずいたとき、彼はすでに決断の扉をなかばおし開いていた。


ユリアンの決断は、一二月三日に、かたちとなって戦場にもたらされた。

「イゼルローン回廊方面より、惑星ハイネセンへむけて大部隊が進攻しております」

ロイエンタールの副官エミール・レッケンドルフ少佐が、一大事を司令官に報告したのである。

「帝国軍か、それは」

「はっ、指揮官はメックリンガー上級大将とのことです。イゼルローンの共和主義者どもが、回廊の通過に許可をあたえたのです」

緊張と不安の文字を顔じゅうに印刷したレッケンドルフから視線をはずすと、宙にむかってロイエンタールは論評した。

「イゼルローンの孺子《こぞう》は、どうやら、まともな戦略眼をもっているらしいな。あるいは、よほどいい参謀がついているのか。メルカッツ老人あたりの知恵かもしれんな」

その想像は、はずれていた。〝イゼルローンの孺子〟は、自分で判断し、選択し、決定したのだ。すくなくとも、生者の助力は、彼は借りなかった。

だが、ロイエンタールは、ユリアンの決定の意味するところを、正確に理解した。いっぽうで帝国軍に〝貸し〟をつくって将来の交渉にたずさえる政治的材料とし、いっぽうではメックリンガーを通過させて、回廊の帝国本土側の出入口に実戦力の空白状態をつくらせてしまう。イゼルローン軍がその気になれば、帝国本土に侵入して、攪乱ないしそれ以上の行動にでることもできるだろう。その意思がないとしても、彼らが行動の自由をえることはまちがいない。

いずれにしても、こうなっては当面の戦闘継続は無意味である。メックリンガーにハイネセンを奪われては、虚空に孤立し、しかもちかい将来に二正面作戦をしいられる結果となろう。ロイエンタールは自軍に後退を命じた。

これは難事業であった。ミッターマイヤーはこのとき左右両翼のワーレンとビッテンフェルトを完全に管制下におき、ロイエンタール軍の両翼を交互にたたいて出血をしいつつ、確実に圧迫してくる。だが、ロイエンタールは、直属部隊の砲火と擬似突出によって、敵の前進を停止させ、その間隙に乗じて一隊また一隊と戦域から離脱させ、機をみてみずからも急速後退をはたし、犠牲らしい犠牲もなく、後退を完成させてしまった。

「さすがに当代の名将だ。戦いつつ後退し、しかもまったく混乱がない。戦術の教科書にも、これほどみごとな例は載っていないだろう」

スクリーンに遠ざかる光点の群を見やりながら、そう言ったのはワーレンで、ミッターマイヤーは沈黙している。彼にとっては、言語化する必要もない、それは認識であった。するどく、しかも重い決意が、彼の眉にただよっている。かならず今年中に結着をつける。年をこせば、新領土《ノイエ・ラント》の各処に、烽火《ほうか》をあげさせることになるだろう。新王朝、おそれるにたりず。そう思いこんだ民主共和主義者たちが、暴発しないともかぎらない。イゼルローン要塞の住人たちもどううごくか。危険と混乱が大量に孵化するより早く、卵を砕いておくべきであろう。

だが、結着とは、ミッターマイヤーの親友を討ちはたすことである。ロイエンタールが助命を請うような男ではないことを、帝国軍の将帥たちは知りつくしていた。乱流にちかい感情の起伏を、僚友たちの顔に見いだすと、ミッターマイヤーは指令した。

「全軍、最大戦速。ロイエンタールがハイネセンに帰着する前に捕捉する」

その声と表情は、僚友たちの異論を封じた。

第八章　剣に斃《たお》れ

Ⅰ

「不幸な内戦は、いま唯一のささやかな幸福を吾々《われわれ》にもたらそうとしている。つまり、終結するのだ。終結がないよりまし、というていどのものではあるが……」

イゼルローン回廊を通過して新領土宙域への到達をはたしたとき、エルネスト・メックリンガー上級大将は、日記にそう書きこんだ。彼は、戦火をまじえることなくイゼルローン回廊を旧帝国本土側から旧同盟領へと通過した、少数者のリストに名をつらねる有資格者である。

イゼルローン共和政府が、彼の回廊通過に許可をあたえたことは、知性と理性に富んだこの戦略家型の指揮官にとっても、いささか意外であった。そのむねを、遠くフェザーン方面の皇帝《カイザー》ラインハルトに報告したとき、豪奢な黄金の髪をもつ若い覇王も、数瞬の沈思《ちんし》でそれに応じた。ラインハルトにせよ、メックリンガーにせよ、ユリアンを過小評価していたわけではない。そもそも、存在も力量も知らなかったので、先入観のもちようもなかったのである。

「こちらの要請に応じて通してくれるというのだ、通してもらうがいい。ありがたいことに、ヤン・ウェンリーは、もののわかった後継者を遺してくれたようだな。先方にはべつの思案があるだろうが、それは将来のこととしておいてよかろう」

皇帝はそう言い、メックリンガーはそれにしたがったが、幕僚たちのなかには、危惧の念を表明する者も、むろんいた。

「もしイゼルローン要塞から雷神《トウール》のハンマーが発射されたら、わが艦隊は全滅しますぞ。ご用心あってしかるべきです」

かたちよくととのえた口髭の下で、〝芸術家提督〟は、わずかに苦笑をたたえたようである。

「用心すれば雷神《トウール》のハンマーが無力化できるのかね？　だとしたら、いくらでも用心するが、もはや吾々にはそのような権利はないのだ、と私は思っている……」

自分たちも不安だが、イゼルローン要塞内にいる民主共和主義者たちも不安なはずである。メックリンガー艦隊を、雷神《トウール》の犠牲《いけにえ》にそなえて一時の快感をむさぼったとしても、それは帝国軍の全面報復を招来するだけである。さらには、メックリンガーのほうから、油断に乗じて要塞を攻撃してくるのではないか、との疑惑も禁じえないであろう。

「正直なところ、私の心理には自信より願望の成分が微量ながら多かった。このとき、イゼルローン要塞にヤン・ウェンリーが健在であったら、この比率は逆転し、というよりもほぼ完全な信頼を相手にいだきえたにちがいない。私は心から望んだ。ヤン・ウェンリーの若い後継者が、衝動にかられて理性より野心を優先させることのないように、と」

メックリンガーの願望に感応したわけではないが、ユリアンは自制した。ひとたび帝国軍の要請に応じた以上、派生した信頼関係をそこなってはならないことを、亜麻色の髪の若者は知っていたのである。

「帝国軍が背信行為をおかしたら、反撃すればいい。イゼルローンの外壁は、艦砲射撃ていどでは傷つかない。そのときは彼らの恥を、全宇宙に公表してやればいいのだから」

彼は要塞の中央指令室で、メイン・スクリーンを見つめていた。帝国軍メックリンガー艦隊が、整然と列をなして、〝雷神《トゥール》のハンマー〟の射程内を通過していく。あえて要塞の至近に航路を設定したのは、ユリアンらにたいする信頼を行動によって証明する意図によるものであろう。

ユリアンの傍で、紙コップのコーヒーをすすっていたダスティ・アッテンボローが、ユリアンの耳にとどくようにつぶやいた。

「いっそ帝国軍が撃ってこないものかな。そうすれば、雷神《トゥール》のハンマーで、やさしく頭をなでてやるのに」

「贅沢は言わない、ちょっと花火見物をしたい。はでになったらそれでもいいけどな」

オリビエ・ポプランが緑色の瞳にたたえた表情は、陽気さのメイクアップをほどこしてはいるが、かなり好戦的なものだった。今回は出番なし、というユリアンの構想を、彼はよく理解しているが、危険な突発事が生じたところで、失望などしないであろう。

さらにその隣にたたずんだメルカッツと、半歩さがってひかえるシュナイダーとは、ひたすら無言だった。胸中になにを語りかけているのであろう。

「通過中の帝国軍から入電です」

通信担当のオペレーターが報告してきた。ユリアンのもとへとどけられた通信文は、つぎのようなものであった。

「銀河帝国軍上級大将エルネスト・メックリンガーより、イゼルローン共和政府および軍の代表者へ。卿《けい》らの好意を謝し、今後の関係正常化を期待させていただく。また、卿らの偉大な指導者であったヤン・ウェンリー元帥の聖なる墓所にたいし、全軍つつしんで敬礼をほどこすものとする。願わくば、こころよく受容されんことを」

「要するに敵も味方もセンチメンタリストの集まりだってことだな。イゼルローンは聖なる墓、か」

ワルター・フォン・シェーンコップが、ユリアンの横顔に視線をはしらせた。

「で、司令官閣下は、センチメンタリストどうし通底するところがある、そこに将来への展望を見いだしたいと思っているわけか」

「そんなところです。でも、平坦な道だと思っているわけではありません」

ユリアンは予測したというより期待したのである。ヤン・ウェンリーから戒められていたことであったが、このときユリアンは、理性というより、歴史の流れる方向と速度を皮膚感覚によって把握し、ほぼ正確に帰結点を見とおしていたようであった。

「いうなれば、宇宙はひとつの劇場だよ」

と、ヤン・ウェンリーが語ったことがある。大小さまざまの悲劇や喜劇が時空の舞台で上演され、幕があがり、幕がおろされ、主役が交替していく。自分たちが参加を許された劇――壮麗な夢想と膨大な流血にいろどられた、真紅と黄金の歴史劇――が、終幕にちかづきつつあることを、ユリアンは予感していた。ただ、それが理性と知的認識力によって分析された結果ではないことを、ヤンの弟子としてユリアンは恥ずかしく思い、多くを語る気になれないのである。

そして、ユリアンが予測する歴史劇の一場面が、五〇〇〇光年をへだてた虚空で、急激な転回をしめしたのは、帝国からの客人がイゼルローン回廊を去ってまもなくのことであった。

II

一二月七日。

急追するミッターマイヤー軍が、ロイエンタール軍の後尾を射程内にとらえた。これは追撃と逆撃の、整然たる展開を意味するはずであったが、突然の混乱が、逆撃態勢にはいりかけたロイエンタール軍をとらえた。

「グリルパルツァー艦隊が発砲してきます！」

オペレーターの悲鳴が、ロイエンタールの聴覚神経をはしりぬけた。

つづいて、視覚神経が閃光の攻撃にさらされた。入光量が調整されているにもかかわらず、スクリーンは脈動する白濁光に支配された。通信回路が、戦艦や戦闘小集団の名を連呼し、通信が途絶したことを知らせた。〝トリスタン〟の周囲に、悪意と害意の膨大なエネルギーが炸裂している。

「あの小才子めが、どうやら最初からこの機会を狙っていたとみえるな」

にがい認識が、ロイエンタールの声帯までも支配する。彼は皇帝《カイザー》ラインハルトとミッターマイヤーだけを対象として、戦略と戦術を考案していたので、小人物の小陰謀にまで意識がまわらなかったのだ。グリルパルツァーの背信行為は、激昂によってむくわれた。

「卑怯者め、手をつかねてきさまに功をむさぼらせるものか。道づれにしてやるぞ。天上《ヴァルハラ》で戦死者たちにわびるがいい」

そう叫んで、もっとも熱狂的に反撃した部隊が、クナップシュタインの旧部下たちであったことは、皮肉というしかない。彼らは、戦死した自分たちの司令官を悼《いた》み、その感情をグリルパルツァーにたたきつけたのである。

グリルパルツァー艦隊も、上下一心というわけではなかった。突然の意外な命令におどろき、攻撃をためらううちに、逆撃をたたきつけられて爆発四散する不幸な艦もあった。こうして、むしろ、事態は破局の淵へむかって暴走し、悟性《ごせい》と本能が衝突しながら、苛烈な同士討へとなだれこんでいった。

グリルパルツァーの背信は、この内戦を華麗な色彩で描いた歴史画に、黒い大きな染みをつけることになった。これまで彼は、能力においても道義においても、他者から非難されることは稀であったし、学者としても大成を期待されていた。ウォルフガング・ミッターマイヤーも、麾下のバイエルラインにたいして、戦うだけが軍人ではない、グリルパルツァーの視野の広さを見習うように、と、お説教したことがあるほどだ。

だが、後世の歴史は、バイエルラインを、〝ミッターマイヤーの後継者、有能で誠実で清廉な軍人〟と記録するいっぽう、グリルパルツァーを〝唾棄《だき》すべき背信者〟として断罪する。生涯の最後、全期間の一パーセントにみたぬ時期の行動によって、それまでの生涯と功績がすべて否定されてしまうという、不幸な人間たちの群像に、彼もくわわることになるのだ。

眼前に展開する混乱の意味を、ミッターマイヤーはとっさには把握しかねた。だが、傍受した通信が、混沌のなかで、〝裏ぎり者！〟という語を発するにおよんで、すべてを理解した。〝疾風《ウォルフ・デア・シュトルム》ウォルフ〟の若々しい顔は、憤激のために紅潮した。親友と全知全能をつくして戦うこの場に、これほど醜悪な局面が展開することを、彼は想定していなかったのである。

極彩色の混乱のなかで、ロイエンタールの旗艦トリスタンに砲火が集中し、磁力砲《レール・キャノン》の一弾が一時方向から撃ちこまれてきた。

〝トリスタン〟は、その一弾を回避した。だが、回避した方角から飛来した一弾は、相互加速の状態で、〝トリスタン〟の外壁を突きやぶって艦内にとびこみ、爆発したのである。

ロイエンタールの視界は、最初は上下に、ついで左右に激しく振動し、閃光によって漂白された直後、オレンジ色にかがやいた。鳴動と爆風のなかで、指揮シートが倒れ、立ちあがっていたロイエンタールの片脚にのしかかってきた。爆発音が鼓膜を乱打する。

視覚と聴覚が混乱するなかで、自分にむけて、光とも影ともつかぬ存在が襲いかかってくるのを、ロイエンタールは黒と青の瞳に映しだした。指揮シートが片脚にのしかかっていなかったら、さけるのは困難ではなかったであろう。だが、卓絶した反射神経も、わずかに、所有者の意思を裏ぎった。左胸を、衝撃が、細い直線となってつらぬいた。

左の鎖骨の下に、セラミックの細長い破片が突き刺さり、それがもたらす熱痛は背中にまで抜けていた。司令官がセラミックの槍で串刺しにされた姿を煙と混乱のなかに見て、負傷をまぬがれた副官レッケンドルフ少佐があえいだ。

「閣下!」

「騒ぐな、負傷したのはおれだ、卿《けい》ではない」

ロイエンタールは、このようなときに、片手で乱れた髪をなでつけた。

「副官の任務に、上官にかわって悲鳴をあげるというものはなかったはずだぞ」

金銀妖瞳《ヘテロクロミア》の名将は、苦痛よりも繁雑さにたえる表情で、鎖骨の下をつらぬいた、四〇センチほどの長さのセラミックの破片を引きぬいた。血の細流が勢いよくほとばしって、瞬時に軍服の前面を濡らし、彼の両掌《りょうて》も緋色の絹をまきつけたようにみえた。

「ふむ、瞳や肌の色がどうあろうと、血の色は万人がおなじか」

セラミックの破片を投げすてる。噴きでる血が、このとき靴先まで達して、床にしたたった。背中にあいた小さな傷口も、背筋《はいきん》が収縮するまでの短時間に、背面に緋色の滝をつくっている。これはまったくたんなる偶然であるにすぎなかったが、彼の負傷箇処が、故コルネリアス・ルッツのそれと一致したことに、運命主義者なら、なんらかの意味を見いだしたかもしれなかった。

驚嘆すべきであったろう、ロイエンタールは指揮シートをおしのけると、多量の出血にもかかわらず、平然として立ちあがったのである。すくなくとも、苦痛をまったく表情にも動作にもあらわさなかった。不遜なほどの剛毅さであった。少佐の叫びで、軍医が駆けよってきた。あわただしく治療をほどこす軍医の傍で、レッケンドルフ少佐は怒りに頰を慄《ふる》わせた。

「閣下、グリルパルツァーに、あの裏ぎり者に思い知らせてやりましょう。卑怯者が堕ちる地獄の劫火にたたきこんでやります」

「放っておけ」

「ですが……」

「ここで生き残ったほうが、奴にはかえって不運だ。皇帝《カイザー》も、ミッターマイヤーも、あのような輩を赦しておくものか。で、どうだ？」

最後の質問は、治療中の軍医にむけられたものである。軍医は、司令官の血に両掌を染めながら、手の甲で額の汗をぬぐった。

「心臓と肺を結ぶ血管の一部が傷ついております。とりあえず、凍らせて止血し、傷口を接着しますが、早急に本格的な手術が必要でしょう」

「手術は好きじゃないな」

「好き嫌いの問題ではありますまい、閣下、お生命《いのち》にかかわります」

「いや、好き嫌い以上の問題だ、軍医、おれにはパジャマを着て病院のベッドで死ぬのは似あわない。そう思わんか？」

蒼ざめた、だが不遜なほど平静な笑いが、軍医の反論を封じこめてしまった。このとき、ロイエンタールの脳裏に、死者のリストが浮かびあがっている。

ジークフリード・キルヒアイスも、ケンプも、レンネンカンプも、ファーレンハイトも、シュタインメッツも、ルッツも、そして敵将たるビュコックやヤン・ウェンリーも、皆、けっきょくのところ、生にふさわしい死をえたような気がする。自分、オスカー・フォン・ロイエンタールは、どのようなかたちで彼らの列にならぶのか。これまであまり深刻に考えたことはなかったが、天上《ヴァルハラ》では彼のために、門へいたる道を掃《は》き清めはじめたかもしれない。

冷凍療法による止血処置がすみ、包帯とゼリーパームで傷口がおおわれた。抗生物質が注射される。

「ご苦労、ほかの負傷者の治療を頼む」

軍医をさがらせると、ロイエンタールは指揮シートをおこさせ、そこに腰をおろした。実際、負傷者は彼ひとりではなかった。艦橋は血と肉片の展示場と化し、一角で、まだ一〇代の兵士が、母を呼びながら、吹きとばされた片腕をさがしもとめ、他の一角では、苦痛と恐怖の涙を流した兵士が、腹部の傷口からはみだした内臓を両手でおしもどそうとしていた。

汚れたデスクを拭くよう言われた従卒役の幼年学校生徒が、金褐色の髪を乱したまま、命令にしたがったが、ふいに泣きだす寸前の顔をむけた。

「閣下、おけがにさわります、ごむりなさらないでください」

「心配するな。それより、軍服とシャツの着かえをもってきてくれ。自分の血の匂いというやつは、五分も嗅いでいると飽きるものでな」

トリスタン艦内の火災は鎮火したが、その戦闘および防御能力はいちじるしく低下し、戦場からの離脱を余儀なくされた。一二月八日〇時四〇分である。ロイエンタール軍は潰乱《かいらん》の寸前にあったが、総指揮官の沈着な統御によって、その一部は整然と、旗艦にしたがって離脱することができた。

「ロイエンタール元帥は、定期的に鎮痛剤と造血剤を注射するだけで、なおも指揮シートに端然として坐《ざ》し、全軍の指揮をとりつづけた。軍服を着かえ、その襟をきちんとしめ、表情すら変えずに。おそらく想像を絶する苦痛に侵されながら、判断と指示は的確をきわめた。真の意味における剛毅さが目前で発揮されるさまをみながら、私は、ロイエンタール元帥の指揮をうける身であることに誇りをいだいた。一時的にではあるが、自分たちが偉大なる皇帝《カイザー》ラインハルト陛下に敵対しているという畏怖すべき事実を、私はすっかり忘れていた……」

のちにこう証言することになる副官レッケンドルフ少佐も、ロイエンタールの顔から血の気がしだいに失われていく事実は、否定しようがなかった。一時、脳貧血による失神状態におちいったが、部下たちが指揮シートから病室へはこぼうとすると、意識を回復し、叱りつけて、またもとの位置にすわりなおさせた。死をつかさどる者に挑戦するかのように部下たちにはみえ、畏敬の念を強めた。そして覚悟した。このような剛毅さが肉体を犠牲にして成立するものである以上、司令官の余命は長かろうはずがない、と。

グリルパルツァーは五重の醜態をさらけだすことになった。第一に、皇帝《カイザー》ラインハルトにたいするロイエンタールの叛逆に加担した。表面的なものであるにしても。第二に、ひとたび誓約したはずのロイエンタールを裏ぎった。第三に、裏ぎった時機が最悪であった。第四に、裏ぎりじたいが成功せず、ロイエンタールに撃破されてしまった。そして第五に、なんら実りがないまま、その種の行為をいちじるしく憎む人々に降伏を申しこむことになった。相手にワーレンをえらんだのは、ミッターマイヤーがロイエンタールの親友であることに、当然ながら考慮をはらった結果だが、けっきょくのところ、グリルパルツァーの狡智《こうち》にたいする悪印象を強調する効果しかもたらさなかった。

ミッターマイヤーは、この不名誉な投降者に会わなかった。会えばどのような台詞をたたきつけるか、自信がなかったからである。

Ⅲ

士官学校を卒業して一三年間に、ロイエンタールは大小二〇〇回をこす戦闘に参加し、三〇回にわたって私的決闘をおこなった。戦士としての彼は、用兵家としての彼よりはるかに攻撃的で、危険に身をさらすことを好むようにみえた。ただ、なにぶんにも、貴公子的な端整な顔にそなわる金銀妖瞳《ヘテロクロミア》の印象が強烈なだけに、人々はことさら彼の為人《ひととなり》に二面性を見いだそうとするのかもしれない。いずれにしても、それらの公私にわたる戦いで、ロイエンタールはついに重傷をおうことがなかった。戦闘や決闘のほかに、殴りあいもしたが、彼の顔に拳をたたきこむことに成功した人間は、ウォルフガング・ミッターマイヤーだけである。

ロイエンタールにとって、今回の負傷は、いわば、人生における晩鐘《ばんしょう》としてとらえられるものであったかもしれない。また、グリルパルツァーごときに背中から一撃をあたえられたか、と思うと、若い背信者にたいする憎悪よりも、自嘲の念が強かったかもしれなかった。

　ロイエンタールが負傷したことまではわからないが、旗艦トリスタンが被弾したありさまは、ミッターマイヤー軍にも知られることとなった。それにつづいて離脱が、事態を完全に決定した。

　降伏した者はグリルパルツァーだけではない。傷つき、戦い疲れた多くの艦艇が、動力を停止して抗戦の意思を放棄した。大貴族連合軍や自由惑星同盟軍《フリー・プラネッツ》が相手であれば、執拗に戦いつづけたかもしれないが、ともに〝黄金獅子旗《ゴールデン・ルーヴェ》〟をあおいで戦った、かつての戦友どうしであった。

「吾々はロイエンタール元帥に背くにあらず、皇帝《カイザー》に帰順して帝国軍人の正道に帰らんと欲するなり……」

　投降した士官の主張にたいするビッテンフェルト上級大将の返答はこうである。

「理屈をこねるな、理屈を。生命がおしいだけだろうが」

　だが、自己正当化に汲々《きゅうきゅう》とする高級士官たちとことなり、下級兵士たちは、はるかに率直で単純だった。負傷して病院船に収容された、まだ一〇代の若い兵士が、尋問に答えて、つぎのように語っている。

「おれたちは生命がけで疾風《ウォルフ・デア・シュトルム》ウォルフや黒色槍騎兵《シュワルツ・ランツェンレイター》と戦いました。ロイエンタール元帥にたいする義理は、はたしたと思います。退院したらまた皇帝《カイザー》の下で軍務をつとめたいのですが、おれたちみたいな一兵卒《したっぱ》でも裁判にかけられるでしょうか」

報告をうけたとき、ミッターマイヤーは、怒りよりも、深刻な衝撃をうけたように部下たちにはみえた。

「……そうか、義理をはたしたと言ったか」

ロイエンタール軍の瓦解を、ミッターマイヤーが確信したのは、じつにこのときであった。兵士の発言が、この無意味な内戦に従軍した兵士たちの心理を、過不足なく表現していると悟ったからである。兵士たちにとって、心理的に〝戦争は終わった〟のだ。この段階まで、兵士たちを叛旗のもとに統率しえていたのも、ロイエンタールであればこそ可能だったのである。そしてそれにも限界がおとずれた、とみるべきであった。兵士たちにとって、主君は皇帝《カイザー》ラインハルトであって、ロイエンタールではない。敗北ののち、滅亡にいたるまでロイエンタールと命運を共有しなければならない義務は兵士たちにはないのである。

「終わったな……」

ミッターマイヤーはつぶやき、彼自身が敗れたように肩をおとした。

ミッターマイヤーの予見は正確だった。かつて五五〇万人を算した〝新領土治安軍《ノイエ・ラント》〟は投降者や脱落者を続出させ、急速に解体していった。

ミッターマイヤー軍の進撃は、これら投降者たちの艦艇群によって、結果的には妨害されることになった。ビューロー大将が権限をゆだねられ、それらの整理にあたった。降伏者のなかには負傷者も多く、いっぽうで艦が半壊しながらなお抵抗をつづける者もあり、収拾には意外に手間どりそうであった。負傷して捕虜となった士官のひとりに、ミッターマイヤーが問いかけた。

「卿《けい》らの司令官は、ロイエンタールはどうした?」

「バーラト星系、惑星ハイネセン方向へ逃走中であります、閣下」

ミッターマイヤーは眉をしかめた。〝逃走〟という一語が神経を刺激したようであった。だが、口にだして言ったのは、べつの件であった。

「彼はバーラト星系で再起をはかるかもしれない。すぐ追撃準備をととのえよ」

おそらくロイエンタールは死ぬだろう。それはいまさらの推測ではなかった。第二次ランテマリオ会戦に臨んだとき、否、それ以前から、敗北と死は同一のものとみなし、敗残の身を生きながらえることなど考えていなかったに相違ない。それはミッターマイヤーだけの想いではなく、ともにロイエンタールと戦った僚将たちにも共通する重い認識であった。

「どのみち、おれたちの人生録は、どのページをめくっても、血文字で書かれているのさ。いまさら人道主義の厚化粧をやっても、血の色は消せんよ」

猛将ビッテンフェルトですら、やや憮然として僚友ワーレンに語ったものである。

「しかしまあ、できれば、経験せずにすませたいこともある。僚友と殺しあう、なんてことはな。もし皇帝《カイザー》がおれを討伐するよう卿に命令なさったら、卿はそれにしたがうか？」

「ああ《ヤー》」

間髪を一本おいただけで、ワーレンが明快に答えたので、ビッテンフェルトは鼻白んだ。

「こういう問題には、もっと悩んでから答えてほしいものだ」

「問題が悪い。出題者に反省をもとめたい」

ワーレンのほうは、仮定の問題にかかわる気になれなかったのだ。帝国軍の双璧のひとり、宿将中の宿将たるロイエンタールすら、このような悲運を招来した。皇帝《カイザー》ラインハルトの、将帥たちにたいする信頼感がいかに変化するか、想像は不安を呼ばずにいない。ビッテンフェルトは〝もし〟と言ったが、永久に仮定にとどまると、誰が言えるであろう。

一二月一一日。イゼルローン回廊を通過したエルネスト・メックリンガー上級大将の艦隊は、ウォルフガング・ミッターマイヤー元帥らの本隊と合流をはたした。因縁の地ともいうべき惑星ウルヴァシーの属するガンダルヴァ星系の外縁部においてであった。

メックリンガーは、直接、戦闘には参加しなかったが、イゼルローン回廊を通過してロイエンタール軍の後背《こうはい》を遮断するうごきをしめし、その後退をさそい、味方の戦略的勝利に貢献したわけである。

ミッターマイヤー、ビッテンフェルト、ワーレンは、惑星ウルヴァシーの帝国軍基地に着陸せず、そのまま惑星ハイネセンへ追撃行をつづけることになっていたが、メックリンガーはウルヴァシーに駐屯して秩序の再建と維持を担当することになっていた。コルネリアス・ルッツ元帥の死を招いた皇帝襲撃事件のあと、グリルパルツァーの駐留も短期間に終わり、いままたロイエンタール軍の敗走という事態を迎えて、ウルヴァシーは不安と動揺の海にただよう鉄の小舟となっていた。メックリンガーの才幹と声望、また彼の艦隊の武力は、ウルヴァシーに安定をもたらす充分な要因となるであろう。それらをあわただしく、だが的確に協議した際、メックリンガーはミッターマイヤーに、過日の皇帝襲撃事件について早急に調査したいむねを伝えた。

「思うに、ウルヴァシーで皇帝陛下に危害を加えようとした首謀者は、ロイエンタール元帥ではあるまい」

正確には、ロイエンタールはすでに元帥号を剝奪されていたが、彼と敵対する立場にたたされた将帥たちも、ロイエンタールを呼びすてにしようとはしなかった。唯一の例外はミッターマイヤーで、これは以前からの習慣であり、べつに皇帝《カイザー》の措置に迎合したわけではない。

「なぜそう思う、メックリンガー提督?」

「第一に、彼の為人《ひととなり》にそぐわぬ。第二に、彼の能力にふさわしくない」

「ふむ……」

ミッターマイヤーは眉をしかめた。若々しい顔を、困惑に似た翳りがすべりおちていった。たしかにメックリンガーの主張は正しい。ロイエンタールが皇帝《カイザー》を凌駕することを望んで叛旗をひるがえしたとすれば、正面から堂々と軍をすすめて皇帝と雌雄《しゆう》を決するであろう。でなければ、そもそも、叛逆の動機が成立しない。あるいは、手段を問わず結果として権力を掌握しさえすればよい、ということであれば、皇帝《カイザー》が惑星ハイネセンに到着したのちに、虜囚とするなり殺害するなりすればよい。ことさら行幸の途中、ウルヴァシーなどで不確実な襲撃をしかける必要はないのだ。しかも、ひとたび戦艦ブリュンヒルトがウルヴァシーを離陸すると、手をつかねて、脱出するにまかせている。ロイエンタールが本気であったら、衛星軌道上に艦隊を配置して、皇帝一行の脱出を許さなかったにちがいない。

　今回の〝叛逆〟にかんして、最初の段階でミッターマイヤーが感じた違和感も、そのあたりの矛盾、不整合に起因していたかもしれない。ただ、彼の立場として、いまや事態の原因より結果を重視せねばならなかった。ウルヴァシーに駐留するメックリンガーに、究明をゆだねて、彼はハイネセンへ急行していった。

　メックリンガーは、直属部隊をウルヴァシー地上の各処に配置して、基地を掌握するとともに、ビュンシェ中将を補佐としてみずから調査にあたった。彼は質朴な農民といった風貌の所有者だが、メックリンガーのもっとも信頼する幕僚である。

「ご自分が皇帝《カイザー》を襲撃したのではないのなら、なぜロイエンタール元帥は冤罪であることを大声で主張なさらなかったのでしょう」

「卿《けい》も知るとおり、ロイエンタール元帥は誇り高い男だ。自分が何者かの陰謀によって犠牲の祭壇にささげられたとは、とうてい口外できまい」

おそらくロイエンタールは、自分の意思、みずからの野心にかられて皇帝《カイザー》ラインハルトに叛旗をひるがえした、と、そうみずからに信じこませたいのではないか。メックリンガーはそう思う。冤罪を叫びながら皇帝の慈悲を願うより、起《た》って戦うほうをえらぶ男であろう。

「……ふたりの人間の野心を、同時代に共存させるには、どうやら銀河系は狭すぎるらしい……」

そう慨歎《がいたん》しつつ、メックリンガーが納得しえないのは、ロイエンタールが、皇帝襲撃事件の犯人たちを放置して、その罪をたださなかったということである。

「ただ、たとえそうだとしても、なぜ惑星ウルヴァシーの不祥事にかんして首謀者どもを懲罰しようとしなかったのか。私はそのあたりが解せないのだが、卿《けい》はどう思う？」

「なにぶんにも、事態が急速に展開しすぎました。綿密な調査をする時間的余裕がなかったのではありませんか」

なかばはメックリンガーもそう思うのだが、やはり釈然とせず、捕虜となったロイエンタール軍の士官たちにその疑問をただし、さらにウルヴァシー基地の兵士たちを尋問した。その結果、ロイエンタールの命令で事件の鎮圧と調査にあたったグリルパルツァーが、正確な報告をおこなわず、かえって、地球教団残党の陰謀とみなされるいくつかの証拠を隠し、犯人不明と告げたことが判明したのである。それが判明すれば、明敏なメックリンガーにとって、グリルパルツァーの思考と行動は、すべて一本の糸につながるものとなった。

呼びだしをうけて、メックリンガーの前にあらわれたグリルパルツァーは、不安と不満と期待とに、表情を三等分させていた。不安と不満は、裏ぎりの功績を諸先輩が称揚しないからであり、期待は、武人以外の資質をメックリンガーには認められていると信じていたからである。だが、メックリンガーは、彼を、地球教徒の陰謀に便乗してロイエンタールに叛逆を使嗾《しそう》し、自己一身の利益をはかった罪人として、きびしく弾劾したのだった。

「グリルパルツァー、卿は軍人としても学者としても将来を期待された人材だ。他者を裏ぎり、策略を弄さずとも、いずれ、より高い地位と強い権限を掌中《しょうちゅう》におさめえたであろうに、おしむらくは、みずからの才略に溺れて晩節《ばんせつ》を汚したな」

死を示唆するメックリンガーの言葉が、グリルパルツァーの体温を低下させた。冷たい汗が内側からシャツを濡らした。

「卿は二重の罪をおかした。まず皇帝《カイザー》のご情誼《じょうぎ》にそむき、つぎにロイエンタール元帥の信頼を裏ぎったのだ。卿が正確にロイエンタール元帥に報告していれば、この叛乱は未発に終わったかもしれぬのに、卿は自分ひとりの小さな打算から、上官に叛逆の汚名を着せてしまったのだぞ」

弾劾された青年提督は、抗弁をこころみた。自分はひとえに皇帝《カイザー》の御為《おんため》によかれと思って、ことをなしたのである。ロイエンタール元帥が叛逆したのは事実であり、彼を敗北せしめるのに自分は貢献したではないか、と。

「裏ぎりによって勝つことなど、皇帝《カイザー》がお望みになると思うか！」

メックリンガーの声はむしろ沈痛だった。

「いや、そう思ったからこそ、卿《けい》はロイエンタール元帥を裏ぎったのだな。ねずみの知恵は、獅子の心を測ることはできぬ。卿もついに、獅子の友となりえぬ男だったか」

さらに抗弁しようとして開いた口は、外縁をふるわせ、ひきつらせただけで、一語も発しえなかった。グリルパルツァーは頭と肩をおとした。過去と未来とをともに失ったと自覚したようであった。グリルパルツァーが衛兵に左右をはさまれて去ったあと、メックリンガーは疲労感をこめて吐息した。グリルパルツァーの才能と将来性をおしむ心情は、すくなくなかった。そしてさらに、ロイエンタールの叛乱が、地球教団残党の策謀に発し、それに便乗したグリルパルツァーの野心によってとりかえしのつかない結果を生じたものだ、という真相を、皇帝《カイザー》やミッターマイヤー元帥にどのように語るべきか、判断に迷わざるをえなかったのである。

Ⅳ

惑星ハイネセンに帰投したとき、ロイエンタール軍は数において、進発したときの一割強にまで減少している。艦艇四五八〇隻、将兵六五万八九〇〇名。帰らない者たちの半数は戦死し、半数は捕虜ないし投降者となった。少数ながら行方不明者もいたとみられる。

惨敗であった。それでもなお、帰投した部隊が秩序をたもち、整然と行動したのは、ロイエンタールの統率力の強さを証明するものであろう。むろん、これは落日の最後の余光ともいうべきであって、断崖の縁をかがやかせるだけの光量しか残されていなかったが。

傷ついた旗艦トリスタンが跳躍《ワープ》した際に、その振動は激しく、ロイエンタールの左胸の傷が破れた。彼はふたたび多量に出血し、一時、意識を失ったが、輸血後に意識を回復すると、ふたたび敗軍の指揮をとって統率を乱さなかった。病院船ないし損傷をうけなかったほかの艦に移乗するよう、ベルゲングリューンらが勧めたが、

「ミュラーが旗艦を棄てて賞賛されたのは、激戦の渦中で指揮をつづけたからだ。敗れて逃げる身が、旗艦までも棄てたとあっては、オスカー・フォン・ロイエンタールの名は臆病者の代名詞になるだろうよ」

そう笑って、ついに司令座を変えることがなかった。

常人なら、とうに死の深淵にいたる昏睡の斜面を滑落《かつらく》しているであろう。オスカー・フォン・ロイエンタールは明晰な意識をもち、しかも冷徹な理性と強靭な自制心を最期まで失わなかったようである。その点について、直接的な証言のすべてが一致している。

「ロイエンタール元帥は、死の瞬間にいたるまで、ロイエンタール元帥以外の何者でもなかっ

た」

シャツも軍服も整然と容儀をととのえて、地上車《ランド・カー》から総督府の玄関におりたったとき、顔色の悪さをのぞいて、死の抱擁を想わせるものはなにもなかった。

ロイエンタールの高級幕僚のうち、なおベルゲングリューンとゾンネンフェルスが司令官に随行している。バルトハウザーとシュラーは戦死し、ディッタースドルフは負傷して降伏した。総督府には、四〇〇〇名をこえる将兵が武器をたずさえて集結し、総督の死にいたるまで、自分たちの義務感と責任感を満足させようとしていた。

「そうか、案外、世の中にはばかが多いな」

その最たる者はお前だ、と、鏡のなかでもうひとりのロイエンタールが冷笑した。冷笑しつつ、自分の愚行に、忠実な部下を殉じさせることはできない、と、この男の精神をささえる両輪のひとつ――広く深い理性が承知している。彼は瀕死の身を総督府の執務室のデスクにすえると、まず、軟禁されていた民事長官エルスハイマーを呼んだ。総督の顔色におどろいて立ちつくすルッツの義弟に、蒼ざめた笑顔をむける。

「わが事ならず、だ。卿《けい》に会わせる顔も、本来ないが、おめおめ生きて帰ってきた」

「ご運がお悪うございましたな」

「いや、もう一度やってもおなじことだろう。おれの才幹と器量は、このあたりが限界だったらしい」

もし皇帝《カイザー》ラインハルトがいなかったら、という仮定が無意味であることを、誰よりもロイエンタール自身が知っていた。

「民事長官、ひとつ頼みがあるのだが、聞いてもらえるだろうか」

「うかがいましょう」

「総督府にはいって、政務と事務の全権を掌握してほしい。おれが勝手にはじめたことの後始末をおしつけるのは心ぐるしいが、誰の手になるにせよ、統治者の責任をおろそかにはできんだろう」

エルスハイマーがつつしんで要請を受諾し、退出すると、ロイエンタールは副官レッケンドルフ少佐につぎの面会者を指定した。

「トリューニヒトを呼んでくれ。あの男に会うのは不快そのものだが、死の不快さにたえる練習にはなるだろうよ」

意外すぎる指名に、レッケンドルフは異論ありげな表情だったが、もはや瀕死の上官に異をとなえてはならないと思ったのであろう、すぐ命令にしたがって、トリューニヒトをつれてきた。

呼んだ者と呼ばれた者とが、いちじるしく印象的な対照をなしていた。呼んだ者は、死に直面し、蒼ざめた顔に、黒と青の両眼を光らせている。この期《ご》におよんでも、眼光のするどさは失われていなかったが、さすがに力強さには欠けていた。

呼ばれた者は、堂々として、生命力にみちており、血色はゆたかで、少壮の政治的動物としての野心と可能性にあふれていた。ロイエンタールより一〇歳以上、年長のはずであるが、死にいたる距離の数値は逆転しているに相違なかった。

「元気そうでなによりだ、高等参事官」

「総督閣下のおかげをもちまして」

　毒のこもった応酬に、短い沈黙がつづいた。このとき、ロイエンタールの声にくらべれば、トリューニヒトのそれは声量といい抑揚といい、はるかにすぐれていた。

「見てのとおりの醜態《ざま》だ。おれは専制主義の陥穽におちこんで、不毛な叛乱をおこし、誰からも賞賛されぬ死をとげようとしている。卿《けい》の信奉していた民主主義とやらは、このような悲喜劇とは無縁なのかな」

　ロイエンタールの論旨は、かなり不分明であったが、トリューニヒトはそれを意図的なものでなく、死を至近にした昏迷によるものと考えたようである。彼は薄い笑いを口もとにひらめかせた。

「民主主義もたいしたことはありませんぞ。私をごらんくださることですな、元帥、私のような人間が権力をにぎって、他人にたいする生殺与《せいさつよ》奪《だつ》をほしいままにする。これが民主共和政治の欠陥でなくてなんだというのですか」

　トリューニヒトの舌が回転速度をあげはじめた。自己陶酔の臭気がコロンの香を圧してたちのぼりはじめる。

「奇妙だな、卿は民主主義を憎んでいるように聞こえる。卿は権力を欲して、それを獲得するのに、民主主義の制度を最大限に利用したのだろう。民主主義こそ卿の恩人ではないか。悪しざまに言うこともあるまい」

「専制主義が私に力をあたえてくれるなら、今度は専制主義が私の恩人になるでしょうな。私は民主主義を賛美する以上の真摯さをもって専制主義を信奉しますとも」

「すると卿は、ローエングラム王朝においても、宰相となって権力を掌握するつもりか」

「皇帝《カイザー》さえそうお望みなら」

「そして自由惑星同盟《フリー・プラネッツ》を枯死させたように、ローエングラム王朝も枯死させるというわけか」

こいつは怪物だ、と、ロイエンタールは苦痛の脈動のなかで思った。軍務尚書オーベルシュタインとは異種の怪物、エゴイズムの怪物だ。この男が民主主義を喰いつぶしたのは、偶然、その陣営に属していたからにすぎない。専制主義の陣営に属していたら、それにふさわしい手法で、専制主義を喰いつぶしただろう。この男の精神は、エゴイズムという核の外で、アメーバのように不定形にうごめき、他者をむさぼりつくしてしまうのではないか。

「そのためには、あえて地球教に利用されることも辞さないというのだな」

「ちがいます。地球教を、私が利用したのです。私はなんでも利用します。宗教でも、制度でも、皇帝でも。そう、あなたが叛旗をひるがえした、あの皇帝《カイザー》、才能はあっても、人間として完成にほど遠い、未熟なあの坊やもね。金髪の坊やの尊大な天才ぶりには、ロイエンタール閣下もさぞ、笑止《しょうし》な思いをなさったことでしょうな」

流れわたる能弁のうちに、ヨブ・トリューニヒトは、自分自身の死刑宣告文に舌で署名したのだった。奇妙にも思えることだが、彼は、自分がロイエンタールに殺されるとは考えていなかったようである。彼を殺す理由はロイエンタールにはなく、なによりも、彼を殺すことでどんな利益もロイエンタールにはもたらされないはずであった。

ロイエンタールが、優雅なほどの手つきで、だがじつは全身の力をこめて、ブラスターをトリューニヒトの胸に擬したとき、自由惑星同盟《フリー・プラネッツ》の前元首はにこやかな笑顔をたもっていた。胸の中央を撃ちぬかれた瞬間にも笑っていた。激痛が全神経を支配し、噴きだす血がオーダーメイドの高級スーツを変色させたとき、はじめて表情が変わった。恐怖や苦痛の表情ではない。彼の判断と計算にしたがわなかった加害者の、非理性的な行動を批判し、とがめるように見えた。口を開いたとき、一万の美辞麗句にかわって、肺から逆流した一〇〇Cの血がこぼれだした。

「きさまが民主共和政治を愚弄しようと、国家を喰いつぶそうと、市民をたぶらかそうと、そんなことは、おれの関知するところではない。だが……」

ロイエンタールの色のことなる両眼が、苛烈な光でトリューニヒトの面《おもて》を打ち、自由惑星同盟前元首の長身をよろめかせた。

「だが、その穢《けが》らわしい舌で、皇帝《カイザー》の尊厳に汚物をなすりつけることは赦さん。おれは、きさまごときに侮辱されるような方におつかえしていたのではないし、背いたのでもない」

崩れおちていた。

ロイエンタールが口を閉ざしたとき、ヨブ・トリューニヒトはすでに立つ力を失って、床に崩れおちていた。両眼は、失望と失意をたたえて、宙に放たれたままだった。ふたつのことなる体制を、ひとつの資質によって操縦しようとした稀有《けう》な男が、巨大な可能性を内的宇宙《インナー・スペース》にかかえこんだまま、死に瀕した金銀妖瞳《ヘテロクロミア》の男によって未来を奪われた。大義名分にも法律にも拘泥する必要のなくなった人物が、私的感情の奔出にしたがって、彼を撃ち倒したのである。皇帝《カイザー》ラインハルトにたいしても、故ヤン・ウェンリーにたいしても、身命と地位の安全を完璧にまもりぬいた保身の天才が、失敗した叛逆者の〝暴挙〟によって、時空からの退場を余儀なくされたのであった。トリューニヒトの、一種の不死性を破壊するには、そのような行動だけが有効であったのだ。

床に倒れたものは、もはやヨブ・トリューニヒトではなかった。死んだからではない。口がきけなくなったからだった。舌と唇と声帯を活動させせえなくなったトリューニヒトは、すでにトリューニヒトではなくなっていた。人格を喪失した、たんなる細胞の集積物でしかなかった。ロイエンタールは、ブラスターを離した。否、ブラスターが彼の手を離れ、床に乱暴に接吻して転がった。

「どこまでも不愉快な奴だったな。おれが生涯の最後に殺した人間が武器をもっていなかったとは……不名誉な所業《まね》を、おれにさせてくれたものだ」

オスカー・フォン・ロイエンタールは、みずからの死の直前に、彼の死後に展開されるはずの歴史をわずかながら修正したのだった。それと判明したのは、彼の死後のことであり、トリューニヒトが不本意きわまる中絶を余儀なくされた野心と構想の全体像があばかれるまで、幾《いく》何《ばく》かの時間を必要としたのである。

V

トリューニヒトの遺体をかたづけさせたロイエンタールは、蓄積された疲労の見えざる手で、死の淵へ突きとばされたようにみえた。時ならぬ来客が告げられたとき、彼は不思議そうな表情をうかべる労すらおしんだ。

「じゃまをせんでほしいな」

ロイエンタールの声には、むしろ苦笑めいたひびきがあった。負債を払いおえた安堵感すらうかがえるようだった。

「おれは死ぬのではなく、死んでいく。その過程を、けっこう楽しんでいるところだ。おれの最後の楽しみをさまたげんでくれ」

血の気を喪失した皮膚が、冷たい汗の粒に飾られている。負傷してから一週間余をかけて緩慢に死んでいくという気分は、奇妙なものだった。身体の中心から末端部へ波及する痛覚は、彼の感覚にとって不可分の一部となっており、それを喪失したとき、ロイエンタールの内部は空虚になって崩壊するだろう。

トリューニヒトの殺害が、ロイエンタールには過大な心身の負担をしいた。毒竜を殪《たお》した騎士のように彼は疲れ、消耗しきっており、このまま死に直結する眠りをむさぼりたかった。それを制止したのは、鍾乳石《しょうにゅうせき》からしたたる水滴のように、彼にそそがれた冷たい女の声であった。

「……ひさしぶりね、やっぱりお前は大逆の罪人となったわ」

ロイエンタールは視線をあげた。視界の焦点があうと、ひとりの女の姿が輪郭を明瞭にした。だが、視覚が理性の領域で実体化するには、五秒ほどの時間が必要だった。

「……リヒテンラーデ一族の生き残りか」

重い石でつくられた記憶の扉をようやく押しあけて、ロイエンタールはつぶやいた。エルフリーデ・フォン・コールラウシュという固有名詞より、彼女が誇りたかく主張した〝身分〟のほうに印象が強かったのであろう。

「お前が自分自身の野心につまずいて、敗れて、みじめに死ぬところを見物にきたのよ」

記憶にある声が耳に流れこんできた。甲冑をよろった声は、だが、奇妙に震え、不安定なように聴こえた。

「そいつはご苦労だった……」

きまじめな、熱のない反応は、エルフリーデの予想に反したものであったろうか。

「もうすこしだけ待っているがいい、望みがかなう。どうせなら、おれも、女性の望みをかなえてやりたい」

毒とは、それを発する力を必要とするものであるらしかった。おそらく憎悪の光にかがやいているであろう女の顔を、彼は精密に観察したい気がしたが、実行するのは不可能だった。人生の出発点から今日にいたるまでつちかわれてきた、女性にたいする否定的な情念それじたいが、生命とともに蒸発しつつあるようだった。

「……それにしても、ここまで誰につれてきてもらったのだ?」

「親切な人に」

「名は?」

「お前の知ったことではないわ」

「そうだな、たしかにおれの知ったことではないな……」

ロイエンタールはそれにつづけてなにか言おうとしたのだが、聴覚へ侵入してきたものが、彼を制した。その正体を判別するまでに、彼はとまどい、怪しんだ。なぜ、このようなとき、このような場所で、乳児《あかんぼう》の泣声が聴こえるのだろう。

彼は、生命力のわずかな残量を視力にそそぎこんだ。エルフリーデがひとりではないことに、はじめて気づいたのだ。彼女の腕に抱かれているのは、生後半年ほどかと思われる乳児にまちがいなかった。

乳児は桜色の肌と褐色の髪をしていた。そして、瞳を最大限にひらき、望まずして父親になった男を見つめた。左の瞳は大気圏の最上層の空の色。右の瞳も——おなじ色だった。

ロイエンタールは、自分が大きく深い呼吸をする音を聴いた。それがどのような感情をあらわすものであるのか、彼にはわからず、わからないままに問いかけた。

「おれの子か……?」

その質問を当然、予想していたであろうに、女は男にどう答えるべきか判断がつきかねたようであった。二瞬ののちに、問われないもうひとつの事実をあわせて、彼女は答えた。

「お前の息子よ」

「この子を、おれに見せるために来たのか?」

返答はなかった。質問じたいが、声となってたしかに発せられたかどうか、すでにおぼつかなかった。ロイエンタールの視界に、乳児の瞳にたたえられた空の色がひろがった。父親の全人生をつつみこむように。ロイエンタールの胸の最奥部で、誰かが乳児に話しかけていた。

……お前の祖父と父は、似ていないようでじつは似ていた。どちらも、もとめたところでけっして手にはいりはしないものをもとめて、生涯を費いはたしてしまった。祖父より父のほうがスケールは大きかったかもしれないが、核となるものは変わらなかった。お前はどういう人生を歩むのか。ロイエンタールの三代目として、やはり不毛の野に水をまきつづけるのか。それとも……それとも、祖父や父より賢明で実りある人生を手にいれうるのだろうか……。

「これからどうするつもりだ……？」

苦痛が水位を増し、回想から現実へロイエンタールをおしやった。死ぬということは、一面でえがたい状態だった。自分自身の未来を思いわずらわずにすむ。だが、生きている者は、いつか未来と抱擁しあわなくてはならないのだ。

エルフリーデは、またも答えなかった。ロイエンタールに本来の鋭利さ、明敏さがあれば、彼女の表情が、はじめて見るものであることに気づきえたであろう。男は自分自身を喪失しようとしており、女は男を失おうとしていた。それは未経験の喪失であり、その意味を確認することに、女がたえうるかどうか、不分明であった。ロイエンタールは、生命力の最後のかけらをかみくだいて、彼の思いを言語化しようとこころみた。

「古代の、えらそうな奴がえらそうに言ったことばがある。死ぬにあたって、幼い子供を託しえるような友人をもつことがかなえば、人生最上の幸福だ、と……」

冷たい汗の一滴がデスクの表面に落ちた。生命のひとしずくが、また体外にでていったのだ。

「ウォルフガング・ミッターマイヤーに会って、その子の将来を頼むがいい。それがその子にとっては最良の人生を保障することになる」

この女と自分とのくみあわせより、はるかに、人の親となるべき資格にすぐれた夫婦が存在する。なのに、彼らには子が産まれず、自分たちには子が産まれた。生命の誕生は、よほど無能な、あるいは冷笑的な存在によって、つかさどられているにちがいない。

視野にカーテンがおりかかり、現実の情景が意識とともに遠くへしりぞいた。

「殺すなら、いまのうちに殺すのだな。でないと、永久にその機会を失う。武器がないなら、おれのブラスターを使え……」

溶暗した視界が明度を回復したとき、五〇〇秒ほどの時が経過していた。死が、ロイエンタールを受容するのを拒絶したようであったが、一時の現象にすぎないことは、金銀妖瞳《ヘテロクロミア》の男の理性と感性が知っていた。デスクの上に、女物のハンカチがおかれていて、その布地は彼の汗で重いほどに濡れていた。自嘲の思いが、あらたな冷汗《れいかん》の滝となって頸《くび》すじから襟もとへ流れ落ちた。凋落《ちょうらく》とはこのことだ。おれには、もはや、殺される価値すらなくなったとみえる……。

ロイエンタールがハンカチをかるくつかんだとき、従卒役の少年がおずおずと入室してきた。金褐色の髪が乱れて、困惑した表情で、両腕に例の乳児を抱きしめている。

「あの女の方はでていかれました。あの、この赤ちゃんをミッターマイヤー元帥にお渡ししてくれとのことでしたが……どうしたらよろしいでしょう、閣下」

少年の表情と声が、ロイエンタールを微笑させた。やれやれ、母親が去って子供が残る。二世代にわたってそうだ。お前は父親に似すぎているようだ。

「すまんが、ミッターマイヤーが来るまで、抱いていてやってくれ。ああ、それと、そこの棚にウイスキーがはいっている。グラスを二個だしてくれないか」

声は弱く、可聴域の最低レベルからさえ、はみだしかけていた。少年が気づきうるはずもなかったが、このときロイエンタールは、生涯で最後の冷笑癖を自分自身にむけていた。死に臨んで、みずからの圭角《けいかく》が失われつつあるのを、生涯の最後に残された認識力によって自覚したからであった。オスカー・フォン・ロイエンタールともあろう男が、〝あの人も、死ぬときは善人になって死にました〟などと、道徳屋どもにさえずられるような死にかたをするのか。ばかばかしいが、それもよいかもしれない。人それぞれの生、人それぞれの死だ。だがせめて、おれが敬愛したごく少数の人々には、より美しい死がおとずれんことを。

少年は片腕に乳児をだいたまま、もういっぽうの手で、総督のデスクに二個のグラスをおき、落日のかけらを溶かした色の液体をそそいだ。肺と心臓が胸郭のなかで跳びはねていたが、どうにか命令を遂行して、壁ぎわのソファーにしりぞく。

ロイエンタールは、デスクに両腕をつき、グラスにむかって、否、グラスの向こう側にすわるべき友人にむけて、声をたてずに話しかけていた。

「遅いじゃないか、ミッターマイヤー……」

美酒の香気が、明度の彩りを失いつつある視覚をゆるやかに浸しはじめた。

「卿《けい》が来るまで生きているつもりだったのに、まにあわないじゃないか。疾風《ウォルフ・デア・シュトルム》ウォルフなどという、たいそうな名に恥ずかしいだろう……」

元帥号を剥奪された男の、黒にちかいダークブラウンの頭部が、前方にかたむくのを見て、ソファーにすわっていた少年は、声と息をのんで立ちあがった。一瞬、腕のなかで眠っている乳児をどうするか迷ったが、小さな身体をソファーにおくと、デスクに駆けよって、わずかにうごく口もとに耳をよせた。

少年は、あわただしく、必死になって、鼓膜を弱々しくくすぐる数語を、メモに書きとめた。ペンをもったまま、蒼ざめた、端整な顔を見つめた。死が音もなく翼をひろげて、男の上におおいかぶさった。

「……元帥、ロイエンタール閣下……」

少年はささやいたが、返答はない。

一二月一六日一六時五一分。オスカー・フォン・ロイエンタールは三三歳、つねに彼と反対側の陣営にいたヤン・ウェンリーとおなじ年に生まれ、おなじ年に死んだ。

第九章　終わりなき鎮魂歌《レクイエム》

I

〝銀河帝国軍の双璧〟オスカー・フォン・ロイエンタールとウォルフガング・ミッターマイヤーの両雄が用兵を競った第二次ランテマリオ会戦は、両者のいずれが勝ったのか。歴史年表は、「新帝国暦二年一一月、第二次ランテマリオ会戦においてロイエンタール敗死」と記すが、当事者にはべつの見解があった。

「表面的には互角に見えるかもしれないが、おれにはワーレンとビッテンフェルトがいた。ロイエンタールには誰もいなかった。いずれが勝者の名に値するか、論議の余地もない」

ミッターマイヤーはそう語り、〝第二次ランテマリオ会戦の勝者〟と呼ばれるたびに、それを訂正した。だが、戦いののち、彼が生き残ったことは、客観的な事実であったし、ロイエンタールがすくなくとも相手より早く軍をひいたこともたしかである。

彼がビッテンフェルト、ワーレン、バイエルラインらとともに惑星ハイネセンの宇宙港に着陸したとき、出迎えたのは文官と武官を代表する二名だった。民事長官エルスハイマーと、査閲副総監リッチェル中将である。彼らの口から、ミッターマイヤーは親友の死を聞いた。表情をうごかすことなく、彼は悲報をうけいれたが、ついでヨブ・トリューニヒトの死を知らされたとき、死因を告げられるより早く吐息して言った。

「ああ、ロイエンタールが、皇帝《カイザー》のおんために、新領土《ノイエ・ラント》の大掃除をしていってくれたのだな」

総督府で彼らを待っていたのは、ベルゲングリューン大将、ゾンネンフェルス中将、レッケンドルフ少佐らである。最初、なお武装をとかない兵士たちが、ミッターマイヤーらに銃口をむけたが、

「総督の親友にして皇帝《カイザー》の代理人たる方に銃をむけるとはなにごとか！　礼節をわきまえよ」

と、血のにじんだ包帯を頭部にまいたゾンネンフェルスに一喝され、ささげ銃《つつ》の礼で、彼らを通した。これは、ロイエンタールの死後、二時間のことである。執務室でひとりの死者とふたりの生者が待っていた。

「ロイエンタール元帥は、ミッターマイヤー元帥をずっと待っておいででした。でも、とうとう……」

事情を説明した従卒の少年は、たえかねて泣きだし、それに呼応するように腕のなかの乳児も盛大に泣きだしたので、一同中で最年少のバイエルラインが、不器用になだめながら彼らを隣室へつれていった。

ミッターマイヤーは無言のまま、自分の軍用ケープをぬぐと、死んだ親友の肩にかけてやった。

オスカー・フォン・ロイエンタールは、死ぬにあたって、臨終のことばを遺していったが、これには多少の不整合がある。

幼年学校の生徒で当時、彼の従卒役であったハインリッヒ・ランベルツの記録によれば、

「わが皇帝《マイン・カイザー》、ミッターマイヤー、勝利《ジーク》、死」

というのであるが、勝利《ジーク》という語が問題にされる。たんに「勝利」と言ったのだという説、「皇帝ばんざい《ジーク・カイザー》、たとえ死すとも」と言ったという説、「ジークフリード・キルヒアイスが死んでから……」と言いかけて力つきたのだ、という説がある。当時一四歳だったランベルツは、「自分が記録したのは、意味をもつ言語だけで、意味不明の音声は記していない。他人の解釈に責任はおえない」と言い、それにかんする話題に、一生、参加しなかった。

……こうしてオスカー・フォン・ロイエンタールは、時空と人間とで構成される劇から退場したが、彼が去ったあとに残された人々をいかに処遇するか、その問題が生じている。

ロイエンタールの幕僚たちは、なんとか助けてやりたい。それがミッターマイヤーならずとも、帝国軍の将帥たちに共通した心情であった。ひとつには、グリルパルツァーの負《マイナス》方向の印象が強烈であったため、将帥たちの嫌悪と憎悪が彼の一身に集中し、ロイエンタールに忠誠をつくした人々にたいしては、むしろ同情の念が強かったのである。

「皇帝《カイザー》に寛大なご処置をお願い申しあげるゆえ、早まらぬように」

ミッターマイヤーはそう布告し、将兵はそれにしたがったが、例外が一名でた。ロイエンタールのもとで査閲総監をつとめたハンス・エドアルド・ベルゲングリューン大将が自殺したのである。

「キルヒアイス元帥も亡くなった。ロイエンタール元帥も。天上《ヴァルハラ》へおもむいて、おふたりにあいさつする以外、もはや楽しみはない」

かたくとざされたドアの外からTV電話《ヴィジホン》をつうじて必死に説得する旧友ビューロー大将に、彼はそう答えた。

「皇帝陛下にお伝えしてくれ。忠臣名将をあいついで失われ、さぞご寂寥のことでしょう、と。つぎはミッターマイヤー元帥の番ですか、と。功にむくいるに罰をもってして、王朝の繁栄があるとお思いなら、これからもそうなさい、と」

これほどラインハルトにたいして痛烈な批判をあびせた者はいない。TV電話《ヴィジホン》を切ると、ベルゲングリューンは、軍服の階級章を引きちぎって床に捨て、ブラスターの銃口を右のこめかみにおしあてて引金《トリガー》をひいた。

新帝国暦二年、宇宙暦《SE》八〇〇年の一二月一六日、〝ロイエンタール元帥叛逆事件〟あるいは〝新領土戦役《ノイエ・ラント》〟は終結する。ウォルフガング・ミッターマイヤーは、〝年内に結着をつける〟という予告を実現させた。

戦後処理について、ミッターマイヤーはすでに皇帝《カイザー》の承認をうけている。彼自身は、即日、惑星ハイネセンを出立してフェザーンにもどり、皇帝に内乱終結を報告する。惑星ハイネセンにはワーレンが駐留し、関係者の葬礼も彼の手にゆだねられる。惑星ウルヴァシーにはメックリンガーが一時駐留して、新領土《ノイエ・ラント》の治安維持にあたる。ビッテンフェルトはミッターマイヤーと同行することになっていた。

ロイエンタールの〝叛逆〟が、旧同盟の残存勢力と協調するものではなく、また、それが年内に迅速な終熄をみたため、反帝国勢力が蠢動あるいは蜂起する時間もなかった。人心が安定するためには、過大な兵力が長期にわたって駐在するのは逆効果である。早く常態を復し、秩序を再現するには、軍の撤退によって人々に事件を忘却させるべきであった。

だが、完全無欠な大義名分のほかに、ミッターマイヤーには私的な理由があった。総督府をでると、彼は地上車《ランド・カー》で宇宙港へ直行し、ワーレンに別れのあいさつをして、すぐ旗艦〝人狼《ベイオウルフ》〟の出立を命じた。一秒でも早く、友人の血を欲したこの不吉な土地を離れたい、と、考えているかのようであった。乳児を抱いたハインリッヒ・ランベルツ少年も同行した。

出港準備にあわただしい〝人狼《ベイオウルフ》〟の艦橋の薄明るい一隅で、ミッターマイヤーは幕僚たちに背をむけてたたずんでいた。幕僚たちは声をかけるのをはばかり、距離をおいて、いまや帝国軍の一璧、比類する者もない至宝となった若い元帥の後ろ姿を眺めていた。黒地に銀をあしらった華麗な軍服の肩がわずかに慄え、蜂蜜色の頭部が前方に落ちた。嗚咽《おえつ》の声が、かすかに、ほんとうにかすかに、エア・コンディショニングの風にのって幕僚たちの耳をかすめさっていった。

若い忠実なカール・エドワルド・バイエルライン大将の胸中で、感性が理性にむかってささやきかけた。

「あれを見たか。おれは一生、この光景を忘れられないだろう。疾風《ウォルフ・デア・シュトルム》ウォルフが泣いているぜ……」

Ⅱ

オスカー・フォン・ロイエンタールの訃報が皇帝《カイザー》ラインハルトのもとへとどけられたとき、内戦の終結を予期した金髪の覇王は、〝影の城《シャーテンブルク》〟からフェザーンへむかう帰還の途上にあった。

帝国軍総旗艦ブリュンヒルトの皇帝私室で、ラインハルトはその報をうけた。ヨブ・トリューニヒトの死も同時に告げられた。これはきわめて意外な報であったが、ロイエンタールの予測された死に比較すれば、ラインハルトの精神にあたえた喪失の感覚はとるにたりなかった。

ラインハルトとトリューニヒトの精神の軌跡は、一度もまじわることなく終わり、なんらの実りも、ラインハルトにもたらさなかったのである。ヤン・ウェンリーの場合とは大きくことなった。そして、むろんロイエンタールともちがった。彼の精神の軌跡はラインハルトとまじわり、宇宙の深淵、人類社会の涯にいたる、血と炎の旅路をともにしたのであったから。

「おれ自身が戦ってこそ、ロイエンタールを満足させてやれたのだろうか……」

この述懐には、ラインハルト自身も気づきえない欺瞞がある。戦いたかったのは誰でもない、彼自身であったのではないか。ロイエンタールの用兵は、ラインハルト自身が親征して撃破するにたりる価値を有していたのではないか。ミッターマイヤーが出征命令を受諾したとき、ラインハルトの心の深奥にひそむ好戦的な有翼獅子《グリフォン》は、ひそかな落胆をしめしたのではないだろうか。敵を喰いつくした有翼獅子《グリフォン》は、味方の血すらすすらずにいられなくなったのではないか。ロイエンタールの覇気は、その有翼獅子《グリフォン》の咆哮に感応して発火したのではなかったか。

すべては推測の裡にある。人の心は、初級の数学のように、方程式によって正解をみちびきだされるものではない。

「陛下、ご気分はいかがですか」

熱いミルクの盆《トレイ》をもって、近侍のエミール・ゼッレ少年が入室してきた。ベッドに半身をおこしたラインハルトは、少年を安堵させるようにうなずいてみせた。

「まあまあだ。それよりお前の火傷《やけど》は、もういいのか」

惑星ウルヴァシーでの事件に際して、エミール・ゼッレは炎の森のなかで左手にかるい火傷をおった。

「小さな勇者の名誉の負傷だな」

と言って、皇帝《カイザー》はみずから少年の火傷に薬を塗ってくれた。これこそ、故ジークフリード・キルヒアイス元帥が少年のころたまわって以来の栄誉であった。

「まあまあでございます、陛下」

そうか、と、もう一度うなずいて、ラインハルトは熱っぽい頬に微笑をきざんだ。美の女神が、小指のさきを押しつけたように見えた。

後世、俗に〝皇帝病〟と呼ばれるようになるこの発熱は、あいかわらず間歇《かんけつ》的にラインハルトを襲っていた。一種の膠原病《こうげんびょう》であったようだが、表面的な発熱の内部で、若い生命力の損耗がつづいていたものとみられる。だが、表面的に、ラインハルトの容姿の美しさは、いささかもそこなわれることはなかった。肌の白さがひときわまし、それに体内の熱がくわえられると、処女雪をバラの花びらにのせて陽光にすかしたかのようにみえた。しいていえば、無機質的な印象を他者にあたえることもあったが、不思議に、やつれを感じさせることはなかったのである。

ラインハルトは、訃報をうけたその日、ひとたびは剥奪したロイエンタールの元帥号を返還した。ロイエンタールを総督に任じた件が誤りであっても、元帥に叙《じょ》したことが誤りだとは思えなかったからである。ベルゲングリューンのように、ロイエンタールの麾下にあって、彼から離反せず、戦死や自殺をとげた人々からも、階級は奪わなかった。いっぽうで、やはりグリルパルツァーの二重の背信にたいしては、嫌悪感を禁じえず、大将の階級を奪い、自殺を命じた。第二次ランテマリオ会戦において不本意な戦死をとげたクナップシュタインは、階級剥奪をまぬがれたが、この差異がかなり辛辣な運命の産物であることは、生者には知られなかったのである。

　これらの処置に非難される余地があるとすれば、法規や理性でなく感情の産物であることであったろうが、大多数の関係者は感情的に満足したので、とくに問題は生じなかった。

　こうして、討伐軍の帰還をのぞいて、ロイエンタールの叛乱はほぼ落着したのである。

　これにさきだち、ラインハルトは、故人となったコルネリアス・ルッツの婚約者であった女性に、毎年一〇万帝国マルクの年金を下賜《かし》することにしたのだが、謝絶された。自分は一〇年にわたって看護婦をしており、自分ひとりの生活ならささえられる、まして正式に結婚していたわけではないから、おそれ多いが遠慮させていただく、というのが彼女の静かな主張であった。

　専制君主という人種は、自分の好意を拒否されると、不快を感じずにいられない。ラインハルトにおいてさえ、その精神的な傾斜がみられた。彼の不快感をなだめたのは、フェザーンに残留していたマリーンドルフ伯爵の令嬢ヒルダであった。ルッツの婚約者が自立の精神をもった、えがたい女性であること、彼女のそういった点がルッツの心を惹いたのであろうことを指摘し、ルッツの名を記念した基金を設立して、年間一〇万帝国マルクを、従軍看護婦の育成費と功労金にあてるよう提案したのである。基金の運営委員には、ルッツの婚約者が名をつらねることになった。

ヒルダの政治的なセンスがいささかも衰えていないことは、ラインハルトを喜ばせた。

「しばらく会っていないが、フロイライン・マリーンドルフは元気だろうか。彼女がいてくれないと、大本営の事務がとどこおってこまる」

むろん虚言《うそ》ではないにしても、事実を匿したという点において、ラインハルトは完全には正直でなかったかもしれない。彼女が自分にとって必要な女性であることを、ラインハルトは自覚するようになっていたが、この時点においてもなお、彼女を唯一の女性としてより、えがたい知的助言者として把握する傾向がつづいていた。

そのヒルダは、すでに懐妊後四カ月に達しようとしていた。出産予定日も、翌年六月一〇日前後と医師の診断がでて、父親のマリーンドルフ伯爵もそのことを知らされていた。

「ほう、私がお祖父《じい》ちゃんになるのかね」

と、マリーンドルフ伯はとまどい気味の微笑をたたえて照れたが、二日ほどして、急に娘に宣告した。

「ヒルダ、私は来年早々にも、国務尚書職を辞退するつもりだよ」

「お父さま、どうしてそんな……」

マリーンドルフ父娘のあいだでは、これまで、相手をおどろかせるのは、つねに娘の役割だった。だが、八月末のあの夜以来、マリーンドルフ伯は、娘の限界を正確にわきまえて、それを補ってやるようになり、結果として娘の意表をつくことがある。

「お父さまは国務尚書としての大任を、りっぱにはたしていらっしゃるわ。皇帝《カイザー》のご不興をかったわけでもないのに、どうしてそんなことをおっしゃるの?」

自分が関係すると、ヒルダほど聡明な娘にも、考えつかない点があるのだ。

「こういうことだよ、ヒルダ。たとえお前が陛下との結婚をこばんだとしても、赤ん坊を産めば、けっきょくのところは皇帝の世子《せいし》の母親ということになる。私はその祖父というわけだ。そんな立場にある者が、宰相級の地位にあって、よい結果のあった例は一度もないからね」

父の正しさを認めながら、では父の後任たるにふさわしい人物がいるのか、ヒルダにはそれが気がかりであった。ここで、ふたたび父は娘の意表をついた。

「そうだな、私ならミッターマイヤー元帥を推すがね」

「え、でも、あの方は、純粋な軍人であって、政治家ではありませんけど」

「私に務まったのだ、ミッターマイヤー元帥に務まらぬわけがない。というのは冗談だがね、ヒルダ、彼は軍務尚書よりむしろ国務尚書として閣僚の首座をしめるにふさわしい人物だ、と私は思う。お前の考えはどうだね」

父が静かに主張するとおりかもしれない、と、ヒルダは思った。国務尚書という地位に必要なものは、陰謀や策略の能力ではないはずだった。ミッターマイヤー元帥ほど、識見と信義と公正さに富んだ人は稀有であろう。ただ、その人事を皇帝《カイザー》が承知するかどうか。それが問題であろうと思われた。

Ⅲ

内務尚書オスマイヤーは、自分が幸運であるのか不運であるのか、その判断をくだすのに、しばしば苦労するのだった。

辺境地区を転々として、惑星の開拓や地方警察制度の整備などにあたっていた当時は、自分の才幹が正当に評価されないことを歎《なげ》いた。それが偉大なる皇帝《カイザー》によって内務尚書に抜きんでられ、歓喜したつぎは、次官ハイドリッヒ・ラングに地位をおびやかされ、いつ失脚をしいられるか不安の極であった。それがいま、ラングのほうが、自身の陰謀の杖で自分のひざを撃ちくだき、獄にくだっている。オスマイヤーとしては、ようやく心理的安定をえることがかなった昨今であった。

ハイドリッヒ・ラングは、憲兵隊総本部において、連日、尋問をうけており、しばしば憲兵総監ケスラー上級大将自身が彼を尋問したが、はかばかしく供述がえられなかった。童顔に傲慢なほどの表情をたたえ、いずれ自分が地位を回復したときは思い知らせてくれるぞ、と言いはなつふてぶてしさであった。

「卿《けい》がこれまで犯罪容疑者をどのように遇してきたか、記憶があるとすれば、あまり強情をはらぬほうがよいとわかるだろう。卿が独占してきた効果的な尋問法を、卿自身のうえにためしてもよいのだぞ」

そう脅かされたときには、さすがに顔色を変えたが、なお積極的に自白しようとはしなかった。自白すれば最後、極刑が待っていると思えば、口をふさぐ無形の扉も厚くなろうというものである。

一二月も下旬にはいったころ、ロイエンタール元帥の訃報が獄中にもたらされた。ラングは目をみはり、一時間にわたって狂笑し、憲兵たちをなかば怒らせ、なかば不気味がらせた。ラングが奔流のように自白を開始したのは、その直後である。自白というより、それは自己弁護と責任転嫁の奇怪な化合物であって、〝自分は犠牲者である〟という湖に、すべての流れがそそぎこむようになっていた。彼自身の証言によれば、ラングは、私心の一ミリグラ《ラ》ムも有さない皇帝の忠臣であった。結果として他者の誤解を招くにいたったのは、フェザーンの前自治領主《ランデスヘル》アドリアン・ルビンスキーの悪辣な陰謀にまきこまれたためだ、というのであった。ルビンスキーが聞いていれば、「自分にかんしてはそのとおり」とでもうそぶいたことであろう。

だから、自分よりさきにルビンスキーめが処罰されるべきなのだ、と、ラングは主張した。さらに、軍務尚書パウル・フォン・オーベルシュタイン元帥に言及し、彼が暗黙の諒解をあたえなければ自分はなにごともなしえなかった、軍務尚書の責任を問うべきだ、と、むしろ捜査官たちを使嗾するかのごとくだった。

軍務尚書にかんしての発言は、表面上、無視しておいて、ケスラーは、ラングの自白にもとづき、ルビンスキーの隠れ家《アジト》を憲兵隊に急襲させた。

だが、フェザーンの前自治領主アドリアン・ルビンスキーの姿は、すでにそこから消えていた。おそらく、ラングの拘禁に前後して、危険を察知し、迅速に逃亡をはたしたものと思われた。ラングは、自分自身の沈黙によって、ルビンスキーが逃亡するための時間をかせいでやる結果を生んだわけである。

それと前後して、ラングの妻が、夫の釈放をもとめて歎願におとずれた。憲兵総監ケスラー上級大将に面会した彼女は、夫が、妻にも子にも優しい善良な人間であることを涙ながらに説明したものであった。

「ラング夫人、あなたのご主人が告発されているのは、よき夫でやさしい父親だからではありません。私人として非があったゆえに、獄にくだされたわけではありませんぞ、誤解なさらぬように」

ケスラーはそう応じたが、獄中の夫との対面は認めた。面会後、泣きながら帰る夫人の後ろ姿を見送って、ケスラーは、人間にそなわった双《ふた》つの面の落差に思いをいたさざるをえなかった。公人と私人の、ふたつの顔。家庭人としては、ラインハルトやロイエンタールより、ラングのほうがはるかにまともであるのにちがいなかったのだから。

現在、銀河帝国軍に現存する元帥は二名、上級大将は六名である。ラインハルト即位以後、レンネンカンプ、ファーレンハイト、シュタインメッツ、ルッツ、ロイエンタールの順に世を去り、建国の宿将たちは、いちじるしく寂寥の感を濃くしていた。

現存する二名きりの元帥のひとりである軍務尚書パウル・フォン・オーベルシュタインは、ロイエンタールの叛乱に際して、手腕を発揮する機会をあたえられなかった。彼なりの鎮定案がいくつか用意されていたようだが、けっきょく、彼に否定的な後世の歴史家から、〝手を血ぬらずして対立者を葬りさった〟と冷評されることになった。もっとも、生前も、おそらく死後も、他人からの評価など意に介しない人間で、彼はあった。

「ミッターマイヤー元帥が、あえて自分の手で親友を討った意味がわかるか」

オーベルシュタインが、幕僚のアントン・フェルナー准将にそう問いかけたのは、ミッターマイヤーの帰還を翌日にひかえた年末の一日のことである。この冷徹かつ厳格で無私な尚書のもとでは、軍務省の事務がとどこおったことは一瞬もないという点について、フェルナーは後世にたいする重要な証言者となっている。

「さあ、小官などにはいっこうにわかりませんが、尚書閣下にはいかがお考えですか」

「もし皇帝《カイザー》がご自分の手でロイエンタールをお討ちになれば、ミッターマイヤーはどうしても皇帝にたいする反感を禁じえないだろう。君臣《くんしん》のあいだに亀裂が生じ、ひいてはそれが拡大してとりかえしのつかないことになるやもしれぬ」

「はあ……」

フェルナーは、あいまいに反応しつつ、淡々として語る軍務尚書の、削ぎおとされたような横顔を見やった。

「だが、自分が指揮官としてロイエンタールを討てば、友の讐《かたき》はすなわち自分自身、皇帝《カイザー》をお怨みする筋はないと、そう考えたのだ。彼はそういう男だ」

「そうお考えになるについては、なにか証拠がおありですか」

オーベルシュタインはかすかに半白の髪をゆらした。

「私の勝手な解釈だ。真実がどうかは知らぬ……それにしても」

軍務尚書は苦笑したように見えた。フェルナーには、にわかには信じられないことであったが。

「それにしても、私も口数が多くなったものだ」

そして、以後、軍務尚書の薄い唇は、ロイエンタールの叛乱について一語の感想も洩らすことがなかった。

Ⅳ

年があらたまる直前、新帝国暦二年一二月三〇日、宇宙艦隊司令長官ウォルフガング・ミッターマイヤー元帥は、帝国新首都フェザーンへ帰ってきた。凱旋というには、重くかつにがい帰還であって、蜂蜜色の髪とグレーの瞳をもつ若い元帥の表情も、はなやかな勝者のそれではなかった。

「ミッターマイヤー元帥だけでも、ご無事でよかった。あえてご生還のお喜びを申しあげます」

出迎えたナイトハルト・ミュラーが砂色の瞳を僚友にむけてあいさつし、ようやく負傷の癒《い》えた右手をさしだすと、ミッターマイヤーは無言でその手を握った。数歩おくれて姿をあらわしたビッテンフェルトも、肩のあたりに憮然とした冬の気配をただよわせているかのようであった。

両者は大本営に参上して、皇帝《カイザー》ラインハルトに終戦報告をおこなった。そして、いったん退出したが、ラインハルトはミッターマイヤーを呼びもどした。執務室のデスクを離れて、若い皇帝は黄金色の髪を窓からの薄陽《うすび》にかがやかせていたが、うやうやしく敬礼をほどこす元帥に、煙るような笑みをむけて、思いがけないことを口にした。

「ミッターマイヤー、五年前のことを憶えているか。予がキルヒアイスとともに、リンベルク・シュトラーゼに住んでいたとき、卿《けい》とロイエンタールが訪ねてきたことがあったな」

「はい、陛下、よく憶えております」

なかば呼吸をとめる思いでミッターマイヤーが答えると、ラインハルトは白い指で豪奢な前髪をかきあげた。

「あのとき、あの部屋で語りあった四人のうち、なお生きているのは、卿と予だけになってしまった」

「……陛下」

「卿は死ぬな。卿がいなくなれば、帝国全軍に、用兵のなんたるかを身をもって教える者がいなくなる。予も貴重な戦友を失う。これは命令だ、死ぬなよ」

それは、おそらく利己的な主張であっただろう。だが、ミッターマイヤーは、このとき、豪奢な黄金の髪をもつ歴史上最大の覇王と、否、ともに陣頭に立ってゴールデンバウム王朝を滅ぼし、自由惑星同盟《フリー・プラネッツ》を征服した年少の戦友と、感情を共有することができた。

五年前、旧帝国暦四八六年の五月一〇日、晩春から初夏へ、風の色が変わろうとする晴れた日だった。ミッターマイヤーは、ロイエンタールとともにラインハルトたちの借りた部屋をおとずれ、グリューネワルト伯爵夫人《グラフィン・フォン・グリューネワルト》アンネローゼの身辺に伸びる宮廷陰謀の魔手をいかにして排除するか話しあったものであった。あのときテーブルをかこんだ四人の青年は、その後、全宇宙を征服し、そしていま、半数は天上《ヴァルハラ》へ去った。生き残った者は、さらに生きつづける義務をおう。死者の記憶を永く保存するために。彼らの肖像を、後世に伝えるために……。

皇帝《カイザー》の前から退出しながら、ミッターマイヤーは、瞼の熱さにたえていた。そして、窓外を見やってうごかない皇帝もそうであろうと信じたのだった。


大本営から退出したミッターマイヤーは、自宅へ帰る前に、マリーンドルフ伯爵邸を訪れた。ロイエンタールの遺児を抱いたハインリッヒ少年が同行した。ミッターマイヤーは、ヒルダに面会をもとめ、彼女に事情を説明したあと、訪問の趣旨を語った。

「ご存じのことと思いますが、私ども夫婦には、子がありません。ゆえに、この子を自分たちの子として育てたく存じます。陛下のお許しをいただくために、フロイラインのお力を貸していただければありがたいのですが……」

「ロイエンタール元帥のお子さんを……」

「さようです。法的にいえば、大逆犯の子、罪は親から子におよぶかもしれませんが、それは私が身にひきうけます。いかがでしょうか」

「その点にかんしてはご心配いらないと存じます、元帥。法的には嫡出子ではないのですから、親の罪が子におよぶことはありません。ましてロイエンタール元帥のお子さんをミッターマイヤー元帥がお育てになるのですもの、どれほどの名将が誕生しますことか」

明快に答えて、ヒルダは少年と乳児に笑いかけた。

「わたしにはなんら異存はございません。喜んで、陛下にたいして口ぞえさせていただきます。でも、ひとつだけ気になる点があるのですけど……」

「は、それはなんでしょう」

ミッターマイヤーの表情が、微速度撮影のように筋肉をひきしめるありさまを見て、ヒルダはほほえましい気分になった。

「奥さまのお考えですわ、ミッターマイヤー元帥。奥さまはご主人とおなじ考えでいらっしゃるのでしょうか?」

そう問われて、帝国軍の至宝は赤面した。

「これはうかつと申しますか、まだ妻にはこのことを話していないのです。いったい、妻は承諾してくれるものでしょうか」

「奥さまであれば、きっと喜んで承諾なさるでしょうね」

「私もそう信じるあまり、つい妻の意思を問うのを失念しておりました」

本人は、べつにのろけているつもりはないのである。さらに、ロイエンタールの従卒役をつとめていた少年が、近年、両親を失ったというので、できればこれも妻に相談してミッターマイヤー家で養いたいむねを、〝疾風《ウォルフ・デア・シュトルム》ウォルフ〟は告げ、話を一段落させて辞去しようとした。ヒルダは、彼を呼びとめた。

「ミッターマイヤー元帥」

「なんでしょう、フロイライン」

「あなたは帝国軍の至宝でいらっしゃいます。陛下のご身辺が寂しくなってまいりましたけども、どうぞ元帥には、今後もかわることなく、陛下をおまもりいただけるよう、お願いします」

ミッターマイヤーは、毅然さと温かさとが完全に調和する礼を返した。

「私は、故人となったジークフリード・キルヒアイスにも、オスカー・フォン・ロイエンタールにも、遠くおよばず、才とぼしき身です。たまたま生き残っただけで、過分の呼称をいただくのは心ぐるしいかぎりですが、お約束させていただきましょう。彼らのぶんまで皇帝《カイザー》におつかえいたします。たとえ皇帝《カイザー》がなにをなさろうとも、私の忠誠心は不変であることを誓約いたします」

蜂蜜色の頭が深くさがり、若い元帥は、やや小柄な、黒と銀の軍服につつまれた身体をひるがえして、ちかい将来、銀河帝国皇妃となる女性の前から歩きさった。

エヴァンゼリン・ミッターマイヤーは、夫の生還という喜びにつづいて、おどろきを経験することになった。夫が、彼女に接吻するより早く、ややぎごちなく申しでたのだ。

「エヴァ、じつはお土産《みやげ》というか、もってきた、いや、つれてきたものがあるのだ」

彼が妻を相手に、これほど緊張したのは、黄色いバラの花束をかかえて求婚したとき以来であったろう。今度かかえているものは、生後八カ月弱の乳児であった。あぶなっかしい手つきの夫からそれをうけとった妻は、優しくあやしながら、きらめくすみれ色の目を夫にむける。

「どこのキャベツ畑からひろっていらしたの、ウォルフ？」

「いや、それは、なんというか……」

「わかってます。あなた、ロイエンタールという名前の畑からでしょう」

絶句する夫に、妻は説明した。彼が帰るより早く、マリーンドルフ伯爵令嬢よりTV電話《ヴィジホン》があって、事情をうかがったのだ、と。

「あなたがこの子をつれていらしたことは当然だと思います。わたし、喜んで、この子のお母さんになります。でも、たったひとつ、わたしに決めさせてちょうだい。この子の名前を。そうさせてくださる、あなた？」

「ああ、いいさ、いいとも、で、どんな名前にするんだい」

「フェリックスっていいますの。あなたのお気に召すといいのだけど」

「フェリックスか……」

それが、古い古い言語で〝幸福〟を意味する名であることを、帝国軍最高の勇将は知っていた。むろん、彼の妻も、知ったうえで何年も、その名を胸の奥であたためていたのだろう。まだ生まれない子供のために。いつか生まれる子供のために。ついに生まれることがないかもしれない子供のために……。

「フェリックスか。いい名だ、それに決めよう。この子は今日からフェリックス・ミッターマイヤーだ」

そして、いずれ成人し、自分自身の判断力と価値観をもつようになったら、実父の姓を名のらせてもよい。彼の実父が、誇りたかい人間であったこと、宇宙でただひとりの人物にしか膝を屈しなかった男であることを教えてやろう……。

そこまで思案をめぐらせて、ミッターマイヤーはあることを思いだした。あわてて居間の扉をあけた。玄関ホールに、乳児用品一式をかかえてたたずんでいた幼年学校の生徒が、小さなくしゃみのあとで、元帥にむかって寒そうに笑顔をみせた。

V

ウォルフガング・ミッターマイヤーとほぼ同時刻に、自分が父親になったことを知らされた人物がいる。ラインハルト・フォン・ローエングラムといって、銀河帝国の最高主権の座にある二四歳の若者である。

九月上旬に移転した大本営の皇帝私室を、マリーンドルフ伯爵令嬢が私人としての資格で訪問したとき、ラインハルトは居間兼図書室の丸いテーブルにヒルダをつかせ、近侍のエミール少年にクリームコーヒーをはこばせてから、窓ごしに、氷晶石をはりつめたような冬の碧空《へきくう》を眺めやって言ったものである。

「今日は寒いな、フロイライン、風邪などひいていないか」

これは、この外見だけは比類なく華麗な金髪の若者にとって、精いっぱいの優しさの表現なのである。それを知っているヒルダは、ほほえんで、さりげなく、だが決定的な一言を、硬質の唇のあいだからすべりださせた。

「風邪などひいたらたいへんです、陛下。お腹の子供にさわりますから」

ラインハルトの瞳が拡大した。窓外の冬空を映したそこに、ヒルダの姿が浮かびあがり、白磁の頬が紅潮した。血液が、無数の想いをのせて体内を循環し、それが脳裏ではじけるまで、数十瞬の時が必要であった。ようやく呼吸と鼓動がととのえられたあと、端麗な桜色の唇が開いて、ゆたかな感情を旋律とする声が流れでた。

「あらためてお願いするが、結婚してくれるだろうか、フロイライン・マリーンドルフ」

誰の子だ、などという愚かなことを尋ねなかったのは、ラインハルトの精神構造にまだ救いがあることを証明することであったかもしれない。

「あなたが予にとってたいせつな人間だということが、ようやくわかった。この数カ月、それを思い知らされてきた。あなたは予に助言して、一度も誤ったことがないし、予にはもったいない女性だと思う……」

ラインハルトの容姿は芸術的に洗練された造形美の極致であるが、このときの求婚は洗練からは何光年も離れていた。それに、けっきょくのところ、彼は彼自身の心情について語っているのであって、ヒルダの心情を忖度してはいないのである。だが、それがこの若者の誠実さをそこなうものでないことは、ヒルダには理解できていた。こういう人なのだった。戦争の天才であり、政治上の偉人であったが、恋や愛欲の名人ではなかった。華麗な創造力と表現力は、戦場で光彩を放つものであって、寝室を甘美にするものではなかった。その人が、自分をえらんでくれたのだった。自分も彼にえらばれたいと望んだのだった。ヒルダはラインハルトの欠点をよく知っていた。そして賢明な父に洞察されたとおり、その欠点をも貴重なものに思っていたのだ。

「はい、陛下、おうけいたします。わたしでよろしければ……」

ヒルダは、最初、直接オーディンにでかけて、ラインハルトの姉君であるグリューネワルト大公妃アンネローゼに会うつもりだった。だが、懐妊したことが判明すると、恒星間飛行に身をゆだねるわけにはいかなかった。胎内に宿ったラインハルトの分身を害する意思は、ヒルダには毛頭なかった。それで、けっきょく、一一月のなかばに、超光速通信《FTL》を惑星オーディンのフロイデン山地に延ばし、アンネローゼの山荘とのあいだに、直接、通信回路を設置してもらったのである。

「フロイライン・マリーンドルフ、いえ、ヒルダさん、弟《ラインハルト》を好きになってくださって、ありがとうございます」

　事情を知ったアンネローゼはそう言った。温かい、慄えるような情感のこもった声だった。やさしく音をたててふりそそぐ春の陽ざしを思わせた。

「あなたのような方が、弟のそばにいてくださって、弟は幸福です。どうかラインハルトのことをよろしくお願いしますわね」

　ラインハルトをよろしく——この言葉をアンネローゼが口にした相手は、ヒルダがふたりめであった。最初の相手は、むろん、故人となったジークフリード・キルヒアイスである。

「ラインハルトには父親がおりませんでした」

　と、このときヒルダに語ったアンネローゼの表現が、むろん、比喩的なものであることを、ヒルダは諒解していた。アンネローゼのいう〝父親〟とは、人格形成期における父性的要素のことである。男児にとって、少年にとって、対抗し反発し克服する対象としての父親——母性的要素と男児とをひきはなし、精神的自立性をもたらすべき存在である。ところが、ラインハルトの場合、実の父は卑小すぎる存在であった。

　ラインハルトにとって、母性的要素の具現した存在は、当然ながら姉アンネローゼであった。

そして、少年期の彼と、母性とをひきはなしたのは、本来あるべき父性ではなく、皇帝フリードリヒ四世であり、ゴールデンバウム王朝の専制権力であった。それは父性の否定的な側面のみを、全人類規模において強調した存在だったのだ。

ラインハルトの人格における特異性が、ここに胚胎《はいたい》する。彼自身は気づいていないが、ゴールデンバウム王朝を打倒するということは、彼の人格形成期における父性の超克《ちょうこく》と同一の行為であったのだろう。そしてゴールデンバウム王朝を打倒しえたとき、彼にとって、強大な敵と戦ってこれを打倒することは、生そのものを意味するものになっていた。戦うことだけを知って恋を知らないラインハルトに、アンネローゼは危惧をいだき、姉である自分の影のみ追うことがないように、との祈りもこめて、あえて弟との距離をたもつよう心がけたのである。ただ、それと明言することはできず、彼女自身と故ジークフリード・キルヒアイスとの微妙すぎる心のつながりもからんで、ラインハルトは姉の別離の言葉に傷ついたかもしれなかった。ヒルダにたいするアンネローゼの謝意は、事実と真実の双方であったのだ。

後世、アンネローゼがラインハルトにたいして愛情が不足していた、と断定し、彼女を非難する歴史家が、ほとんど例外なく女性であることは、興味ぶかい事実である。このため、男性の歴史家からは、異性の同業者にたいして、ときにきびしい批判がでることがある。

「……つまるところ、彼女ら（女性歴史家たち）は、グリューネワルト大公妃の行動を、母性の放棄という視点からのみ判断している、と断ぜざるをえない。大公妃が、二〇歳をすぎた弟の傍にくっついて、際限なく甘えさせ、国政に容喙《ようかい》し、その精神的自立をそこないつづけたら、彼女たちは満足するのだろうか。むろん彼女たちは、一五歳にして専制君主に処女性を強奪され、そののちも一〇年にわたって束縛されていたというていどでは、犠牲になったといえないと主張するのであろう」

とはいうものの、男性歴史家の評価が完全に正しいとは、むろん断定しえない。けっきょく、蓋然《がいぜん》性の高さを比較するしかないのだが、正負《プラスマイナス》いずれであれ、ラインハルトにたいするアンネローゼの影響を否定しえる者はいない。このときアンネローゼが、「フロイライン・マリーンドルフとの結婚を認めない」と言えば、ラインハルトは悩みつつも姉の意思を優先したであろう。アンネローゼはそうせず、むしろヒルダを励まし、弟の将来を、この聡明な若い女性に託しえることを喜び、祝福した。そして彼女の判断が、歴史を建設的な方角へ進める一助《いちじょ》となったことは、それこそ、なにびとも否定できない事実だったのである。

Ⅵ

生と死、光と闇が混在する銀河系の一隅に、八〇〇年にわたって憎悪と執念をはぐくんだ人人の一団がひそんでいる。彼らは、宗教的団結心と、湿度の高い陰謀とを武器として、さまざまに歴史に干渉してきた。すべては母なる地球の栄光を回復するためであった。それも目的達成にちかづいたかと見える昨今、あたらしい世代の指導者が生まれつつあるかとも思える。

地球教の大主教ド・ヴィリエであった。

まだ若い顔は、野心によって精彩をえているはずであったが、いまそれは陰惨なほど深刻な翳りにおおわれている。

ヤン・ウェンリーとオスカー・フォン・ロイエンタールをあいついで死者の列にくわえたとき、彼の陰謀はことごとく成功したかにみえた。宇宙の未来は、闇の玉座に腰をすえた彼のほしいままにうごかしえるかと思われた。だが、その直後、ヨブ・トリューニヒトという重大な駒を失ったことが判明し、彼を見る教団幹部たちの目に、薄い不信のもやがただよいはじめたように感じとれるのだ。ド・ヴィリエの、教団内における地位の上昇と権限の拡大とをこころよく思わない大主教のひとりが、声高に不安を口にしていた。

「トリューニヒトを失っただけではない。皇帝《カイザー》が結婚する。しかも、結婚相手たるマリーンドルフ伯爵令嬢は、すでに懐妊しているという……」

一語ごとに、口角が毒の泡をはじけさせた。ド・ヴィリエはやや視線をそらせて、不快感の圧力にたえている。声の主は、ひときわ音量を大きくして話しつづけた。彼は、皇帝《カイザー》ラインハルトを暗殺するという計画を信奉していたから、それに変更をくわえたド・ヴィリエの責任を追及するのに不熱心ではありえなかった。

「もし皇帝に世嗣が生まれれば、それを核として、ローエングラム体制がつづいていくではないか。ロイエンタール元帥を死にいたらしめたのも、いや、ヤン・ウェンリーにしても、あの金髪の孺子《こぞう》のために災厄の種子をとりのぞいてやっただけのことにすぎぬではないか」

息をきらして黙りこむ。瘴気にみちた静寂が、低い笑い声によって破られた。

「なにをあわてるのか。まだ世嗣が生まれたわけではない。生まれたら生まれたで、それは皇《カイ》帝《ザー》のために強みになるとは、かならずしもかぎるまい」

ド・ヴィリエは笑ってみせた。笑顔によって表現された自信は、いくらかの誇張はあっても、確実に内在するものだった。宇宙は広く、なお数億数兆の陰謀をつめこんでも、さらにあまりあるはずであった。

ヤン・ウェンリーの後継者となったユリアン・ミンツは、その年、戦わなかったことで指導者としての評価をえた。きたる年に、戦うことで、声価がさらに高まるのであろうか。

ユリアンにはわからない。だが、もともと彼は軍人を志望していたのであり、さけえない戦いがあることを信じていた。皮肉なことに、ヤンの死後、ユリアンの志望には微妙な変化が生じ、軍人とはことなる道に進みたいという心情が、心の貯水池で水位をましつつあったのではあるけれど。

先日、銀河帝国の名将オスカー・フォン・ロイエンタールの訃報をうけたとき、ユリアンはヤン・ウェンリーのおだやかな声を脳裏の一角に聴いたように思う。

「私の指揮で、何百万人という将兵が死んでいったよ。死にたくなんてなかったろうに。誰だって平和でゆたかな人生を送りたかったろうに。私だってそうだったさ。おしむべき人間が死なずにすむなら、戦争もそれほど悪いものじゃないかもしれないけれどね……」

ユリアンが吐きだした呼気は深く、量も多かった。彼はロイエンタールと同一の陣営に立ったことは一度もない。金銀妖瞳《ヘテロクロミア》の名将は、つねにヤンやユリアンの敵手であった。にもかかわらず、ロイエンタールの死はあきらかに巨星の失墜として、ユリアンにはとらえられた。おどろくべき短期間に、ひとつの時代がすぎさろうとしているのだろうか。何者かの死、あるいは誕生を待って、この時代は終わるのだろうか。時そのものが渦まいて体内をみたすかのような、律動的な息ぐるしさに襲われて、ユリアンは森林公園のベンチから立ちあがり、やや速い歩調であるきだした。この時点で、ユリアンは、ヨブ・トリューニヒトの死を知らなかったのである。

公園をでると、ユリアンの周囲は喧騒にみちた。平和な喧騒だった。宇宙暦八〇〇年を送り、八〇一年を迎えるパーティーの準備が、イゼルローン要塞全体をあげておこなわれている。ヤン元帥の喪の年なのに、として中止を主張する意見を、フレデリカ・G《グリーンヒル》・ヤンはしりぞけた。

「あの人は、仲間うちのお祭り騒ぎをきらったことは一度もありませんでした。むしろあの人のために、にぎやかにやってくださるよう、お願いします」

なにか悪口を交換しながら歩いてきたダスティ・アッテンボローとオリビエ・ポプランが、若すぎる革命軍司令官の姿を見つけて、陽気に声をかけてきた。

「なあ、ユリアン、来年は出番をつくってくれるんだろうな」

「期待してるぜ、司令官どの」

「ぼくより、皇帝《カイザー》に尋いてくださいよ。そのほうがたしかですよ」

……ユリアンの脳裏で、カレンダーが逆にめくれて、四年前の光景を再成した。イゼルローン要塞で最初の新年パーティーのときの風景だ。あのときも現在《いま》も、ユリアンの傍にいるのは、フレデリカ、キャゼルヌ一家、シェーンコップ、ポプラン、アッテンボロー。現在はメルカッツ、シュナイダー、スーン・スール、ボリス・コーネフ、マシュンゴがいて、そしてカリンことカーテローゼ・フォン・クロイツェルがいる。

あのときは、ヤン・ウェンリーがいた。ムライがいて、パトリチェフがいて、フィッシャーがいて、イワン・コーネフがいた。惑星ハイネセンへ帰っていったムライをのぞいて、ユリアン自身に生あるかぎり、彼らと再会することはできない。だが、彼らの思いをユリアンはうけつぎ、開花させねばならない。民主共和政治の、〝自由・自主・自律・自尊〟のささやかな芽。それが宇宙に根づくまで、彼はきたるべき春のために準備しなくてはならなかった。

「ユリアン、パーティーがはじまるわよ、よかったらいっしょに行きましょう。フレデリカさんやキャゼルヌご一家がお待ちよ」

それがカリンの声であり、記念すべきものであることに、ユリアンは気づいた。彼女が彼をファースト・ネームで呼んでくれた最初だったのだ。ユリアンはうなずき、

「行こう、カリン」

と、やや意識して答えた。肩をならべて歩くふたりの後ろ姿を、離れた場所から少女の父親が、〝おやおや〟という種類の表情を浮かべて見送っている。彼の表情にアルコールの淡い霧がたゆたっているのは、彼の手によらずして斃れた敵手オスカー・フォン・ロイエンタールを悼んでかかげた幾杯かのグラスのためである。その広い肩には、名も知れない若い女性がとりすがっていた。

……宇宙暦《SE》八〇一年、新帝国暦三年、ローエングラム王朝の第三年が明ける。この年一月のうちに、皇帝《カイザー》ラインハルトは、ヒルデガルド・フォン・マリーンドルフ伯爵令嬢を、正式に皇妃として迎えることになるであろう。それを望む者もいれば、望まない者も存在する。つい先年、宇宙に樹立されたあたらしい秩序が、永続しえるか、歴史の大河に一瞬だけ浮かんだ泡沫《うたかた》として終わるか、それが決定されるべき年がおとずれようとしていた。

『銀河英雄伝説』とスペースオペラ

永瀬唯

『銀河英雄伝説』は、一九八二年に第一巻『黎明篇』が刊行され、一九八七年の第十巻『落日篇』によって本編はいちおうの完結をみる。

ぼくが『銀英伝』を初めて読んだのは、一九八四年だったと思う。評判は聞きながらも、あまりにも直截《ちょくせつ》なそのタイトルもあって、ちょっと出遅れたのだ。

いや、とんでもない大河小説というので、まとまったところで一気に読んでおこうと思ったのかもしれない。

というのは、ちょうどこの頃の日本のSFやファンタシーにこうした大河ドラマ構成のものが多くなっていて、すべてをフォローすることなぞ不可能に近い状況になりつつあったからだ。

まず、一巻から三巻『雌伏篇』まで読み、そう待たずに四巻『策謀篇』にとりかかったから、一九八四年の夏から秋にかけてのことだったと思う。

となると、これは自分史的にも象徴的なできごとだった。ちょうどこの頃、ぼくは、メカニックに焦点をしぼった科学雑誌に持っていた連載をきっかけに、翌一九八五年から一九八六年にかけて放映された『機動戦士Zガンダム』という番組のお手伝いを基本設定担当（設定ベース）という形ではじめたところだったからだ。

熱狂した。そして思ったのだ。これは『機動戦士ガンダム』という作品があったからこそ成立しえた、日本的スペースオペラの新しい流れではないか、と。

四半世紀を経た今だからこそ断言できる。

『銀河英雄伝説』は日本的スペースオペラの歴史におけるひとつの頂点をなす。

もちろん、日本のスペースオペラ山脈にある名峰は『銀英伝』だけではない。その中でも特筆すべきは、『機動戦士ガンダム』というTVアニメ・シリーズ、なかでも富野喜幸（富野由悠季）監督による一九七九年のファースト・シリーズから一九八八年の劇場アニメ『逆襲のシャア』にいたる初期作品群である。

こうした見方への反論はいくらでもあるだろう。『銀英伝』もファースト『ガンダム』も単なるスペースオペラではないし、第一、作風からその背後にある思想までまったく異なる二作をごっちゃにするなんて、田中芳樹さんにも富野さんにも失礼きわまりない。

だが、ここで論じたいのは時代の流れのなかでの相互作用、因果関係である。

まず最初に論ずべきは、スペースオペラの起源と、そしてその日本的な換骨奪胎の過程だ。

スペオペの歴史はもちろん、SFそのものの歴史と重なる。最初にパルプ雑誌とそれに掲載されるパルプ・フィクションがあり、その中から、パルプSFが生まれた。

パルプ雑誌は二十世紀の初めにアメリカで生まれたメディアだ。ドラッグストアやキオスクで売られる、多くは扇情的な表紙イラストで飾られたこれら雑誌は、アメリカ雑誌メディアの底辺を構成することとなった。

安手《やすで》のパルプ紙を用いたパルプ誌に対して、スリックというツルツルした高級な紙を用いた雑誌はスリック（スリックス）と呼ばれた。

パルプ雑誌の全盛期は一九二〇年代から一九四〇年代初めにかけてのことだ。

パルプ誌は次第にジャンル別に専門誌化していった。ホラーの〈ウィアード・テールズ〉、ミステリ、とりわけ暗黒街ものやハードボイルドをコアとする〈ブラック・マスク〉、西部劇（ホースオペラ）専門などなど。

その中でもSFは専門誌化が遅れた。一九二六年に初のSF専門誌〈アメージング・ストーリーズ〉が、まずはスリックの体裁《ていさい》で出版されたが、ジャンルとしての確立は一九二九年に三誌が競合するにいたったのちといってよいだろう。

「スペースオペラ」とは厳密には、一九三〇年代後半に、安手のイラストで飾られた二流三流SF誌やそこに掲載される安直な冒険SFのことを指す、自虐的な蔑称《べっしょう》である。

しかし、『スター・ウォーズ』以後は本家アメリカでも、アクション指向、キャラクター性重視のSFを意味する用語として、「スペースオペラ」という言葉が定着することになった。

パルプ雑誌に掲載される小説は読み捨てで、単行本化されることはろくになかった。そこで、パルプ誌業界では、固定読者層を確保するために、単なるジャンル分けにとどまらない、同じ主人公キャラを使いまわしするヒーロー・キャラクター・シリーズが多用されることとなった。SFも例外ではなく、同じ主人公を軸にすえ、おなじみのキャラクターを配した連作やシリーズものが好んで書かれることとなった。

そうしたパルプSF連作の頂点となったのが、本文庫でもおなじみ、スペースオペラの傑作、〈レンズマン〉シリーズである。〈レンズマン〉は長大な連作長編で、数十億年以前に異次元から侵入した残忍な種族とあくまでも霊的な手段によってしか現実に干渉しない善なる種族との長いながい対決の歴史を背景として、銀河帝国の成立から悪の組織との抗争、そして、最終決戦までの戦いを、ヒーロー・アクション小説としての図式のなかで描いている。

そう、〈レンズマン〉は『銀英伝』や『ガンダム』の直系のご先祖にあたるのである。

さて、パルプ小説の世界に目を転じると、ジャンル別の専門誌化という趨勢《すうせい》はさらに一九三〇年代になって、〈ドク・サヴェジ〉のような、ヒーロー・キャラの名を冠したキャラクター専門誌までをも生み出す。

SF界では、こうしたヒーロー・キャラクター雑誌の登場は遅れ、ようやく、一九四〇年に

〈キャプテン・フューチャー〉誌が刊行される。

だが、この時点でヒーローのキャラクター性に重きを置いた大衆SFの主役は、活字ではなくコミック、のちには映画やTVドラマの世界へと移行してゆきつつあった。

SFスーパー・ヒーローの名前を冠したコミック誌の登場である。新聞の連載もの《コミック・ストリップ》として人気を呼んだSFヒーロー・コミックがつぎつぎと専門誌化していったが、〈スーパーマン〉、〈バック・ロジャーズ〉など、その多くにはSF関係者が深くかかわっていた。

これらヒーロー・アクション・コミックの世界では、一九三〇年代にはすでに、同時代のニューメディアであるラジオ放送や映画との間のメディア・ミックス展開までもが試みられている。

しかし、四〇年代に入ると、時代はさらに先に進む。アメリカは第二次大戦戦時体制のなか、大衆雑誌への紙の配当が制限された。これを大きな要因として、娯楽指向のパルプ雑誌全盛期は終わりをむかえ、戦後はコミック誌が繁栄することとなった。

パルプ・ヒーローに代わって、コミック・ヒーローの時代が訪れたのだ。

〈キャプテン・フューチャー〉は、そうした時代の流れの節目《ふしめ》に出現した、活字のヒーロー・アクションSFとしては最後の花となった。

原作のエドモンド・ハミルトンは担当編集者や他のライターとともに、戦後はコミック誌に活動の拠点を移し、ヒーロー・アクションSFの系譜を受け継ぐことになる。

ただし、ヒーロー・コミックの隆盛は、ちょっと困った事態をも引き起こしていた。つまり、ヒーロー・アクションものなぞ、しょせんは子ども向けでしかないという偏見だ。

パルプ雑誌は安手ではあっても、子どもだけが読むものではなかったのだが、コミック誌に関しては、子どもだけが読むものという一種の偏見が定着してしまったのだ。

一九五〇年代、活字SFは、ペーパーバックという新しい販売体系をてがかりに、小説としてより洗練されたものへと進化してゆくが、そこはもうすでに、パルプ時代の荒唐無稽で奔放なアクション・ヒーロー・ドラマが展開できる場所ではなかった。

コミック・ヒーローものは戦後、まずは劇場の短編連作《シリアル》として、次いで五〇年代に入ると、TV連続ドラマとして人気を呼ぶことになる。

わが日本でも、六〇年代になるとスペースオペラを伝える媒体の変化が起きてくる。一九六三年に放映が開始された手塚治虫のアニメ版『鉄腕アトム』を嚆矢《こうし》とするTVアニメの全盛時代が訪れたのだ。アメリカのコミック誌にエドモンド・ハミルトンを初めとしたSF関係者が多くかかわったのと同様、日本でも、豊田有恒など、多くのSF作家が、SFTVアニメの人気を支えることとなった。

TVアニメはもともと、お子様向けの作品として位置づけられていたが、一九七二年から一九七四年に放送された『マジンガーZ』を皮切りに、ロボット・オモチャを売るための販売促進策として重要な役割を占めるにいたる。結果として、TVアニメは「しょせんはお子様向け」でありかつ「オモチャを売るためのロボット・プロレス」という偏見にさらされることになった。コミックそのものは六〇年代、七〇年代とより高度に洗練された諸作が作られ、市民権を得るにいたっていたが、ヒーロー・アクションものの系譜は、皮肉にも、同時代的にはもっとも安易で低級とされていたTVアニメへと受け継がれたのである。

しかし、日本では、一九六〇年代初めからすでに、アクション指向の活字SFを求める動きが存在した。野田昌宏（野田宏一郎）は専門誌〈SFマガジン〉を舞台に、「スペースオペラ」の魅力を繰り返し読者にうったえ、これにこたえる形で、創元推理文庫やハヤカワSFシリーズ（ポケット判。新書サイズのペーパーバック体裁）を主要舞台に、E・E・スミス、ヒロイック・ファンタシーとの境界線上にあるエドガー・ライス・バローズの諸作やヒロイック・ファンタシーの代表、H・R・ハワードの〈英雄コナン〉などが翻訳されていった。早川書房では、一九七〇年に、SFシリーズからアクション指向のSFを独立させたハヤカワSF文庫の刊行が始まっている。

TVアニメの世界では、一九七四年に放映された『宇宙戦艦ヤマト』がこうしたスペースオペラ復権の動きをさらに加速することになる。『ヤマト』の人気にこたえる様々な関連出版物の中でも、ここで注目したいのは、一九七五年に刊行が始まった朝日ソノラマ社のソノラマ文庫だ。ソノラマ文庫は『ヤマト』の小説版を手がかりに、国内作家によるヒーロー・アクションSF発信の重要な拠点となる。

そのソノラマ文庫から、一九七七年に、きわめて自覚的なスペースオペラ作品の刊行が開始される。高千穂遙作の〈クラッシャージョウ〉シリーズだ。SFファンダム、まんがファンダムでの経歴の長い高千穂は、この作品に先立ち、映像系SFを扱うSFファングループを母体に、映像SFのスタッフ・ワークを中心にしたプロダクションを設立、ロボット・アニメの制作作業にもかかわっていた。

その彼が作り出したSFアクション・シリーズはまさに、野田昌宏が規定したスペースオペラの日本版そのものであった。

ここで、スペースオペラをめぐる日本の二つの潮流――海外のスペースオペラやヒロイック・ファンタシーの翻訳とコミックからTVアニメにいたるオリジナル作品刊行という二つの流れは初めて合流することとなった。

アメリカでもすでに「お子様向け」の映像メディアでしか生き残っていなかったスペースオペラは、わが日本においては、「お子様向け」である上に「ロボット・プロレス」でしかないTVアニメの世界を媒介として、単なる翻訳ではないオリジナル作品として、活字の世界でも確立されることになったのである。

この一九七七年、アメリカでは『スター・ウォーズ』が公開され、しょせんはお子様向けとあなどる前評判を裏切り、大ヒットを記録する。映像系SFヒーロー・アクションが、映画の世界でもメジャーな評価を受けることになったのである。

目を日本に転じれば、一九七五年末には、「コミックマーケット」の開催が始まり、一九七七年には雑誌〈OUT〉が発刊された。雑誌〈OUT〉はサブカルチャー雑誌を目指して創刊されながら、『ヤマト』の人気に支えられて部数をのばした。そして、その『ヤマト』人気の影の主役となったのが、アニメ・ファンによる活発なファン活動だった。

これらファン活動は、SFファンやコミック・ファンによる新世代の同人誌＝ファンジン（ファン・マガジン）から派生したもので、その活動をさらに新しい次元へと広げることになったのが、同人誌交換市、つまり、コミックマーケットだった。

一九三〇年代のジャンルSFは、ファン、つまりSF愛好者の活動をきっかけとして、大きな成長をとげた。一九五〇年代の活字SFブームを支えた著名作家は、アイザック・アシモフやアーサー・C・クラークを初めほとんどが、同人誌（ファンジン）を軸とする同人活動（ファン活動）に十代から参加している。

ほぼ同じことが、映像系ヒーロー・アクションSF、TVアニメをめぐっても起きていたわけである。

TVアニメの人気は、一九七八年には徳間書店のアニメ専門誌〈アニメージュ〉を生み、そして、翌一九七九年には次の段階へと突入する。

ロボットもののTVアニメ『機動戦士ガンダム』の放映が開始されたのである。

『ヤマト』と同じく、放映時の視聴率にはめぐまれなかったものの、『ガンダム』はやはり、熱狂したファンによる盛んな活動を介して、じわじわと人気を広めてゆく。

この一九七九年には、アニメ・ブームとは直接の連動はしないものの、活字SFの世界にも、国内作家を軸とする隆盛が訪れる。

一九七六年に刊行された二番目のSF誌〈奇想天外〉につづき、この一九七九年、〈SFアドベンチャー〉（徳間書店）、〈SF宝石〉（光文社）という第三、第四のSF専門誌の発行が始まったのである。

〈クラッシャージョウ〉から始まるソノラマ文庫のヒーロー・アクションSFと直接的に連動するものではなかったが、この活字SFの小ブームは、のちの『銀河英雄伝説』へとつながる大きな役割を果たした。

『機動戦士ガンダム』が「スペースオペラ」かどうかについてはここでは問うまい。大事なのは、「しょせんは子ども向け」と位置づけられるTVアニメ作品の中から、このような骨太《ほねぶと》で多層な構造からなる作品が生まれたことである。ロボットが活躍するアクション指向のアニメーションであり、かつキャラクターが活躍するキャラクター・ドラマでなければならない。こうした制限事項――映像スペースオペラでなければいけないという「縛り」がなければ、『ガンダム』は生まれえなかった。

ここで冒頭の、ぼくと『銀英伝』との最初の接触に関する記述にもどろう。

『銀英伝』を最初に読んだ一九八四年、ぼくはTVアニメ『機動戦士Zガンダム』本編のお手伝いをしていたところだった。お声がかかったきっかけとなったのはメカ雑誌に載せていた科学記事だったが、実はぼくはファースト・シリーズ放映の頃から、『ガンダム』という作品に深くかかわっていた。

いっぱしのSFマニアとしてファン活動に参加してすでに十年近く、高千穂遙もかかわる映像系SFのファングループでのつきあいが縁となって、ぼくは〈Gunsight〉という同人誌を中心としたガンダム・サークル活動に参加した。一九八一年、ちょうど、映画版『機動戦士ガンダム』三部作公開と並行して、この同人誌の内容をグレード・アップし、プロ出版物とするという企画が立ち上がった。一九八一年はだから、ぼくにとっては『ガンダム』の年だった。

一九八一年九月づけで出版されたこの本、『Gundam Century』は、〈OUT〉のみのり書房を版元とした、画期的なアニメ関連出版物となった。アメリカでは、『スター・トレック』のファンが独自にその設定を拡張（拡大解釈）した図面集などがすでに刊行されていたが、日本では、その種のこころみはこの本が初めてだった。ファンが勝手に本編の設定に付け加えた拡張設定がオフィシャルな製作元認可本として出版される……。これはファン活動とそのネタもととなったオリジナル作品とが連動するという試みの最初となったのである。

今から考えれば悔やまれるのは、一九八二年の段階でなぜ、『銀英伝』をリアルタイムでチェックしておかなかったかということだ。

なぜなら、活字SFの世界でも、一九八二年には、新しい動きがあったからだ。

一九八二年、ソノラマ文庫より、夢枕獏の〈キマイラ・吼〉シリーズが開始され、菊地秀行の『魔界都市〈新宿〉』も刊行される。

その後の日本におけるキャラクター小説の歴史でもとりわけ重要なこの二人の作家の長編デビューと、『銀英伝』の始まりとが一致していることは、四半世紀を経た今から振り返れば、偶然とは決して言えないだろう。いや、田中芳樹を含めれば、キー・パーソンとなる三人の作家が、この年、長編デビューしているのだ。

ほぼ同時にソノラマ文庫や徳間書店から長編デビューした三人の作家は、次代の活字SFの再ブームと、現在につながるキャラクター重視のライトノベルのジャンルとしての確立を予見させるものとなった。

『銀英伝』の原形をSFの歴史のなかに求めるなら、まず挙げるべきは〈レンズマン〉シリーズだろう。しかし、時代的な連関のなかで、『銀英伝』が直接的に受け継いだのは、『機動戦士ガンダム』の世界設定とドラマ構成だった。

『銀英伝』シリーズの発想のもとは、『ガンダム』放映に先行して、一九七〇年代後半に李家《りのいえ》豊《ゆたか》名義で構想していた長編『銀河のチェスゲーム』であるが、アニメ誌〈アニメージュ〉の版元である徳間書店の編集部から、『チェスゲーム』から数世紀過去、銀河帝国史の歴史の転回点となった時代を舞台にしたらどうかとの提案があったとき、田中芳樹と編集者双方に、『ガンダム』のような物語づくりを素材にとりこもうというイメージがあっただろう。

強大な宇宙帝国との宇宙戦争を題材に、シリアスな人間ドラマをも扱う。ただし、あくまでも、ヒーロー・アクションＳＦ＝スペースオペラとしての特性は崩さないままで……。

もちろん、『銀英伝』と『ガンダム』とでは、そのドラマ展開には大きな、本質的な違いがある。しかし、ヒーロー・アクションとしての特質について言えば、両者ともに屈折を含む深みのあるキャラクターを前提にしてはいるものの、その「縛り」そのものは確実に保存されている。

いや、両者に共通しているのは、ヒーロー・アクションのお約束に忠実にしたがいながら、そのお約束へ「縛り」への「批判」を内蔵していたことだろう。

正義対悪といった機械的対立図式への疑念、うすっぺらだが活《い》き活きとしたキャラクターにナチュラルでリアルな深みを与えるなど、両者の共通性は、スペースオペラの本質的な構造、「〈レンズマン〉的なるもの」への「批判」と見ると、よりはっきりしてくる。

高千穂遙の〈クラッシャージョウ〉は、ＴＶアニメ全盛の日本で、古きスペースオペラの魅力と伝統を再構築するものだった。

一方、『ガンダム』と『銀英伝』においては、その伝統《テーゼ》は、批判的な視座にもとづき、つまり、作者独自のリアルな思想《アンチテーゼ》にもとづき、止揚《アウフヘーベン》されていた。

『ガンダム』さらには『銀英伝』の時代、ＳＦ好きの間では、〈レンズマン〉シリーズはすでに必須の基礎教養となっていた。

〈レンズマン〉ではないスペースオペラ、〈レンズマン〉とは真逆《まぎやく》の思想にもとづく未来戦争SFをめざして『機動戦士ガンダム』が作られたとするなら、『銀英伝』はその方法論を、富野監督ともまったく異なる思想のもとで実現したのだった。

しかし……。

しかし、『機動戦士ガンダム』も『銀英伝』も、その後の歴史のなかで、燦然《さんぜん》と、ただし孤立して輝く巨峰、あるいは連山でありつづけた。

パルプSFも、そして現在のキャラクター小説やライトノベルも、キャラ作りや作品世界のディテールを決める「世界設定」をフォーマット化し、そのお約束を継承し、オープンソース化することによって、広い市場を獲得することができた。

だが、思想、「世界設定」ならぬ、作品の「世界観」にかかわる思想までをもフォーマット化することはできない。

『機動戦士ガンダム』はシリーズ化され、「ガンダム・サーガ」と呼ぶべき作品群を作り出した。だが、ファースト・シリーズに伍するだけのパワーを持った〈ガンダム〉ものは、かの富野由悠季監督ですらも、『機動戦士Zガンダム』から『機動戦士ガンダム 逆襲のシャア』にいたる直接の続編でしか展開できなかった。

その後に作られた〈ガンダム〉シリーズ作品は、良い意味でも悪い意味でも「ロボット・アニメ」における〈ガンダム〉サブジャンルに分類すべきである。

『銀英伝』とTVアニメ文化との親和性は、一九八八年にアニメーション化され、結局、百巻以上もの長大なシリーズものとなり、一九九〇年代になってから続編が発表されていることからも証明できる。しかし、『銀英伝』のアニメ化はできても、それをこえる叙事詩的なスペースオペラは、映像メディアの世界でも活字SFの世界でも、いまだにほかには見あたらない。

だからこそ、われわれは、そして、二一世紀の今、新しい時代の新しいスペースオペラを書こうと志す作り手たちは、批判し、止揚し、脱構築するためにこそ、日本的スペースオペラのひとつの到達点であるこの作品に立ちかえらなければいけない。

シリーズ開始より四半世紀をこえた今もなお、『銀河英雄伝説』という輝ける連山を、同じ領域でこえる作品は生まれえていないのだから。

本書は一九八七年にトクマ・ノベルズより刊行された。九二年には『銀河英雄伝説10　落日篇』と合冊のうえ四六判の愛蔵版として刊行。九八年、徳間文庫に収録。二〇〇一年、徳間デュアル文庫に『銀河英雄伝説 VOL.17, 18［回天篇上・下］』と分冊して収録された。創元ＳＦ文庫版では徳間デュアル文庫版を底本とした。

検　印
廃　止

著者紹介　1952年，熊本県生まれ。学習院大学大学院修了。78年「緑の草原に……」で幻影城新人賞受賞。88年《銀河英雄伝説》で第19回星雲賞を受賞。《創竜伝》《アルスラーン戦記》《薬師寺涼子の怪奇事件簿》シリーズの他，『マヴァール年代記』『ラインの虜囚』『月蝕島の魔物』など著作多数。

銀河英雄伝説9　回天篇

2008年6月27日　初版
2023年2月3日　17版

著　者　田《た》　中《なか》　芳《よし》　樹《き》

発行所　（株）東京創元社
代表者　渋谷健太郎

162-0814/東京都新宿区新小川町1-5
電　話　03・3268・8231-営業部
03・3268・8204-編集部
URL　http://www.tsogen.co.jp
振　替　00160—9—1565
DTP　フォレスト
暁印刷・本間製本

乱丁・落丁本は，ご面倒ですが小社までご送付ください。送料小社負担にてお取替えいたします。

ISBN 978-4-488-72509-9　C0193